中华经典藏书

搜神记

马银琴　周广荣　译注

中华书局

图书在版编目(CIP)数据

搜神记/马银琴,周广荣译注.—北京:中华书局,2016.1
(2024.8重印)
(中华经典藏书)
ISBN 978-7-101-11357-0

Ⅰ.搜… Ⅱ.①马…②周… Ⅲ.①笔记小说-中国-东晋时代②《搜神记》-注释③《搜神记》-译文 Ⅳ.I242.1

中国版本图书馆 CIP 数据核字(2015)第 264296 号

书　　　名	搜神记
译 注 者	马银琴　周广荣
丛 书 名	中华经典藏书
责 任 编 辑	王守青
装 帧 设 计	毛　淳
责 任 印 制	陈丽娜
出 版 发 行	中华书局

(北京市丰台区太平桥西里 38 号　100073)

http://www.zhbc.com.cn

E-mail:zhbc@zhbc.com.cn

印　　　刷	河北博文科技印务有限公司
版　　　次	2016 年 1 月第 1 版
	2024 年 8 月第 10 次印刷
规　　　格	开本/880×1230 毫米　1/32
	印张 12½　插页 2　字数 160 千字
印　　　数	76001-79000 册
国 际 书 号	ISBN 978-7-101-11357-0
定　　　价	25.00 元

前　言

　　《搜神记》是晋人干宝编著的一部志怪小说集，收录古代及当时流传的各种神仙鬼怪故事，意在说明神仙之道实有，鬼怪之事不诬的有神论观念。

　　干宝，字令升，河南新蔡人。少年勤学，博览群书，尤其对阴阳术数、易卜占筮等典籍颇感兴趣。西晋末年，因才干出众，干宝被朝廷召为佐著作郎，后因平定叛军有功，封为关内侯。东晋元帝时任著作郎，领国史一职。后因家贫，补为山阴令，又做过始安太守。后来又担任过司徒右长史和散骑常侍。著有《晋纪》二十卷，《搜神记》三十卷，并著《春秋左氏义外传》，注《周易》、《周官》凡数十篇。《隋书·经籍志》又著录其《百志诗》九卷、《干宝集》四卷。不过，除《搜神记》外，其他各书都已散佚。

　　关于《搜神记》的撰述缘由，《晋书》卷八二《干宝传》有两段较为离奇的记载。其一是说，干宝的父亲生前宠幸一位婢女，引起他母亲的忌妒。父亲去世下葬时，母亲便借机把这位婢女推入墓中，为其父殉葬。十余年后，干宝母亲去世，干宝兄弟打开墓穴，准备将父母合葬时，发现被殉葬的婢女还伏在棺材上，容颜未变，栩栩然有如生前的样子。把她带回家数日后，竟然又活了过来。婢女声称在墓中时，其父常为之取饮食，恩宠如在世间模样。另外一则是说，干宝的哥哥曾经因病没了气息，但体温如常，数日不僵。几天后，哥哥又醒了过来，如同做了一场梦，声称自己看到天地间的各种鬼神。干宝受这两件事情的影响，对神仙鬼怪之事即信而不疑。

　　除了个人的经历外，《搜神记》的撰述更是作者受时代风气影响，以良史之才，精心为神仙鬼怪立传的产物。从今本《搜神记》的四百六十余则故事来看，主要宣扬神仙术士之神通、精灵古怪之淫祀、妖怪变现之奇异，以及善恶因果之报应等方面的思想，而这些都是汉代以来非常流行的黄老谶纬之学，民间淫祀之风，阴阳五行之理，以及佛教报应之说，推波助澜，相互杂糅而形成的时代风习。干宝沐浴此风，闻见既广，乃以史家笔法，"考先志于载籍，收遗逸于当时"，突破《汉书·艺文志》的观念，将各种关于神仙鬼怪故事的"微说"，作为"七略"之外的第八略。干宝完成此书后，曾将此书献给当时的名士刘惔，刘惔阅后，称他为"鬼之董狐"，意谓干宝是一位能够秉笔直书、如实记载神仙鬼怪之事的好史官。

　　《搜神记》，又名《搜神录》、《搜神异记》、《搜神传记》，原本有三十卷，大概在宋元时期佚而不存。今存二十卷本的《搜神记》，一般认为是明代学者胡应麟从《法苑珠林》、《太平广记》、《太平御览》等类书中辑录出来的。辑录者在抄撮群书时难免有讹误，有些条目或文句明显不属于原书文字。不过，整体而言，绝大部分还是与干宝原书相符合的。

　　今本《搜神记》卷帙少了十卷，体例也有所改变，不过，其内容依旧非常丰富。从所涉内容来看，其中既有神仙方士的神通，又有地方神祇的灵验；既有阴阳五行错乱所致的妖怪，又有符命谶纬所显示的天命；既有匪夷所思的灾异瑞应，又有自成系统的占梦解梦；既有德艺精诚的神奇境界，又有五气变化所致的反常人物；既有颇具灵性的奇物异产，又有闻所未闻的亦人亦怪；既有跨越生死、沟通人鬼的传闻，又有机智沉稳、降妖除怪的异事。更有善有善报、恶有恶报的因果报应故事。这些千奇百怪的与"神"有关的异说，涵盖了各种与世俗生活有别的"古今怪异非常之事"，因此，本书被后人推为志怪小说的集大成之作。

《搜神记》的故事来源，一方面是"承于前载者"，即前代的经典史志，如《史记》、《汉书》、《后汉书》、《淮南子》、《神仙传》等，另一方面是"采访近世之事"，即干宝本人采录的奇闻异事。今本《搜神记》中，据前代典籍史志摘录的约有二百则，干宝本人采录的约有二百六十余则。在具体的编排上，大致以类相从，每一类都有相应的叙言。如今本卷一至卷三即是关于神仙术士的神变故事，类似于《后汉书·方士列传》。卷六、卷七收录各类妖怪故事，其开篇有一段文字用阴阳五行之消长来解释妖怪产生的原因，其体例与《汉书·五行志》非常接近。因此，有学者认为，原本《搜神记》很可能分作"感应"、"神化"、"变化"、"妖怪"等不同的篇目或类别（李剑国《唐前志怪小说史》）。

　　作为志怪的集成之作，《搜神记》除了内容丰富、体例清晰之外，其叙事与文辞也颇受后人称许，被看作"直而能婉"，兼具直笔实录与曲折幽雅的典范。比如，在叙事方面，增强了故事情节的完整性和丰富性，使志怪的篇幅与容量有所增加，卷一的"杜兰香与张传"、"弦超与神女"诸条，都是情节完整、韵散结合、言辞清峻的优美故事。

　　就其影响而言，本书不仅是志怪小说的典范，更是唐宋传奇、宋元话本、明清戏曲与小说取材的渊薮，不断受到人们的关注。《北史》卷九二"僭伪附庸传"载，河西王沮渠蒙逊曾向宋司徒王弘求取《搜神记》一书。蒲松龄则在《聊斋自志》云"才非干宝，雅爱搜神"，把干宝的《搜神记》作为自己学习的典范。至于各种以"搜神"命名的续作、仿作更是层出不穷，如托名陶潜的《搜神后记》、唐人勾道兴的《搜神记》、焦璐的《搜神录》等。

　　我们这次对《搜神记》校点与译注，主要以汪绍楹校注的《搜神记》（中华书局1979年版）为底本，参考李剑国《新辑搜神记　搜神后记》（中华书局"古体小说丛刊"2007年版）、胡怀琛校点《搜神记》（商务印书馆 1958 年版）、顾希佳选译《搜神记》（浙江古籍出版社 1985 年版）、黄涤明《搜神记全译》（贵州人民出版社 1991 年版）等多家整理本，略去明显不属干宝原书的内容。同时，考虑到本丛书的体例，又略去部分内容重复，以及过于简略、价值不大的条目。

因时间及学力所限，本次对《搜神记》的校点与译注肯定存在不少讹误与可商榷之处。读者倘能以此为入门之阶，激发起内心的愤悱之情，并化为明辨是非、独立思考的动力，就与我们整理此书的初衷不谋而合了。敬请各位不吝赐教！

译注者
2015 年 12 月

目　录

卷一

神农鞭百草 ……………………………………… 2

雨师赤松子 ……………………………………… 2

宁封子自焚 ……………………………………… 3

彭祖仙室 ………………………………………… 4

师门使火 ………………………………………… 5

葛由乘木羊 ……………………………………… 5

崔文子学仙 ……………………………………… 6

琴高取龙子 ……………………………………… 7

陶安公通天 ……………………………………… 7

淮南八老公 ……………………………………… 8

刘根召鬼 ………………………………………… 9

王乔飞舄 ………………………………………… 10

蓟子训长寿 ……………………………………… 11

汉阴生乞市 ……………………………………… 12

左慈显神通 ……………………………………… 13

于吉请雨 ………………………………………… 16

介琰隐形 ………………………………………… 18

徐光种瓜 ………………………………………… 19

葛玄使法术 ……………………………………… 20

吴猛止风 ………………………………………… 22

园客养蚕 ………………………………………… 23

董永与织女 ……………………………………… 24

杜兰香与张传 ································· 25

弦超与神女 ································· 27

卷二

寿光侯劾鬼 ································· 33

樊英灭火 ································· 34

徐登与赵昞 ································· 34

边洪发狂 ································· 35

天竺胡人法术 ································· 36

范寻养虎 ································· 38

贾佩兰说宫内事 ································· 39

李少翁致神 ································· 40

营陵道人令见死人 ································· 41

白头鹅试觋 ································· 42

石子冈朱主墓 ································· 43

夏侯弘见鬼 ································· 44

卷三

锺离意修孔庙 ································· 49

段翳封简书 ································· 50

臧仲英遇怪 ································· 51

乔玄见白光 ································· 52

管辂论怪 ································· 55

管辂教颜超增寿 ································· 58

郭璞撒豆成兵 ································· 60

郭璞筮病 ································· 61

隗炤书板 ································· 62

韩友驱魅 …………………………………… 64

严卿禳灾 …………………………………… 65

华佗治疮 …………………………………… 66

华佗治咽病 ………………………………… 67

卷四

风伯雨师 …………………………………… 70

张宽说女宿 ………………………………… 70

灌坛令当道 ………………………………… 71

胡母班致书 ………………………………… 72

河伯婿 ……………………………………… 76

华山使 ……………………………………… 78

张璞投女 …………………………………… 79

宫亭湖孤石庙二女 ………………………… 81

郭璞卜驴鼠 ………………………………… 82

欧明求如愿 ………………………………… 83

黄石公祠 …………………………………… 84

戴文谋疑神 ………………………………… 85

麋竺逢天使 ………………………………… 86

戴侯祠 ……………………………………… 87

卷五

蒋山蒋侯祠 ………………………………… 89

蒋山庙戏婚 ………………………………… 91

蒋侯与吴望子 ……………………………… 92

蒋侯助杀虎 ………………………………… 93

丁姑祠 ……………………………………… 95

王祐与赵公明府参佐 ·················· 97

周式逢鬼吏 ·························· 100

张助种李 ···························· 102

卷六

论妖怪 ······························ 105

论山徙 ······························ 105

龟毛兔角 ···························· 107

马化狐 ······························ 107

地暴长 ······························ 107

龙斗 ································ 108

九蛇绕柱 ···························· 109

马生人 ······························ 109

女子化为丈夫 ························ 110

五足牛 ······························ 110

临洮大人 ···························· 111

龙现井中 ···························· 111

马生角 ······························ 112

人生角 ······························ 113

白黑乌斗 ···························· 114

内外蛇斗 ···························· 115

鼠舞门 ······························ 116

石自立 ······························ 117

狗冠 ································ 117

雌鸡化雄 ···························· 118

范延寿断讼 ·························· 119

天雨草 ······························ 120

断槐复立 ………………………………… 120

鼠巢 ……………………………………… 121

鸟焚巢 …………………………………… 122

木生人状 ………………………………… 123

僵树自立 ………………………………… 124

儿啼腹中 ………………………………… 124

男子化女 ………………………………… 125

人死复生 ………………………………… 125

人生两头 ………………………………… 126

德阳殿蛇 ………………………………… 127

梁冀妻妆 ………………………………… 128

赤厄三七 ………………………………… 129

长短衣裾 ………………………………… 131

夫妇相食 ………………………………… 131

寺壁黄人 ………………………………… 132

梁伯夏后 ………………………………… 133

魁橀挽歌 ………………………………… 134

京师童谣 ………………………………… 134

桓氏复生 ………………………………… 135

荆州童谣 ………………………………… 136

树出血 …………………………………… 137

燕巢生鹰 ………………………………… 138

燕生巨鷇 ………………………………… 138

谯周书柱 ………………………………… 139

孙权死征 ………………………………… 140

卷七

开石文字 ……………………………………… 142

西晋祸征 ……………………………………… 143

翟器翟食 ……………………………………… 144

蝘蚑化鼠 ……………………………………… 145

两足虎 ………………………………………… 145

武库飞鱼 ……………………………………… 146

牛能言 ………………………………………… 147

败屦聚道 ……………………………………… 149

戟锋火光 ……………………………………… 150

人生他物 ……………………………………… 150

辛螫之木 ……………………………………… 151

无颜帕 ………………………………………… 152

吕会不学 ……………………………………… 153

绛囊缚纷 ……………………………………… 155

仪仗生花 ……………………………………… 156

羽扇长柄 ……………………………………… 156

卷八

舜得玉历 ……………………………………… 159

汤祷桑林 ……………………………………… 159

吕望钓于渭阳 ………………………………… 160

武王平风波 …………………………………… 160

孔子夜梦 ……………………………………… 161

赤虹化玉 ……………………………………… 162

陈宝祠 ………………………………………… 163

邢史子臣说天道 ……………………………… 165

荧惑星预言 …………………………… 166

戴洋梦神 …………………………… 167

卷九

应妪见神光 …………………………… 170

张颢得金印 …………………………… 170

张氏传钩 …………………………… 171

何比干得符策 …………………………… 172

狗啮群鹅 …………………………… 173

公孙渊家数怪 …………………………… 174

诸葛恪被杀 …………………………… 174

贾充见府公 …………………………… 176

庾亮受罚 …………………………… 178

刘宠军败 …………………………… 179

卷十

和熹邓皇后梦 …………………………… 182

孙坚夫人梦 …………………………… 182

蔡茂梦 …………………………… 183

周擥啧梦 …………………………… 184

张奂妻梦 …………………………… 185

汉灵帝梦 …………………………… 186

吕石梦 …………………………… 187

谢郭同梦 …………………………… 188

徐泰梦 …………………………… 189

卷十一

熊渠子射虎附李广射虎 ……………………… 191

养由基射猿附更赢射鸟 ……………………… 192

古冶子杀鼋 …………………………………… 192

三王墓 ………………………………………… 193

东方朔消患 …………………………………… 196

谅辅祷雨 ……………………………………… 198

何敞消灾 ……………………………………… 199

白虎墓 ………………………………………… 200

葛祚碑 ………………………………………… 201

曾子之孝 ……………………………………… 202

周畅立义冢 …………………………………… 202

王祥孝母 ……………………………………… 203

蚧蟆炙 ………………………………………… 204

郭巨埋儿 ……………………………………… 204

刘殷居丧 ……………………………………… 205

玉田 …………………………………………… 206

王裒守墓 ……………………………………… 208

白鸠郎 ………………………………………… 209

东海孝妇 ……………………………………… 209

犍为孝女 ……………………………………… 211

乐羊子妻 ……………………………………… 213

庾衮侍兄 ……………………………………… 214

相思树 ………………………………………… 214

望夫冈 ………………………………………… 216

邓元义妻更嫁 ………………………………… 217

严遵破案 ……………………………………… 219

死友 ·········· 220

卷十二

论五气变化 ·········· 224

土中贲羊 ·········· 228

地中犀犬 ·········· 229

山精侲囊 ·········· 231

池阳小人庆忌 ·········· 232

霹雳落地 ·········· 233

落头民 ·········· 233

貙人化虎 ·········· 235

猳国马化 ·········· 236

刀劳鬼 ·········· 237

冶鸟 ·········· 238

鬼弹 ·········· 240

襄荷根攻蛊 ·········· 240

蛇蛊 ·········· 241

卷十三

澧泉 ·········· 244

巨灵劈华山 ·········· 244

霍山镬 ·········· 245

樊山火 ·········· 246

孔窦泉 ·········· 246

龟化城 ·········· 247

城沦为湖 ·········· 247

马邑 ·········· 248

天地劫灰 ………………………………………………… 249

丹砂井 ……………………………………………………… 250

青蚨还钱 ………………………………………………… 250

蜾蠃育子 ………………………………………………… 251

火浣布 ……………………………………………………… 252

焦尾琴 ……………………………………………………… 253

卷十四

蒙双氏 ……………………………………………………… 256

狗祖盘瓠 ………………………………………………… 256

夫馀王 ……………………………………………………… 259

鹄苍衔卵 ………………………………………………… 260

谷乌菟 ……………………………………………………… 261

齐顷公无野 ……………………………………………… 262

窦氏蛇 ……………………………………………………… 262

金龙池 ……………………………………………………… 263

马皮蚕女 ………………………………………………… 264

嫦娥奔月 ………………………………………………… 267

羽衣女 ……………………………………………………… 268

黄母化鼋 ………………………………………………… 268

宋母化鳖 ………………………………………………… 269

老翁作怪 ………………………………………………… 270

卷十五

王道平妻 ………………………………………………… 273

贾偶 ………………………………………………………… 275

李娥 ………………………………………………………… 277

史姁 ……………………………………… 280

贺瑀 ……………………………………… 281

戴洋 ……………………………………… 282

柳荣张悌 …………………………………… 283

颜畿 ……………………………………… 284

羊祜 ……………………………………… 286

西汉宫人 …………………………………… 287

棺中活妇 …………………………………… 287

杜锡婢 ……………………………………… 288

广陵大冢 …………………………………… 289

栾书冢 ……………………………………… 290

卷十六

三疫鬼 ……………………………………… 292

挽歌 ……………………………………… 292

阮瞻见鬼客 ………………………………… 293

黑衣白裌鬼 ………………………………… 294

蒋济亡儿 …………………………………… 295

孤竹君棺 …………………………………… 298

温序死节 …………………………………… 299

文颖移棺 …………………………………… 300

鹄奔亭女鬼 ………………………………… 302

杨度遇鬼 …………………………………… 304

秦巨伯斗鬼 ………………………………… 305

宋定伯卖鬼 ………………………………… 306

紫玉与韩重 ………………………………… 308

驸马都尉 …………………………………… 311

谈生妻鬼…………………………314

卢充幽婚…………………………315

卷十七

鬼扮张汉直………………………323

贞节先生范丹……………………324

费季居楚…………………………325

鬼扮虞定国………………………326

朱诞给使射鸣蝉…………………327

倪彦思家狸怪……………………329

顿丘魅物…………………………331

度朔君……………………………332

筋竹长人…………………………335

釜中白头公………………………336

服留鸟……………………………337

卷十八

饭雷怪……………………………339

何文除宅妖………………………339

秦公斗树神………………………341

树神黄祖…………………………342

张辽除树怪………………………343

董仲舒戏老狸……………………345

张华擒狐魅………………………346

吴兴老狸…………………………349

刘伯祖与狸神……………………350

宋大贤擒狐………………………352

郅伯夷击魅……………………………………353

狐博士讲书……………………………………355

王周南克鼠怪…………………………………355

安阳亭三怪……………………………………356

卷十九

李寄斩蛇……………………………………360

司徒府大蛇…………………………………362

谢非除庙妖…………………………………363

孔子论五酉…………………………………364

狄希千日酒…………………………………366

卷二十

病龙求医……………………………………369

苏易助虎产…………………………………369

黄雀报恩……………………………………370

隋侯珠………………………………………371

龟报孔愉……………………………………372

蚁王报恩……………………………………373

义犬救主……………………………………374

蝼蛄神………………………………………376

猿母哀子……………………………………377

华亭大蛇……………………………………377

邛都老姥……………………………………378

卷一

　　本卷所记皆为晋代以前神仙术士及其神通变化的奇闻异事，即从传说中的神农到三国时吴国的吴猛。其中神农、赤松子、宁封子、彭祖、师门、葛由等相传是远古及夏、商、周三代时期得道的神仙，能够呼风唤雨，骑龙驾虎，长生不老。春秋战国时期的琴高、陶安公亦是如此。汉代神仙方术空前发达，淮南王刘安尤好此道，招致方术之士达数千人，本卷中的八老公即是其典型。此后的刘根、王乔、蓟子训、汉阴生、左慈、于吉、介琰、徐光、葛玄、吴猛等人则是修道求仙的术士，能够役使鬼神，羽化飞升，腾挪变幻，不受形神之限。从其法术与神通，可以粗略地反映出晋代以前神仙方术之道的发展变化。本卷最后四则记神女与世间凡人交通恋爱，从另一个侧面反映出人们对沟通仙凡的期望，以及仙凡相处难以长久的遗憾。

神农鞭百草

神农以赭鞭鞭百草①，尽知其平毒寒温之性②，臭味所主③。以播百谷，故天下号"神农"也。

【注释】

①神农：传说中的太古帝王名，又被称为炎帝。始教民为耒耜，务农业，故称神农氏。赭（zhě）鞭：相传是神农氏用来检验百草性味的赤色鞭子。

②平毒寒温之性：指草木无毒、有毒及寒温的药性。平，指草药无毒性。

③臭（xiù）味：气味。

【译文】

神农氏用赤色的鞭子鞭打各种草木，全面了解各种草木平、毒、寒、温的药性，药味所主治的疾病。因为他播种各种庄稼，所以天下人称他为"神农"。

雨师赤松子

赤松子者，神农时雨师也①。服冰玉散②，以教神农。能入火不烧。至崑崙山③，常入西王母石室中④。随风雨上下。炎帝少女追之，亦得仙，俱去。至高辛时⑤，复为雨师，游人间。今之雨师本是焉。

【注释】

①雨师：传说中司雨的神。

②冰玉散：传说中一种可长生不老的药。

③崑崙山：传说中西方的仙山。

④西王母：古代神话中的女仙人，是长生不老的象征。

⑤高辛：即帝喾，传说中的古代部族首领，为黄帝曾孙，初受封于辛，后即帝位，号高辛氏。

【译文】

赤松子，是神农时司雨的神。他服用冰玉散这种神药，也教神农服用。他能够进入火中而不燃烧。到崑崙山，他常常到西王母的石室中去。他随着风雨上天下地。神农的小女儿追随他，也成为神仙，一起升天而去。到帝喾高辛氏时，赤松子又做了雨师，漫游人间。现在的雨师奉他为祖师。

宁封子自焚

宁封子，黄帝时人也。世传为黄帝陶正①。有异人过之②，为其掌火。能出入五色烟。久则以教封子，封子积火自烧，而随烟气上下。视其灰烬，犹有其骨。时人共葬之宁北山中。故谓之"宁封子"。

【注释】

①陶正：主掌陶器的职官。

②过：拜访。

【译文】

宁封子，是黄帝时候的人。世传他是为黄帝主掌陶器的陶正。有个神异之人拜访他，为他掌火。能够在五色烟火中出入。时间久了就把这种法术教给了宁封子，宁封子堆集柴火自焚，随着烟气上天下地。人们察看灰烬，仍然有他的骸骨。人们一起把他葬在了宁北山中。所以称他为"宁封子"。

彭祖仙室

彭祖者，殷时大夫也^①。姓钱，名铿。帝颛顼之孙^②，陆终氏之中子^③。历夏而至商末，号七百岁。常食桂芝。历阳有彭祖仙室。前世云：祷请风雨，莫不辄应。常有两虎在祠左右。今日祠之讫，地则有两虎迹。

【注释】

①殷：朝代名。商王盘庚从奄（今山东曲阜）迁都殷，后世因称商为殷。大夫：古职官名。

②颛顼（zhuānxū）：上古帝王名。号高阳氏，相传为黄帝之孙。

③陆终氏：颛顼的后裔。中子：排行居中的儿子。

【译文】

彭祖，殷代的大夫。姓钱，名铿。他是古帝颛顼的子孙，陆终氏的儿子。经历夏代一直到商朝末年，号称七百岁。经常服食桂芝。历阳地方有彭祖仙室。前辈人说：到那里祈祷请求风雨，没有不立刻应验的。经常有两只老虎守在祠的左右。现在祠已经不存在了，地上仍然有两只老虎的脚印。

师门使火

师门者，啸父弟子也①。能使火。食桃葩。为孔甲龙师②。孔甲不能修其心意，杀而埋之外野。一旦，风雨迎之，山木皆燔③。孔甲祠而祷之，未还而死。

【注释】

①啸父：传说中的仙人名。

②孔甲：夏朝的帝王名。

③燔（fán）：焚烧。

【译文】

师门是啸父的弟子。能够使火自焚而登仙。服食桃花。是夏帝孔甲的御龙师。孔甲因为他不能顺从自己的心意，把他杀了埋在野外。一天，风雨迎接他升天，山上的树木都燃烧起来。孔甲建立神祠向他祷告，还没回到家就死了。

葛由乘木羊

前周葛由，蜀羌人也。周成王时①，好刻木作羊卖之。一旦，乘木羊入蜀中，蜀中王侯贵人追之，上绥山。绥山多桃，在峨眉山西南，高无极也。随之者不复还，皆得仙道。故里谚曰："得绥山一桃，虽不能仙，亦足以豪。"山下立祠数十处。

【注释】

①周成王：周代的帝王，名诵。周武王的儿子。

【译文】

西周的葛由，是蜀地的羌人。周成王时，喜欢把木头刻成羊去卖。有一天，他骑着木羊来到蜀中，蜀中王侯贵人都追随他，登上绥山。绥山有很多桃子，在峨眉山的西南，高耸入云。追随他的人不再返回，都得了仙道。所以民间谚语说："得到绥山一只桃，不能成仙也自豪。"绥山下葛由的神祠有几十处。

崔文子学仙

崔文子者，泰山人也。学仙于王子乔[1]。子乔化为白蜺[2]，而持药与文子。文子惊怪，引戈击蜺，中之，因堕其药。俯而视之，王子乔之履也。置之室中，覆以敝筐。须臾，化为大鸟。开而视之，翻然飞去。

【注释】

①王子乔：相传为周灵王太子。

②蜺（ní）：通"霓"，虹的外圈，称副虹，又称雌虹、雌蜺。

【译文】

崔文子，是泰山人。跟随王子乔学仙道。王子乔化身为白蜺，带着仙药送给崔文子。崔文子惊怪，引戈投向白蜺，击中了它，于是带来的药掉了下来。俯身查看，是王子乔的鞋子。他把鞋子放到屋里，用破筐盖住。过了一会儿，鞋子变成了大鸟。打开筐子看它，展翅高飞而去。

琴高取龙子

琴高，赵人也。能鼓琴。为宋康王舍人^①。行涓、彭之术^②，浮游冀州、涿郡间二百余年。后辞入涿水中，取龙子。与诸弟子期之，曰："明日皆洁斋，候于水旁，设祠屋。"果乘赤鲤鱼出，来坐祠中。且有万人观之。留一月，乃复入水去。

【注释】

①舍人：官名。

②涓、彭之术：指神仙之术。涓，涓子。彭，彭祖。

【译文】

琴高，赵国人。擅长鼓琴。曾担任宋康王的舍人。修行涓子、彭祖的仙术，在冀州、涿郡之间漫游了二百多年。后来辞世进入涿水中获取龙子。和众弟子约定，说："明天你们都沐浴斋戒，在河边等候，设置神祠祭祀。"第二天，他果然骑着红鲤鱼从河中出来，坐入神祠。大约有一万多人来看他。停留了一个月，就再次入水而去。

陶安公通天

陶安公者，六安铸冶师也。数行火。火一朝散上，紫色冲天。公伏冶下求哀。须臾，朱雀止冶上^①，曰："安公！安公！冶与天通。七月七日，迎汝以赤龙。"至时，安公骑之，从东南去。城邑数万人，豫祖安送之^②，皆辞诀。

【注释】

①朱雀：古代传说中的祥瑞动物，"四灵"之一。

②豫：预先，事先。祖：祭祀路神。引申为饯行。

【译文】

陶安公，是六安的铸冶师。多次生火冶铸。有一天火燃烧起来，紫色的火焰直冲云天。陶安公跪伏在炉下祈祷。一会儿，一只朱雀停在冶炉上，说："安公！安公！冶铸与天通。七月七日，赤龙迎你上天空。"到了约定的时间，陶安公骑着赤龙，向东南飞去。城中数万人，预先为陶安公饯行，陶安公都一一辞别。

淮南八老公

淮南王安，好道术。设厨宰以候宾客。正月上辛，有八老公诣门求见。门吏白王，王使吏自以意难之，曰："吾王好长生，先生无驻衰之术，未敢以闻。"公知不见，乃更形为八童子，色如桃花。王便见之，盛礼设乐，以享八公。援琴而弦歌曰："明明上天，照四海兮。知我好道，公来下兮。公将与余，生羽毛兮。升腾青云，蹈梁甫兮。观见三光①，遇北斗兮。驱乘风云，使玉女兮。"今所谓《淮南操》是也②。

【注释】

①三光：指日、月、星。

②《淮南操》：古琴曲名。又称《八公操》。

【译文】

淮南王刘安，喜好道术。专门设置厨宰来迎候宾客。正月的第一个辛日，有八位老公公上门求见。门吏报告给淮南王，淮南王让门吏随意非难他们。门吏说："我们大王喜欢长生不老，你们没有停驻衰老的仙术，不敢替你们去报信。"八位老公公明白是淮南王不愿接见，于是变化成为八个小童，面如桃花。淮南王于是接见他们，以隆重的礼乐来招待八位老公公。淮南王抚琴而歌说："明察的上天俯照四海，知我喜好仙道让八公降临。八公赐福我将羽化而登仙，驾着青云在梁甫山上漫游。看见日月星光又遇到北斗七星，驾着清风彩云使唤天上玉女。"这就是今天所说的《淮南操》。

刘根召鬼

刘根字君安，京兆长安人也。汉成帝时，入嵩山学道。遇异人授以秘诀，遂得仙。能召鬼。颍川太守史祈以为妖，遣人召根，欲戮之。至府，语曰："君能使人见鬼，可使形见。不者，加戮。"根曰："甚易！借府君前笔砚书符。"因以叩几。须臾，忽见五六鬼，缚二囚于祈前。祈熟视，乃父母也。向根叩头曰："小儿无状，分当万死。"叱祈曰："汝子孙不能光荣先祖，何得罪神仙，乃累亲如此。"祈哀惊悲泣，顿首请罪。根默然忽去，不知所之。

【译文】

刘根字君安，京兆长安人。汉成帝时，入嵩山学道术。遇到一个神人，把神仙秘诀传授给他，于是成了仙人。能够召唤鬼魂。颍川太守史祈认为他是妖怪，派人把他召来，想杀他。到了太守府，对他说："你能让人见到鬼，就让鬼形显现出来。如果不能，就杀了你。"刘根说："这非常容易！借府君面前的笔砚写一道符。"于是用符敲打案几。一会儿，忽然看见五六个鬼，绑着两个囚犯来到史祈跟前。史祈仔细一看，竟是自己的父母。他们向刘根叩头说："我儿子不懂礼貌，理当万死。"责骂史祈说："你做子孙的不能光耀先祖，为何得罪神仙，竟连累父母到这个样子。"史祈悲哀震惊伤心地哭了，向刘根磕头请罪。刘根默然快速离开，不知到哪里去了。

王乔飞舄

汉明帝时，尚书郎河东王乔为叶令①。乔有神术，每月朔，尝自县诣台②。帝怪其来数而不见车骑；密令太史候望之。言其临至时，辄有双凫③，从东南飞来。因伏伺，见凫，举罗张之，但得一双舄④。使尚方识视⑤，四年中所赐尚书官属履也。

【注释】

①尚书郎：官名。东汉时取孝廉中之有才能者入尚书台，在皇帝左右处理政务。初入台称守尚书郎中，满一年称尚书郎，三年称侍郎。魏晋以后尚书各部

有侍郎、郎中等官，综理职务，通称为尚书郎。

②尝：通"常"。

③凫（fú）：野鸭。

④舄（xì）：鞋子。

⑤尚方：古代制造帝王所用器物的官署。

【译文】

汉明帝时，尚书郎河东人王乔任叶县令。王乔有神术，每月初一，经常从县里来到朝廷。皇帝奇怪他来得频繁却不见乘车骑马，秘密命令太史去察看。太史报告说他来的时候，就有一对野鸭从东南方飞来。于是派人埋伏等候，看见野鸭，就举起罗网去捕捉它，捕到的只是一双鞋子。让尚方来辨认，原来是四年时赐给尚书官属的鞋子。

蓟子训长寿

蓟子训，不知所从来。东汉时，到洛阳，见公卿数十处，皆持斗酒片脯候之①。曰："远来无所有，示致微意。"坐上数百人，饮啖终日不尽②。去后，皆见白云起，从旦至暮。时有百岁公说："小儿时见训卖药会稽市，颜色如此。"训不乐住洛，遂遁去。正始中③，有人于长安东霸城，见与一老公共摩挲铜人，相谓曰："适见铸此，已近五百岁矣。"见者呼之曰："蓟先生小住。"并行应之。视若迟徐，而走马不及。

【注释】

①脯（fǔ）：干肉。

②啖（dàn）：吃。
③正始：魏齐王曹芳的年号。

【译文】

蓟子训，不知是从哪里来的人。东汉时，他来到洛阳，在几十个地方接待朝廷官员，都拿着一斗酒一块干肉侍候他们。他说："从远处来没有什么东西，只是表示一点点心意。"在座的有几百人，吃喝了一整天都没有吃完。蓟子训走后，大家都看见白云升起，云气从早上一直萦绕到晚上。当时有个百岁的老公公说："我小时候在会稽的市场上见过他卖药，脸色就是这样。"蓟子训不喜欢住在洛阳，于是就离开了。到魏齐王正始年间，有人在长安东边的霸城，看见蓟子训和一个老公公一起抚摸铜人。他们说："刚才看见铸这个铜人，已经过了五百年了。"看见的人招呼道："蓟先生稍等一下。"他们一边走一边回答。看着好像走得很慢，但快跑的马也追不上。

汉阴生乞市

汉阴生者，长安渭桥下乞小儿也。常于市中匄①，市中厌苦，以粪洒之。旋复在市中乞②，衣不见污如故。长吏知之，械收系，着桎梏，而续在市乞。又械欲杀之，乃去。洒之者家，屋室自坏，杀十数人。长安中谣言曰："见乞儿与美酒，以免破屋之咎。"

【注释】

①匄（gài）：乞讨。

②旋：不久，立刻。

【译文】

汉阴生，是长安渭桥下行乞的小孩。他经常到市场乞讨，市场的人厌烦他，用粪水浇他。很快他又在市场上乞讨，衣服上没有了污物，和先前一样。县吏知道了这件事，把他拘捕入狱，戴上了脚镣手铐。但他很快又继续在市场上行乞。县吏又拘捕了他想杀他，这才离去。往他身上洒粪水的人家，房屋自行倒塌，压死了十几个人。长安城流传这样的歌谣："看见行乞的小孩要给他美酒，以免遭受房屋倒塌的灾祸。"

左慈显神通

左慈字元放，庐江人也。少有神通。尝在曹公座，公笑顾众宾曰："今日高会，珍羞略备。所少者，吴松江鲈鱼为脍①。"放曰："此易得耳。"因求铜盘，贮水，以竹竿饵钓于盘中，须臾②，引一鲈鱼出。公大拊掌，会者皆惊。公曰："一鱼不周坐客，得两为佳。"放乃复饵钓之。须臾，引出，皆三尺余，生鲜可爱。公便自前脍之，周赐座席。公曰："今既得鲈，恨无蜀中生姜耳。"放曰："亦可得也。"公恐其近道买，因曰："吾昔使人至蜀买锦，可敕人告吾使，使增市二端③。"人去，须臾还，得生姜。又云："于锦肆下见公使，已敕增市二端。"后经岁余，公使还，果增二端。问之，云："昔某月某日，见人于肆下，以公敕敕之。"后公出近郊，士人从者百数。放乃赍酒一罂④，脯一片⑤，手自倾罂，行酒百官，百官莫不醉饱。公怪，使寻其故。行视沽酒家，昨悉亡其酒脯矣。公怒，阴欲杀放。放在公座，将收之，却入壁中，霍然不见⑥。乃募取之。或见于市，欲捕之，而市人皆放同形，莫知谁是。后人遇放于阳城山头，因复逐之。遂走入羊群。公知不可得，乃令就羊中告之，曰："曹公不复相杀，本试君术耳。今既验，但欲与相见。"忽有一老羝⑦，屈前两膝，人立而言曰："遽如许。"人即云："此羊是。"竞往赴之。而群羊数百，皆变为羝，并屈前膝，人立，云："遽如许。"于是遂莫知所取焉。

【注释】

①吴松江：即吴淞江，又称苏州河，为黄浦江支流。脍（kuài）：细切的鱼肉。

②须臾：片刻，不久。

③端：古代计量布帛的长度单位。一端约合二丈。

④赍（jī）：持，带。罂（yīng）：小口大腹的容器。

⑤脯（fǔ）：干肉。

⑥霍然：消散的样子。

⑦羝（dī）：公羊。

【译文】

左慈字元放，庐江人。年少时就有神通。他曾经是曹操的座上客，曹操笑着对众宾客说："今天高朋盛会，山珍美味都大体齐备了。所缺少的，只是用吴淞江的鲈鱼所做的鱼脍。"左元放说："这容易获得。"于是要了一个铜盘盛水，用竹竿挂上鱼饵在盘中垂钓，一会儿，拉上来一条鲈鱼。曹操拍手称好，参加宴会的人都非常惊讶。曹公说："一条鱼不够在座的人吃，能钓得两条最好。"左元放于是再次加鱼饵钓鱼。一会儿，钓出鱼来，两条鱼都有三尺多长，鲜活可爱。曹操准备自行脍鱼，遍赐在座的客人。曹操说："现在已经得到鲈鱼，可惜的是没有蜀地的生姜。"左元放说："这也能得到。"曹操担心他在附近路上买来，于是说："先前我派人到蜀地买彩锦，你让人告诉我的使臣，让他们多买四丈。"左元放离开后，一会儿回来，带来了生姜。还说："在蜀锦市场见到了您的使者，已经告诉他多买四丈了。"后来过了一年多，曹操的使者回来，果然多买了四丈。曹操问他，说："去年的某月某日，在市场上见到一个人，把您的命令传达给了我。"后来曹公到近郊出游，随从的官员上百人。左元放抱着一坛酒，拿着一片干肉，亲自给百官倒酒，百官各个酒醉肉饱。曹操觉得奇怪，派人查找原因。巡查到到卖酒的店家，他家的酒肉昨晚全部丢失了。曹操很生气，暗地里想杀了左元放。左元放在曹操府上，准备抓捕他，他却隐入墙壁，一下子不见了。曹操于是悬赏捉拿左元放。有人在市场上见到他，想抓他，市场上的人都变成了左元放的样子，不知道哪一个是他。后来又有人在阳城山头遇到左元放，于是又去追他，他走进羊群不见了。曹操知道抓不住他，就叫人对羊群说："曹公不再杀你，本来只是试试你的法术而已。现在既然已经灵验，只是想和你见面。"忽然有一只老公羊弯曲着两条前腿，像人一样站着说："惊慌成这个样子。"那人立刻说："这只羊就是！"大家争着扑向那只羊。然而那群羊有几百只，都变成了公羊，一起弯曲着两条前腿，像人一样站着，说："惊慌成这个样子。"于是就不知道该抓哪只羊了。

于吉请雨

孙策欲渡江袭许①，与于吉俱行。时大旱，所在熇厉②。策催诸将士，使速引船。或身自早出督切，见将吏多在吉许。策因此激怒，言："我为不如吉耶？而先趋附之。"便使收吉至，呵问之曰："天旱不雨，道路艰涩，不时得过，故自早出。而卿不同忧戚，安坐船中，作鬼物态，败吾部伍。今当相除。"令人缚置地上，暴之③，使请雨。若能感天，日中雨者，当原赦；不尔，行诛。俄而云气上蒸④，肤寸而合⑤；比至日中，大雨总至，溪涧盈溢。将士喜悦，以为吉必见原，并往庆慰，策遂杀之。将士哀惜，藏其尸。天夜，忽更兴云覆之。明旦往视，不知所在。策既杀吉，每独坐，仿佛见吉在左右。意深恶之，颇有失常。后治疮方差⑥，而引镜自照，见吉在镜中，顾而弗见。如是再三。扑镜大叫，疮皆崩裂，须臾而死。

【注释】

①孙策：三国时东吴政权的创立者，孙权之兄，后被

追尊为长沙桓王。许：地名。即许昌。

②熇（xiāo）厉：炎热。

③暴（pù）：晒。

④俄而：不久。

⑤肤寸而合：指（云气）逐渐集合。

⑥差（chài）：病除，病愈。

【译文】

孙策准备渡江攻打许昌，和于吉一起行军。当时大旱，所到之处非常炎热。孙策催促众将士，叫他们快速牵引船只。有一天他亲自早起去督促，看见将吏大都在于吉那里。孙策为此非常生气，说："我的号令不如于吉吗？你们却先趋承依附于他。"于是派人把于吉抓来，责问他说："天大旱不下雨，道路艰难，不能按时过江，所以我自己每天早起。而你却不为我分忧，安坐船中，装神弄鬼，涣散军心。今天就要除掉你。"孙策让人绑了于吉放在地上曝晒，让他祈雨。如果能感动上天，中午下雨，就宽恕赦免他；不然，就杀了他。一会儿，云气上升，逐渐聚合，将近中午，大雨骤然而至，小溪河沟都涨满了水。众将士十分高兴，以为于吉一定会被宽恕，一起去向他庆贺慰问，孙策却杀了他。众将士悲痛惋惜，收拾了于吉的尸体。那天夜里，忽然又升起一团云盖住了尸体。第二天早晨去看，尸体不知哪里去了。孙策杀了于吉之后，每次独自一个人的时候，好像看见于吉在他的身边。心里十分烦恶，神经有些失常。后来治疗创口刚刚好，孙策拿镜子照时，在镜子中看见于吉，回头却又找不到。像这样反复多次。孙策摔掉镜子大声喊叫，创口崩裂开来，一会儿就死了。

介琰隐形

介琰者，不知何许人也。住建安方山①，从其师白羊公杜受玄一无为之道②。能变化隐形。尝往来东海③，暂过秣陵④，与吴主相闻。吴主留琰，乃为琰架宫庙，一日之中，数遣人往问起居。琰或为童子，或为老翁，无所食啖，不受饷遗。吴主欲学其术，琰以吴主多内御，积月不教。吴主怒，敕缚琰，着甲士引弩射之。弩发，而绳缚犹存，不知琰之所之。

【注释】

①建安：古郡名。郡治在今福建建瓯。方山：山名。因山顶方平而得名。

②白羊公杜：未知其名，因其常乘白羊，被称为白羊公。玄一无为之道：即道家法术。

③东海：古郡名。秦置。楚汉之际也称郯郡。治所在郯（今山东郯城北）。西汉辖境相当今山东费县、临沂、江苏赣榆以南，山东枣庄、江苏邳县以东和江苏宿迁、灌南以北地区。

④秣陵：古县名。秦始皇改金陵邑而置。在今江苏南京。

【译文】

介琰，不知道是哪里人。他住在建安郡方山，跟从他的老师白羊公杜学习玄一无为的道家法术。能够变化、隐身。他曾经到东海郡去，回来时在秣陵暂时停留，和吴国君主孙权有往来。孙权留介琰住下，于是给介琰修建了宫庙，一天之内，多次派人询问起居。介琰有时变成小孩，有时变成老人，不吃不喝，不接受馈赠。孙权想学他的法术，介琰因为孙权宫中有很多妃嫔，好几个月都没有教他。孙权生气了，下令把介琰捆绑起来，让甲士拿弓箭射他。箭射出去，绑的绳子还在，介琰却不知到哪里去了。

徐光种瓜

吴时有徐光者，尝行术于市里。从人乞瓜，其主勿与，便从索瓣，杖地种之。俄而瓜生蔓延，生花成实。乃取食之，因赐观者。鬻者反视所出卖，皆亡耗矣。凡言水旱甚验。过大将军孙綝门①，褰衣而趋②，左右唾践。或问其故，答曰："流血臭腥不可耐。"綝闻，恶而杀之。斩其首，无血。及綝废幼帝③，更立景帝④，将拜陵，上车，有大风荡綝车，车为之倾。见光在松树上拊手指挥，嗤笑之。綝问侍从，皆无见者。俄而景帝诛綝。

【注释】

①孙綝：字子通，东吴贵戚。把持朝政，后被景帝诛杀。

②褰（qiān）：用手提起。

③幼帝：即孙权少子孙亮，在位7年，被孙綝废黜为会稽王，后自杀。

④景帝：孙权第六子孙休，在位6年。

【译文】

三国东吴时有个人叫徐光，曾经在集市上施行法术。他向人讨瓜，卖瓜的人不给，他就要了一个瓜籽，用手杖挖地种了下去。一会儿瓜籽发芽，牵蔓，开花，结瓜。徐光于是就摘下来吃瓜，也送给围观的人吃。卖瓜的人回去看自己要卖的瓜，都不见了。徐光凡是预言水旱都很灵验。他经过大将军孙綝的门口，提起衣服快步跑过，向左右两边吐口水。有人询问原因，他回答说："流血腥臭叫人难受。"孙綝听说后恨他，把他杀了。砍下他的头，没有血。等孙綝废黜幼帝，另立景帝，准备拜祭祖陵，刚坐上车，有大风吹荡孙綝的马车，马车被吹翻了。孙綝看见徐光在松树上拍掌指点，嘲笑他。孙綝询问侍从，都没有看见徐光。过了不久，景帝就诛杀了孙綝。

葛玄使法术

葛玄字孝先，从左元放受《九丹液仙经》①。与客对食，言及变化之事。客曰："事毕，先生作一事特戏者。"玄曰："君得无即欲有所见乎？"乃嗽口中饭，尽变大蜂数百，皆集客身，亦不螫人。久之，玄乃张口，蜂皆飞入，玄嚼食之，是故饭也。又指虾蟆及诸行虫燕雀之属，使舞，应节如人。冬为客设生瓜枣，夏致冰雪。又以数十钱使人散投井中，玄以一器于井上呼之，钱一一飞从井出。为客设酒，无人传杯，杯自至前，如或不尽，杯不去也。尝与吴主坐楼上，见作请雨土人，帝曰："百姓思雨，宁可得乎？"玄曰："雨易得耳！"乃书符着社中，顷刻间，天地晦冥，大雨流淹。帝曰："水中有鱼乎？"玄复书符掷水中，须臾，有大鱼数百头。使人治之。

【译文】
　　葛玄字孝先，跟随左元放学习《九丹液仙经》。和客人一起吃饭时，说起法术变化的事情。客人说："吃完饭，先生变个法术表演一下。"葛玄说："您是不是想马上就看见什么呢？"于是把嘴里的饭喷出来，都变成了大蜂，有几百只，都飞到了客人身上，也不蜇人。过了一段时间，葛玄才张开嘴，大蜂都飞进他的嘴里，葛玄嚼着吃，还是原来的饭粒。他又指挥虾蟆以及各种爬虫、燕雀之类，让它们跳舞，像人一样合乎节奏。冬天的时候他为客人准备新鲜的瓜枣，夏天又能送上冰雪。他又让人把几十个铜钱散扔到井里，葛玄拿一器皿在井上呼唤，铜钱一个个从井里飞了出来。他为客人摆上酒席，没有人传递酒杯，酒杯自己就到了客人面前，如果杯中的酒没有喝尽，杯子就不会离开。他曾经和吴主坐在高楼上，看见人在制作祈雨的土人，吴王说："老百姓盼望下雨，可以求得吗？"葛玄说："雨很容易求得的！"于是画了一道符放在神社中，顷刻之间，天昏地暗，大雨倾盆，雨水四处流淌。吴王说："水里有鱼吗？"葛玄又画符扔到水里，一会儿，就出现了数百条大鱼。派人去捉鱼。

吴猛止风

　　吴猛，濮阳人。仕吴，为西安令^①，因家分宁^②。性至孝。遇至人丁义，授以神方；又得秘法神符，道术大行。尝见大风，书符掷屋上，有青乌衔去，风即止。或问其故，曰："南湖有舟，遇此风，道士求救。"验之果然。武宁令干庆死，已三日，猛曰："数未尽，当诉之于天。"遂卧尸旁。数日，与令俱起。后将弟子回豫章^③，江水大急，人不得渡。猛乃以手中白羽扇画江水，横流，遂成陆路，徐行而过。过讫，水复。观者骇异。尝守浔阳^④，参军周家有狂风暴起^⑤，猛即书符掷屋上，须臾风静。

【注释】

①西安：三国时吴国所置县名，县治在今江西武宁西。

②分宁：古地名。曾属武宁县，唐贞元十五年（799）从武宁县析出置县。其地在今江西修水。

③豫章：古郡名。郡治在今江西南昌。

④浔阳：古县名。县治在今江西九江。

⑤参军：官名。

【译文】

　　吴猛是濮阳人。在吴国做官，任西安县县令，于是把家安在了分宁。吴猛生性至孝。遇到至德之人丁义，传授给他神方；又得到秘法神符，道术十分厉害。曾经看到大风，画了一道符扔到屋顶上，有青鸟衔去，风立刻停了。有人询问原因，他说："南湖上有条小船，遇到这阵风，一个道士求救。"去查对情况，果然如此。武宁县令干庆死了已经三天了，吴猛说："他的气数还未尽，应当向上天申诉这件事。"于是睡在了干庆的尸体旁。几天后，吴猛和县令干庆一道坐了起来。后来带着弟子回豫章，江水太急，不能过江。吴猛于是用手中的白羽扇朝江水中一划，江水横流，于是出现了一条陆路，慢慢走过去。人都过去后，水又恢复了原样。观看的人都惊骇不已。吴猛曾经驻守浔阳，参军周家有狂风突然吹起，吴猛立刻画了一道符扔到屋顶上，过一会儿风就停了。

园客养蚕

园客者，济阴人也①。貌美，邑人多欲妻之，客终不娶。尝种五色香草，积数十年，服食其实。忽有五色神蛾，止香草之上，客收而荐之以布②，生桑蚕焉。至蚕时，有神女夜至，助客养蚕，亦以香草食蚕。得茧百二十头，大如瓮，每一茧缫六七日乃尽③。缫讫，女与客俱仙去，莫知所如。

【注释】

①济阴：古郡名。郡治在今山东定陶。

②荐：铺陈。

③缫（sāo）：抽茧出丝。

【译文】

园客是济阴人。他相貌英俊，当地人都想把女儿嫁给他，但园客始终没有娶妻。他曾经种植五色香草，一连几十年，吃它的果实。忽然有一只五色的神蛾，停在香草上，园客把神蛾收养下来，给它铺上布，神蛾在布上生下了许多蚕卵。到了养蚕季节，有神女晚上来，帮助园客养蚕，他们也拿香草喂蚕。蚕做了一百二十个大蚕茧，每个蚕茧像瓮那样大，缫丝要六七天才能抽完。蚕丝缫完后，神女和园客一起升仙而去，没有人知道到哪里去了。

董永与织女

汉董永，千乘人①。少偏孤，与父居。肆力田亩，鹿车载自随②。父亡，无以葬，乃自卖为奴，以供丧事。主人知其贤，与钱一万，遣之。永行三年丧毕，欲还主人，供其奴职。道逢一妇人曰："愿为子妻。"遂与之俱。主人谓永曰："以钱与君矣。"永曰："蒙君之惠，父丧收藏。永虽小人，必欲服勤致力，以报厚德。"主曰："妇人何能？"永曰："能织。"主曰："必尔者，但令君妇为我织缣百匹③。"于是永妻为主人家织，十日而毕。女出门，谓永曰："我，天之织女也。缘君至孝，天帝令我助君偿债耳。"语毕，凌空而去，不知所在。

【注释】

①千乘：古地名。在今山东博兴、高青一带。博兴的

陈户镇有董家村，相传为董永家乡。

②鹿车：古代的一种小车，因车身狭小仅可容一鹿，故名鹿车。

③缣（jiān）：双丝织的浅黄色细绢。

【译文】

汉代的董永是千乘人。小时候丧母，和父亲一起居住。到田里干活，他用小车拉着父亲。父亲死了，他没钱安葬，于是卖身为奴来安葬父亲。主人知道他很贤良，交给他一万文钱让他回家。董永守丧三年期满，打算回到主人家，尽其做奴仆的职责。在路上遇到一个女子，说："我愿意做你的妻子。"董永于是带着她到了主人家。主人对董永说："那钱我送给你了。"董永说："承蒙您的恩惠，得以把父亲埋葬。董永虽然是个卑贱之人，一定要尽力干活，来报答您的大恩大德。"主人说："你的妻子能做些什么？"董永说："会织布。"主人说："像你说的那样，就让你的妻子给我织一百匹双丝细绢吧。"于是董永的妻子给主人家织绢，十天就织完了。女子和董永离开主人家，出了门对董永说："我是天上的织女。因为你非常孝顺，天帝让我帮助你偿还欠债。"话说完，凌空飞去，不知飞到哪里去了。

杜兰香与张传

汉时有杜兰香者，自称南康人氏。以建兴四年春，数诣张传。传年十七，望见其车在门外，婢通言："阿母所生，遣授配君，可不敬从？"传，先改名硕，硕呼女前，视，可十六七，说事邈然久远。

有婢子二人，大者萱支，小者松支。钿车青牛^①，上饮食皆备。作诗曰："阿母处灵岳，时游云霄际。众女侍羽仪，不出墉宫外^②。飘轮送我来，岂复耻尘秽？从我与福俱，嫌我与祸会。"至其年八月旦，复来，作诗曰："逍遥云汉间，呼吸发九嶷^③。流汝不稽路，弱水何不之^④？"出薯蓣子三枚^⑤，大如鸡子，云："食此，令君不畏风波，辟寒温。"硕食二枚，欲留一，不肯，令硕食尽。言："本为君作妻，情无旷远。以年命未合，其小乖。太岁东方卯，当还求君。"兰香降时，硕问："祷祀何如？"香曰："消魔自可愈疾，淫祀无益。"香以药为"消魔"。

【注释】

①钿（diàn）车：用金玉宝石嵌饰的车子。

②墉宫：即墉城。相传为西王母的居所。

③九嶷（yí）：山名。在湖南宁远南。相传舜葬于此。

④弱水：古水名。相传弱水环绕崑崒仙境，水弱不能载舟，只有得道之人能过去。

⑤薯蓣（yù）：山药。

【译文】

汉代有个叫杜兰香的人，自称是南康人氏。在晋愍帝建兴四年春，多次去张传那里。张传当时十七岁，看见她的车子在大门外，婢女来通报说："母亲生下我，派我来这里嫁给你，怎么能不遵从她的命令呢？"张传，曾改名叫张硕。张硕叫杜兰香上前，看她，大约有十六七岁，说的事情似乎十分久远。她有两个婢女，大的叫萱支，小的叫松支。乘坐的是青牛拉的金车，上面饮食都齐备。她作诗说："母亲居住在灵山，时时漫游云霄间。众位侍女举羽旌，不到仙境墉宫外。飘飘轮车送我来，难道嫌弃人世秽？与我共处福寿多，如若嫌我灾祸降。"那年八月的一天早晨，她又来了，作诗说："本在天河逍遥自在，呼吸之间来到九嶷山。你流连于飘忽不定的人间，为什么不渡弱水而成仙？"拿出三个山药，像鸡蛋大小，说："吃了它，可以使你不怕风波，免除寒凉热病。"张硕吃了两个，想留下一个，她不同意，让张硕全都吃了。说："本来我是给你做妻子的，感情不会疏远。因为年命不相合，怕有小小的不和谐。太岁在东方卯的时候，我定当回来找你。"杜兰香降临时，张硕问："祷告祭祀怎么样？"杜兰香说："消魔就能治好疾病，祭祀太多没有益处。"杜兰香把药称为"消魔"。

弦超与神女

魏济北郡从事掾弦超①，字义起。以嘉平中夜独宿②，梦有神女来从之。自称天上玉女，东郡人，姓成公，字知琼，早失父母，天帝哀其孤苦，遣令下嫁从夫。超当其梦也，精爽感悟，嘉其美异，非常人之容。觉寤钦想，若存若亡。如此三四夕。一旦，显然来游，驾辎軿车③，从八婢，服绫罗绮绣之衣，姿颜容体，状若飞仙。自言年七十，视之如十五六女。车上有壶、榼、青白琉璃五具④，食啖奇异。馔具醴酒，与超共饮食。谓超曰："我，天上玉女，见遣下嫁，故来从君。不谓君德，宿时感运，宜为夫妇。不能有益，亦不能为损。然往来常可得驾轻车，乘肥马，饮食常可得远味异膳，缯素常可得充用不乏。然我神人，不为君生子，亦无妒忌之性，不害君婚姻之义。"遂为夫妇。赠诗一篇，其文曰："飘飖浮勃逢⑤，敖曹云石滋⑥。芝英不须润，至德与时期。神仙岂虚感，应运来相之。纳我荣五族，逆我致祸菑⑦。"此其诗之大较，其文二百余言，不能尽录。兼注《易》七卷，有卦，有象，以象为属。故其文言既有义理，又可以占吉凶。超皆能通其旨意，用之占候。

【注释】

①济北郡：古郡名。郡治在今山东长清南。从事掾（yuàn）：职官名。郡守的僚属。

②嘉平：魏齐王曹芳的年号。

③辎軿（zīpíng）：辎车和軿车的并称。后泛指有屏蔽的车子。

④榼（kē）：古代盛酒或盛水的容器。亦泛指盒类容器。

⑤飘飖（yáo）：即飘摇。勃逢：指渤海的蓬莱仙境。勃，同"渤"。逢，通"蓬"。

⑥敖曹：声音嘈杂的样子。云石：云板、石磬等乐器。滋：发出。

⑦菑（zāi）：灾害，祸患。

【译文】

　　三国时魏国济北郡的从事掾弦超，字义起。在魏齐王嘉平年间，一天半夜独睡时，梦见有神女来陪伴他。她自称是天上的玉女，东郡人，姓成公，字知琼，早年丧失父母，天帝哀怜她孤苦，派她下凡出嫁跟随丈夫。弦超做梦的时候，精神爽快，感觉清晰，赞美知琼美貌异常，不是常人可比。醒来后慕想，像真的又像假的。这样过了三四个晚上。有一天，知琼现身来游，乘坐着辎轩车，随从有八个婢女，穿着绫罗锦绣的衣服，姿态容颜体貌，就像仙女一样。她自称七十岁了，看上去就像十五六岁的少女。车上有壶、榼、青白色的琉璃器皿，饮食十分奇异。她安排了美酒，和弦超共享。她对弦超说："我是天上的玉女，被天帝派遣下凡出嫁，所以来跟随你。想不到你有德行，是前世的缘分，应该做夫妇。不能说有什么好处，也不会有坏处。我们来往经常可以驾轻车，乘肥马，吃山珍海味等奇异的膳食，丝绸绢帛不会缺乏。不过我是神仙，不会给你生孩子，也没有妒忌的心理，不妨害你的婚姻之事。"于是结成了夫妻。赠给弦超一首诗，诗文说："我在蓬莱仙境游逛，云板石磬奏出乐音。灵芝不用雨水滋润，至高德行等待时机。神仙岂是凭空感应，顺应天意前来帮你。容我纳我荣耀五族，违我逆我致降祸灾。"这是诗的大意，诗文有两百多字，不能完全记录下来。她还注释了《易经》七卷，有卦辞，有象辞，用象辞来统属。所以其中的文字既有义理，又可以占卜吉凶。弦超都能通晓其中的旨意，用来预测吉凶及天气变化。

作夫妇经七八年，父母为超娶妇之后，分日而燕，分夕而寝。夜来晨去，倏忽若飞，唯超见之，他人不见。虽居暗室，辄闻人声，常见踪迹，然不睹其形。后人怪问，漏泄其事。玉女遂求去，云："我，神人也，虽与君交，不愿人知。而君性疏漏，我今本末已露，不复与君通接。积年交结，恩义不轻，一旦分别，岂不怆恨？势不得不尔，各自努力！"又呼侍御下酒饮啖。发簏①，取织成裙衫两副遗超。又赠诗一首，把臂告辞，涕泣流离，肃然升车，去若飞迅。超忧感积日，殆至委顿。

【注释】

①簏（lù）：竹编的容器。

【译文】

做了夫妻七八年，弦超的父母为弦超娶妻之后，知琼和弦超隔一天一起吃饭，隔一晚一起睡觉。知琼夜里来早晨去，快得像飞一样，只有弦超一个人能看见她，别人都看不见。虽然住在别人看不见的地方，总是能听到她的声音，常常见到她的踪迹，但是看不见她的样子。后来有人奇怪，询问弦超，弦超泄漏了他们的事情。知琼于是就要求离去，说："我是神人，虽然和你交往，不愿意别人知道。但是你性格粗疏，我现在已经彻底暴露了身份，不再和你交往。这么多年的交往，恩义不轻，一旦分别，怎不伤心？情势不得不这样，我们各自尽力吧。"她又叫侍女备下酒食来吃。打开竹箱，取出两套彩丝金缕的衣服留给弦超。又赠诗一首，挽着胳膊告辞，眼泪汪汪，神情凄凉地登上车子，飞一样地离开了。弦超忧伤了很多天，几乎到了颓丧的地步。

去后五年，超奉郡使至洛，到济北鱼山下陌上。西行，遥望曲道头有一马车，似知琼。驱驰至前，果是也。遂披帷相见，悲喜交切。控左援绥①，同乘至洛。遂为室家，克复旧好。至太康中犹在。但不日日往来，每于三月三日、五月五日、七月七日、九月九日、旦、十五日辄下往来，经宿而去。张茂先为之作《神女赋》②。

【注释】

①左：左骖，一车三马，左边的马叫左骖。绥：登车时手拉的绳子。

②张茂先：即张华，字茂先，晋代文学家，著有《博物志》等。

【译文】

知琼离开五年后，弦超受郡守派遣出使洛阳，来到济北鱼山下小路上。往西走，远远望见弯道尽头有一辆马车，像是知琼。弦超快马赶上前去，果然是她。于是揭开帷幕相见，悲喜交加。牵住左骖拉绳登车，一同乘车到达洛阳，于是又结为夫妻，重归于好。到晋武帝太康年间，仍然生活在一起。只是不天天往来，每当三月三、五月五、七月七、九月九、每月初一、十五，知琼总会降临，过一夜就离去。张茂先为她写了《神女赋》。

卷二

　　本卷主要记述汉晋时期巫人与术士降伏鬼魅、沟通人鬼的奇异事迹。其中的方术之士如汉章帝时降伏鬼魅精怪的寿光侯，吐水作雨的樊英，各擅方术、各矜所能的徐登、赵昞，能图宅相冢、可预见吉凶的韩友，还有断舌吐火的天竺人，乃至藉猛兽判断是非曲直的扶南王范寻，这些都是当时颇具影响的有方之士。同时，本卷又将方术之士与古代的巫觋并提，表彰其沟通阳世与阴间的法术。三国吴韦昭注《国语·楚语下》"如是则明神降之，在男曰觋，在女曰巫"云："巫、觋，见鬼者"，可以说明巫觋充当了人鬼间的使者。汉代以来，神仙方术大行其道，许多方术之士亦充兼具巫觋之能，如本卷所载汉武帝时期的李少翁、北海郡营陵县道士，即各施法术，使人鬼相会，叙未了之情。又有夏侯弘，可与鬼言语，并从小鬼口中获知破除鬼魅之法。诸如此类，都反映出汉晋时期神仙方术之道的兴盛。戚夫人侍儿贾佩兰所述汉代后宫娱乐神灵、乞福被灾的岁时风俗，也足以反映出当时重祠而敬祭的神鬼观念。

寿光侯劾鬼

寿光侯者，汉章帝时人也。能劾百鬼众魅，令自缚见形。其乡人有妇为魅所病，侯为劾之，得大蛇数丈，死于门外，妇因以安。又有大树，树有精，人止其下者死，鸟过之亦坠。侯劾之，树盛夏枯落，有大蛇，长七八丈，悬死树间。章帝闻之，征问。对曰："有之。"帝曰："殿下有怪，夜半后，常有数人，绛衣，披发，持火相随。岂能劾之？"侯曰："此小怪，易消耳。"帝伪使三人为之。侯乃设法，三人登时仆地，无气。帝惊曰："非魅也，朕相试耳。"即使解之。

【译文】

寿光侯，是东汉章帝时人。他能降伏各种鬼魅精怪，命令它们自己捆绑显出原形。他同乡的妻子被鬼魅伤害，寿光侯施法，抓住了一条数丈长的大蛇，死在门外，同乡人的妻子也就平安了。又有一棵大树，树上有精怪，人如果在树下停留就会死掉，鸟飞过也会掉下来。寿光侯降伏它，树叶在盛夏时节枯落，有条大蛇，长七八丈，吊死在树杈间。汉章帝听说这件事，把寿光侯召来询问，寿光侯回答说："有这件事。"章帝说："我的宫殿里有鬼怪，半夜以后，常有几个人，穿着大红色的衣服，披散着头发，打着火把一个跟着一个。怎么能降伏它们呢？"寿光侯说："这些是小妖怪，容易消除它们。"章帝悄悄派了三个人伪装成鬼怪。寿光侯于是设坛行法，三个人立刻倒在地上，没了声息。章帝吃惊地说："他们不是鬼怪，我试试你的法术罢了。"赶紧叫寿光侯解救了他们。

樊英灭火

樊英隐于壶山①。尝有暴风从西南起，英谓学者曰："成都市火甚盛。"因含水嗽之，乃命计其时日。后有从蜀来者，云："是日大火，有云从东起，须臾大雨，火遂灭。"

【注释】

①樊英：东汉南阳鲁阳（今河南鲁山）人。习京氏《易》，通五经，善推灾异。壶山：因山形如壶而得名，在河南鲁山南。

【译文】

樊英隐居在壶山。曾经有暴风从西南方刮起，樊英对跟他学习的人说："成都街市上的火势很猛。"于是他含了一口水喷了出去，又叫人记下当时的日期。后来有人从蜀郡回来，说："那一天发生大火，有云从东方升起，一会儿降下大雨，火就灭了。"

徐登与赵昞

闽中有徐登者①，女子化为丈夫。与东阳赵昞，并善方术。时遭兵乱，相遇于溪，各矜其所能。登先禁溪水为不流，昞次禁杨柳为生稊②。二人相视而笑。登年长，昞师事之。后登身故，昞东入章安，百姓未知。晅乃升茅屋，据鼎而爨。主人惊怪，晅笑而不应，屋亦不损。

【译文】

闽中郡有个叫徐登的人，原来是女人，后来变成了男子。他和东阳郡的赵昺都擅长方术。当时正逢兵乱，他们在一条小溪边相遇，各自夸耀他们的本领。徐登先施法禁止溪水流淌，赵昺接着施法让杨柳生出新芽。两人相视而笑。徐登年纪大，赵昺把他当作老师来事奉。后来徐登死了，赵昺往东来到章安县，老百姓都不了解他。赵昺于是爬上茅屋顶，用大鼎生火做饭。主人惊讶奇怪，赵昺只是笑笑没有回应，茅屋也没有损坏。

边洪发狂

宣城边洪①，为广阳领校②，母丧归家。韩友往投之③，时日已暮，出告从者："速装束，吾当夜去。"从者曰："今日已暝④，数十里草行，何急复去？"友曰："此间血覆地，宁可复住。"苦留之，不得。其夜，洪欻发狂⑤，绞杀两子，并杀妇。又斫父婢二人⑥，皆被创，因走亡。数日，乃于宅前林中得之，已自经死。

【注释】

①宣城：古郡名。郡治在今安徽宣城。

②广阳：是汉朝至西晋期间幽州刺史部下的一个郡国，其地在今北京。领校：郡的军事长官。

③韩友：字景先，晋庐江舒（今安徽庐江西南）人。曾任广武将军，史书载其"善占卜，能图宅相冢"。

④暝（míng）：日暮，夜晚。

⑤欻（xū）：忽然。

⑥斫（zhuó）：用斧砍。

【译文】

宣城人边洪，任广阳领校，母亲去世后回家。韩友去拜访他，其时天色已晚。韩友从边洪家出来告诉随行的人："赶紧收拾行李，我们要连夜离开这里。"随从说："今天已经晚了，走了几十里的草地，为什么急急忙忙又离开呢？"韩友说："这里血流满地，怎么可以再住下去。"边洪苦苦挽留，韩友没有同意。这天夜里，边洪忽然发疯，绞杀了两个儿子，还杀了妻子。又砍杀父亲的两个婢女，都被砍伤，然后他就逃跑了。几天后，才在宅院前面的树林中找到他，已经上吊死了。

天竺胡人法术

晋永嘉中①，有天竺胡人来渡江南②。其人有数术：能断舌复续，吐火。所在人士聚观。将断时，先以舌吐示宾客，然后刀截，血流覆地，乃取置器中，传以示人。视之，舌头半舌犹在。既而还取含续之。坐有顷，坐人见舌则如故，不知其实断否。其续断，取绢布，与人各执一头，对剪，中断之。已而取两断合，视绢布还连续，无异故体。时人多疑以为幻，阴乃试之，真断绢也。其吐火，先有药在器中，取火一片，与黍餹合之^③，再三吹呼，已而张口，火满口中，因就爇取以炊^④，则火也。又取书纸及绳缕之属，投火中，众共视之，见其烧爇了尽；乃拨灰中，举而出之，故向物也。

【译文】

西晋怀帝永嘉年间，有一个天竺国的人来到江南。这个人会多种法术：能把舌头截断再接上，能吐火。所到之处都有很多人围观。他准备断舌时，先吐出舌头给观众看，然后用刀截断，血流满地，于是把断舌放到器皿中，传给大家看。看他的嘴里，半截舌头还在。然后取出器皿中的半截舌头，放入口中连接。坐了一会儿，在座的人看到他的舌头完好如故，不知道它是不是真的断过。他表演断物续接，先取一匹绢布，和人各执一头，从中间剪断。旋即将两截断绢合在一起，看绢布仍然连在一起，和开始没有区别。当时有人怀疑是假的，悄悄一试，真的剪断了绢布。

他表演吐火，先把火药放在器皿中，取出一片，和黍糒混合，反复吹气，一会张开口，满口都是火，接着就用这火来做饭，真的是火。他又取书纸以及绳线之类投入火中，大家一起察看，发现都全部烧光了；于是拨开灰烬，拿出来的，还是原来的东西。

范寻养虎

扶南王范寻养虎于山[①]，有犯罪者，投与虎，不噬，乃宥之。故山名大虫，亦名大灵。又养鳄鱼十头，若犯罪者，投与鳄鱼，不噬，乃赦之。无罪者皆不噬，故有鳄鱼池。又尝煮水令沸，以金指环投汤中，然后以手探汤。其直者，手不烂，有罪者，入汤即焦。

【注释】

①扶南：中南半岛古国，又称夫南、跋南。辖境约当今柬埔寨以及老挝南部、越南南部和泰国东南部一带。范寻原为扶南国将领，因其国王子孙不绍，范寻遂承王位，世王扶南。

【译文】

扶南王范寻在山中养老虎，有犯罪的人，就丢到山上给老虎吃，老虎不咬的，就赦免他。所以这座山被命名为大虫山，又叫大灵山。他又养了十只鳄鱼，如果有犯罪的人，就把他扔给鳄鱼吃，鳄鱼不咬的，就赦免他。无罪的人鳄鱼都不咬，所以有个鳄鱼池。范寻还曾经把水烧开，把金戒指丢到开水中，然后让人用手去取金戒指。那些正直的人，手不会烫烂，有罪的人，手一伸进去就烫焦了。

贾佩兰说宫内事

戚夫人侍儿贾佩兰①，后出为扶风人段儒妻，说："在宫内时，尝以弦管歌舞相欢娱，竞为妖服以趋良时。十月十五日，共入灵女庙，以豚黍乐神，吹笛击筑②，歌《上灵之曲》。既而相与连臂，踏地为节，歌《赤凤皇来》，乃巫俗也。至七月七日，临百子池，作于阗乐③。乐毕，以五色缕相羁，谓之'相连绶'。八月四日，出雕房北户④，竹下围棋。胜者，终年有福；负者，终年疾病。取丝缕，就北辰星求长命，乃免。九月，佩茱萸，食蓬饵⑤，饮菊花酒，令人长命。菊花舒时，并采茎叶，杂黍米馕之，至来年九月九日始熟，就饮焉，故谓之'菊花酒'。正月上辰，出池边盥濯⑥，食蓬饵，以被妖邪。三月上巳，张乐于流水。如此终岁焉。"

【注释】

①戚夫人：汉高祖刘邦的宠妃。汉高祖死后，她被吕后挖去眼睛，砍断手足，投入猪圈，被称为"人彘"。

②筑：古代的一种弦乐器。有五弦、十三弦、二十一弦三种说法。其形似筝，颈细而肩圆，弦下设柱。演奏时，左手按弦的一端，右手执竹尺击弦发音。

③于阗（tián）：古西域国名。在今新疆和田一带。

④雕房：华美的内室。这里指闺房。

⑤蓬饵：一种在重阳节时吃的用米粉做成的糕。

⑥盥濯（guànzhuó）：洗涤。

【译文】

戚夫人的侍女贾佩兰，后来出嫁给扶风人段儒做妻子。她说："在皇宫里的时候，曾经用弦管伴奏歌舞来娱乐，大家争着穿上妖冶的服装来度过美好的日子。十月十五下元节，大家一起到灵女庙，用猪肉黍酒来娱乐神灵，吹笛击筑，唱《上灵之曲》。接下来大家相互拉着手臂，用脚踏着节拍，唱《赤凤皇来》。这是当时的巫俗。到了七月七日乞巧节，到百子池，演奏于阗乐。乐曲结束后，用五色丝绳互相扎头发，称它为'相连绥'。八月四日，走出闺房北门，到竹林下围棋。棋胜的人一整年都有福气；棋负的人，一整年都会生病。要拿着丝线向北极星祈求长命，才能免除疾病。九月，戴茱萸，吃蓬饵，喝菊花酒，可使人长寿。菊花盛开时，茎叶一起采集，掺入黍米酿酒，到第二年九月九重阳节才能酿好，取来饮用，所以称之为'菊花酒'。正月上辰日，出门到池边洗手，吃蓬饵，以被除妖邪。三月上巳日，在流水边设歌舞。就这样度过一整年。"

李少翁致神

汉武帝时，幸李夫人。夫人卒后，帝思念不已。方士齐人李少翁，言能致其神。乃夜施帷帐，明灯烛，而令帝居他帐遥望之。见美女居帐中，如李夫人之状，还幄坐而步，又不得就视。帝愈益悲感，为作诗曰："是耶？非耶？立而望之，偏娜娜[1]，何冉冉其来迟！"令乐府诸音家弦歌之[2]。

【译文】

汉武帝在位时宠幸李夫人。夫人死后，汉武帝思念不已。齐地的方士李少翁，自称能招来她的鬼魂。于是在夜里搭起帷帐，点上灯烛，让汉武帝坐在其他的帷帐中远远地看。只见有个美女坐在帷帐中，像李夫人的样子，环绕着帷帐坐下或行走，却不能挨近去看。汉武帝越发感到悲哀，为此写了首诗说："是她吗？不是她吗？站在那里，远远望去，飘飘然轻盈柔美，为何慢慢地走，来得这么迟！"传令乐府中的乐人配乐歌咏它。

营陵道人令见死人

汉北海营陵有道人[1]，能令人与已死人相见。其同郡人妇死已数年，闻而往见之，曰："愿令我一见亡妇，死不恨矣。"道人曰："卿可往见之，若闻鼓声，即出勿留。"乃语其相见之术。俄而得见之，于是与妇言语，悲喜恩情如生。良久，闻鼓声恨恨[2]，不能得住。当出户时，忽掩其衣裾户间，掣绝而去。至后岁余，此人身亡。家葬之，开冢，见妇棺盖下有衣裾。

【注释】

①北海：古郡名。汉景帝时分齐郡所置，郡治在营陵，即今山东乐昌。

②悢悢（liàng）：悲伤。

【译文】

汉代北海郡营陵县有个道人，能够让人和已经死去的人相见。他同郡的一个人妻子已经死了好几年了，听说后去见他，说："希望您能让我见一下死去的妻子，那么我到死都不遗憾了。"道人说："你可以去见你妻子。如果听到鼓声就立刻出来，不要停留。"于是告诉他相见的法术。一会儿，那个人见到了妻子，就和妻子说话，悲喜恩爱就像妻子活着的时候一样。过了好一会儿，听到悢悢的鼓声，不能停留。正在他出门时，他的衣襟忽然夹在了门缝里，他扯断衣襟离开了。过了一年多，这个人死了。家人埋葬他，打开坟墓时，发现他妻子的棺盖下有那片扯断的衣襟。

白头鹅试觋

吴孙休有疾，求觋视者①，得一人，欲试之。乃杀鹅而埋于苑中，架小屋，施床几，以妇人屐履服物着其上。使觋视之，告曰："若能说此家中鬼妇人形状者，当加厚赏，而即信矣。"竟日无言。帝推问之急，乃曰："实不见有鬼，但见一白头鹅立墓上。所以不即白之，疑是鬼神变化作此相，当候其真形而定。不复移易，不知何故，敢以实上。"

【注释】

①觋（xí）：为人祷祝鬼神的男巫。后亦泛指巫师。

【译文】

吴国景帝孙休生病，招求男巫治病，找到了一个人，想先试试他。于是杀了一只鹅埋在园子里，架设了一间小屋，摆上坐具和桌几，把女人的鞋子衣服放在上面。让男巫看了这些东西，对他说："如果能说出这座坟墓中死了的女子的样子，就重重赏赐你，而且就相信你了。"男巫一整天没有说话。景帝追问急了，才说："确实没有看见鬼，只看见一个白头鹅站在坟墓上。之所以没有立刻说明，我疑心是鬼神变化成鹅的样子，应当等到它现出真形才能确定。但它没有改变，不知是什么原因，冒昧以实情相告。"

石子冈朱主墓

吴孙峻杀朱主①，埋于石子冈②。归命即位③，将欲改葬之。冢墓相亚，不可识别，而宫人颇识主亡时所着衣服。乃使两巫各住一处，以伺其灵。使察战监之④，不得相近。久时，二人俱白见一女人，年可三十余，上着青锦束头，紫白袷裳⑤，丹绨丝履⑥，从石子冈上，半冈而以手抑膝长太息，小住须臾，更进一冢上，便止，徘徊良久，奄然不见⑦。二人之言，不谋而合。于是开冢，衣服如之。

【注释】

①孙峻：三国时吴国大将军，封为富春侯。朱主：孙权的女儿，公主鲁育，左将军朱据之妻。

②石子冈：地名。在今江苏江宁南。

③归命：吴末帝孙皓。后降晋称臣，封为归命侯。

④察战：三国时吴国设置的负责监视吏民的职官。

⑤袷（jiá）：夹衣。

⑥绨（tí）：厚实平滑而有光泽的丝织物。

⑦奄然：忽然。

【译文】

吴国的孙峻杀了朱主，把她埋在石子冈。吴末帝继位后，准备改葬她。许多坟墓并列，识别不出她的墓，但宫人还记得朱主死的时候所穿的衣服。于是派两个女巫各待在一个地方，等候她的灵魂。派察战监督她们，不准两人接近。过了一段时间，两个女巫都报告说看见一个女人，年纪大约三十来岁，头上戴着青锦头巾，穿着紫白色的夹衣，朱红色的厚丝鞋，从石子冈上山，到半山冈时用手扶膝，长长地叹气，稍微停了一会儿，又走到其中一座坟墓上就停了下来，徘徊了很长时间，忽然间就不见了。两个人的话，不谋而合。于是打开坟墓，棺材里的衣服正是说的那样。

夏侯弘见鬼

夏侯弘自云见鬼，与其言语。镇西谢尚所乘马忽死①，忧恼甚至。谢曰："卿若能令此马生者，卿真为见鬼也。"弘去良久，还曰："庙神乐君马，故取之。今当活。"尚对死马坐。须臾，马忽自门外走还，至马尸间，便灭。应时能动，起行。谢曰："我无嗣，是我一身之罚。"弘经时无所告。曰："顷所见，小鬼耳，必不能辨此源由。"后忽逢一鬼，乘新车，从十许人，着青丝布袍。弘前提牛鼻，车中人谓弘曰："何以见阻？"弘曰："欲有所问。镇西将军谢尚无儿，此君风流令望，不可使之绝祀。"车中人动容曰："君所道正是仆儿②。年少时，与家中婢通，誓约不再婚，而违约。今此婢死，在天诉之，是故无儿。"弘具以告。谢曰："吾少时诚有此事。"弘于江陵，见一大鬼，提矛戟，有随从小鬼数人。弘畏惧，下路避之。大鬼过后，捉得一小鬼，问："此何物？"曰："杀人以此矛戟，若中心腹者，无不辄死。"弘曰："治此病有方否？"鬼曰："以乌鸡薄之③，即差④。"弘曰："今欲何行？"鬼曰："当至荆、扬二州。"尔时比日行心腹病，无有不死者，弘乃教人杀乌鸡以薄之，十不失八九。今治中恶辄用乌鸡薄之者⑤，弘之由也。

【注释】

①谢尚：字仁祖，东晋阳夏（今河南太康）人。先后任尚书仆射、豫州刺史、镇西将军等职。

②仆：我，我的。

③薄：通"敷"，涂抹。

④差（chài）：病愈。

⑤中恶：中医病名。因冒犯不正之气所引起，俗称中邪。

【译文】

夏侯弘自称见过鬼，和鬼说过话。镇西将军谢尚的坐骑突然死了，谢尚十分忧愁烦恼。谢尚说："你如果能让我的马复活，你真的是见过鬼了。"夏侯弘去了很久，回来说："庙神喜欢您的马，所以要了去。现在会活过来了。"谢尚对着死马坐下。一会儿，马忽然从门外跑回来，到死马处就消失了。死马随即能动，站起来行走了。谢尚说："我没有儿子，这是对我一辈子的惩罚。"夏侯弘过了好一段时间都没有说什么。他说："近来所见到的都是小鬼，一定不能弄清楚这件事的缘由。"后来忽然遇到一个鬼，乘坐着一辆新车，随从有十多个人，穿着青丝布袍。夏侯弘上前提起牛鼻绳，车中人问夏侯弘说："为什么阻拦我？"夏侯弘说："想问你一件事情。镇西将军谢尚没有儿子，他风雅潇洒，声望很好，不能让他断绝后代。"车中人感动地说："你所说的正是我的儿子。年轻的时候和家中婢女私通，并发誓说不再结婚，后来违背了誓约。现在婢女死了，在阴间控告他，所以他就没有儿子了。"夏侯弘把这些情况告诉谢尚。谢尚说："我年轻的时候确实做过这件事。"夏侯弘在江陵见到一个大鬼，提着矛戟，有几个小鬼跟从。夏侯弘害怕，走下路边去躲避。大鬼走过后，他捉到一个小鬼，问："这是什么东西？"小鬼说："用这个矛戟杀人，如果刺中心腹，没有不马上死的。"夏侯弘说："有没有方法治这病呢？"小鬼说："用乌鸡制药涂抹心腹，立刻痊愈。"

夏侯弘问："现在打算到哪里去？"小鬼说："要到荆州、扬州去。"当时正在流行心腹病，得病的人没有不死的。夏侯弘于是教人杀乌鸡来涂抹，十有八九都好了。现在治疗中邪总是用乌鸡涂抹的方法，是由夏侯弘传下来的。

卷三

　　本卷所记述的许季山、郭璞、管辂等人都是汉晋时期通易学、善卜筮，能为人预知吉凶、消灾祛魅的方术之士。其中，段翳、许季山及其外孙董彦兴能够通过占卜之术为人预知吉凶，郭璞可以撒豆成兵，投符除魅，不仅预言未来，而且可以反观过去。韩友、严卿通达卜筮厌胜之术，既能预言吉凶，又能为人消灾祛祟。其中，管辂对神明与妖异的论述比较值得关注，他指出精神纯正者不会受到妖怪的伤害，万物变化的规律不是道术所能阻止的。因此，安身养德，从容光大，保持天真本性，才是保身正命、不为邪怪所侵害的正确方法。本卷还收录了两则华佗治疗疑难杂症的事例，或许在当时人看来，华佗也是一位术可通神的有方之士。

锺离意修孔庙

汉永平中^①，会稽锺离意^②，字子阿，为鲁相。到官，出私钱万三千文，付户曹孔诉^③，修夫子车^④。身入庙，拭几席剑履。男子张伯除堂下草，土中得玉璧七枚。伯怀其一，以六枚白意。意令主簿安置几前。孔子教授堂下床首有悬瓮，意召孔诉，问："此何瓮也？"对曰："夫子瓮也。背有丹书^⑤，人莫敢发也。"意曰："夫子，圣人。所以遗瓮，欲以悬示后贤。"因发之，中得素书，文曰："后世修吾书，董仲舒。护吾车、拭吾履、发吾笥^⑥，会稽锺离意。璧有七，张伯藏其一。"意即召问："璧有七，何藏一耶？"伯叩头出之。

【注释】

①永平：东汉明帝刘庄的年号。

②会（kuài）稽：古郡名。秦置，故地在今江苏省东部及浙江省西部。

③户曹：掌管民户、祠祀、农桑等的官署。

④夫子：对孔子的尊称。

⑤丹书：朱笔书写的文字。

⑥笥（sì）：盛衣物或饭食等的方形竹器。这里即指悬瓮。

【译文】

东汉明帝永平年间，会稽人锺离意，字子阿，担任鲁相。上任后，拿出自己的一万三千文钱，交给户曹孔诉，用于修理孔子的车子。锺离意亲自进入庙中，擦拭桌几、坐席、佩剑、鞋子。男子张伯清除厅堂阶下的杂草，从土中得到七枚玉璧。张伯把一枚玉璧藏在怀里，把六枚交给了锺离意。锺离意命令主簿把玉璧安置在桌上。孔子讲学的房里，坐床床头悬挂着一个坛子，锺离意召来孔䜣询问："这是什么坛子？"孔䜣回答说："是夫子的坛子。背后有丹书，大家都不敢打开。"锺离意说："夫子是圣人。他悬挂这个坛子，是想用来启示后代的贤人。"于是打开，里面放着一个用素绢书写的文书，上面写着："后世修习我的著作的人，是董仲舒。保护我的车乘、擦拭我的鞋子、打开我的坛子的人，是会稽人锺离意。玉璧共有七枚，张伯暗藏其中一枚。"锺离意立刻召来张伯询问："玉璧有七枚，你为什么藏了一枚呢？"张伯连忙叩头，交出了那枚玉璧。

段翳封简书

段翳字元章，广汉新都人也①。习《易经》，明风角②。有一生来学，积年，自谓略究要术，辞归乡里。翳为合膏药，并以简书封于筒中③，告生曰："有急，发视之。"生到葭萌④，与吏争度津。吏捶破从者头⑤。生开筒得书，言："到葭萌，与吏斗，头破者，以此膏裹之。"生用其言，创者即愈。

【注释】
①广汉新都：广汉郡新都县，其地在今四川广汉。
②风角：古代占卜之法。以五音占四方之风而定吉凶。
③简书：用于告诫、策命、盟誓、征召等事的文书。

亦指一般文牍。

④葭萌：古为苴侯国，汉改为葭萌县，其地在今四川
　昭化东南。

⑤挝（zhuā）：敲打。

【译文】

　　段翳字元章，是广汉郡新都县人。精通《易经》，善于
风角占卜。有一个学生来求学，过了几年，自认为掌握了
基本的道术，就要告辞回归故乡。段翳给他配制了一贴膏
药，并且写了文书一起封在竹筒里。告诉学生说："遇到急
事，打开来看它。"学生到了葭萌县，与官吏抢着过河，官
吏打破了他随从的头。学生打开竹筒看到文书，上面写着：
"到葭萌县，和官吏斗，头破的人，用这贴膏药包裹。"学
生照他的话做，受伤的人立刻就痊愈了。

臧仲英遇怪

　　右扶风臧仲英①，为侍御史②。家人作食，设
案，有不清尘土投汙之③。炊临熟，不知釜处。兵
弩自行。火从篋籣中起④，衣物尽烧，而篋籣故完。
妇女婢使，一旦尽失其镜；数日，从堂下掷庭中，
有人声言："还汝镜。"女孙年三四岁，亡之，求，
不知处；两三日，乃于圊中粪下啼⑤。若此非一。
汝南许季山者，素善卜卦，卜之，曰："家当有老青
狗物，内中侍御者名益喜，与共为之。诚欲绝，杀
此狗，遣益喜归乡里。"仲英从之，怪遂绝。后徙
为太尉长史⑥，迁鲁相。

【注释】

①右扶风：官名。亦指其所辖政区名。汉太初元年（前104）更名主爵都尉为右扶风。其地在今陕西长安西，为拱卫首都长安的三辅之一。

②侍御史：官名。在御史大夫下，掌举劾、督察等职。

③汙（wū）：弄脏。

④箧簏（qièlù）：竹箱。

⑤圊（qīng）：厕所。

⑥太尉长史：官名。太尉的属官。

【译文】

右扶风的臧仲英，任侍御史。家仆做饭，摆上桌子，有不干净的泥土扔到上面把饭菜弄脏。饭要做熟时，不知道煮锅哪里去了。兵器弓箭自己会移动。竹箱着火，装在里面的衣物都烧光了，而竹箱却完好无损。一天早晨，妻子女儿婢女的镜子全都不见了；几天后，镜子从堂屋被扔到院子里，有个声音说："还你们的镜子。"他的孙女三四岁，失踪了，到处找不到；两三天后，却在厕所的粪坑里哭。像这样的怪事不止一次。汝南人许季山，平素擅长卜卦，他占卜之后说："你家里应当有一条老黑狗，内庭有个仆人叫益喜，是他们共同作怪。如果真的要消除怪事，就杀了这条狗，打发益喜回老家去。"臧仲英照此办理，怪事就没再发生。后来臧仲英迁职为太尉长史，又升职为鲁国宰相。

乔玄见白光

太尉乔玄①，字公祖，梁国人也。初为司徒长史②，五月末，于中门卧。夜半后，见东壁正白，如开门明。呼问左右，左右莫见。因起自往手扪摸之，壁自如故。还床，复见。心大怖恐。其友应劭适往候之③，语次相告。劭曰："乡人有董彦兴者，即许季山外孙也。其探赜索隐，穷神知化，虽睢孟、京房④，无以过也。然天性褊狭⑤，羞于卜筮者。"间来候师王叔茂⑥，请往迎之。须臾，便与俱来。公祖虚礼盛馔，下席行觞。彦兴自陈："下土诸生，无他异分。币重言甘，诚有跋踬⑦。颇能别者，愿得从事。"公祖辞让再三，尔乃听之，曰："府君当有怪，白光如门明者，然不为害也。六月上旬，鸡明时，闻南家哭，即吉。到秋节，迁北行，郡以金为名。位至将军三公。"公祖曰："怪异如此，救族不暇，何能致望于所不图？此相饶耳。"至六月九日，未明。太尉杨秉暴薨。七月七日，拜钜鹿太守，钜边有金。后为度辽将军，历登三事。

【注释】

①太尉：官名。秦至西汉设置，为全国军政首脑，与丞相、御史大夫并称三公。

②司徒长史：司徒的属官。

③应劭：东汉学者，曾任泰山太守，著作有《风俗通》。

④睢（suī）孟：字弘，西汉人，精通《公羊春秋》，可预知后事。京房：字君明，西汉人，习《易》，善说灾变，创京氏易学，著作有《周易传》、《周易章

句》、《周易错卦》、《周易妖占》、《周易占事》、《周易守林》等，今唯《周易传》存，其余各书均佚。

⑤褊（biǎn）狭：指心胸、气量、见识等狭隘。

⑥王叔茂：名畅，王粲的祖父。

⑦踧踖（cùjí）：恭敬而不安的样子。

【译文】

太尉乔玄，字公祖，梁国人。起初任司徒长史，五月底，在门的中间睡觉。半夜后，看见东面的墙壁很白，像开了门一样明亮。叫左右的人来询问，没有人看见。于是起来自己上前用手探摸，墙壁还是原来的样子。回到床上，又看见了。他心里感到十分害怕。他的朋友应劭正好去看望他，交谈之间就把这件事告诉了他。应劭说："我的同乡董彦兴，是许季山的外孙。他善于探索幽深隐微的事理，了解神通变化，即使眭孟、京房也不会超过他。但是他天性褊狭，认为卜筮是羞耻的事情。"不久董彦兴的老师王叔茂来，乔玄请他前去迎接。一会儿，就和他一起来了。乔玄态度谦虚，安排了丰盛的食物，亲自到桌边敬酒。董彦兴自己表示："我只是乡间的儒生，没有特殊的本事。您礼节周到，说话客气，这让我十分不安。我稍稍能判别吉凶，愿意为您效劳。"乔玄再三谦让，然后才把这事讲给他听。董彦兴说："您府上正有怪事，所以看见白光像开门一样明亮，但是这不会有害处。到了六月上旬，鸡叫的时候，听到南边人家哭，就吉利了。到了秋天，您将调迁到北边任职，郡城的名字中有金字。之后您会升职至将军三公。"乔玄说："像这么怪异，挽救家族恐怕都来不及，哪里能指望这想都不敢想的事情呢。这是你安慰我罢了。"到了六月九日，太尉杨秉突然死了。七月七日，乔玄升任钜鹿太守，"钜"字边有"金"字。后来做了度辽将军，又登上了三公之位。

管辂论怪

管辂字公明，平原人也①。善《易》卜。安平太守东莱王基②，字伯舆，家数有怪，使辂筮之。卦成，辂曰："君之卦，当有贱妇人，生一男，堕地便走，入灶中死。又，床上当有一大蛇，衔笔，大小共视，须臾便去。又，乌来入室中，与燕共斗，燕死，乌去。有此三卦。"基大惊曰："精义之致，乃至于此，幸为占其吉凶。"辂曰："非有他祸，直客舍久远，魑魅罔两③，共为怪耳。儿生便走，非能自走，直宋无忌之妖将其入灶也④。大蛇衔笔者，直老书佐耳⑤。乌与燕斗者，直老铃下耳⑥。夫神明之正，非妖能害也；万物之变，非道所止也。久远之浮精，必能之定数也。今卦中见象，而不见其凶，故知假托之数，非妖咎之征，自无所忧也。昔高宗之鼎，非雉所雊⑦；太戊之阶，非桑所生。然而野鸟一雏，武丁为高宗；桑谷暂生，太戊以兴。焉知三事不为吉祥？愿府君安身养德，从容光大，勿以神奸，污累天真。"后卒无他。迁安南将军。

【注释】

①平原：古郡名。郡治在今山东平原。

②安平：古郡名。在今山东益都西北。东莱：古地名。今山东北胶河以东地区。

③魑（chī）魅罔两：害人的鬼怪的统称。也做"魑魅魍魉"。

④宋无忌：传说中火精名叫宋无忌。

⑤书佐：主办文书的佐吏。

⑥铃下：指侍卫、门卒或仆役。

⑦雊（gòu）：雉鸣，野鸡叫。

【译文】

管辂字公明，是平原人。他擅长用《易》占卜。安平太守是东莱的王基，字伯舆，家里多次发生怪事，让管辂来卜筮。卜出卦，管辂说："你的卦，应该是有一个卑贱的妇人，生了一个男孩，落地就跑，掉到灶炕死了。又有一条大蛇在床榻上，衔着笔，大家都能看见，一会儿就离开了。又有一只乌鸦飞进屋子，和燕子争斗，燕子死了，乌鸦飞走了。有这样三个卦象。"王基大惊，说："卦象精确到了这个程度，请给我占卜它的吉凶。"管辂说："没有其他的灾祸，只是由于客舍时代久远，那些精怪一起作怪罢了。小孩生下来就能走，不是他自己能走，只是被火精宋无忌引进了灶里。大蛇衔笔，只是老书佐而已。乌鸦和燕子争斗，只是老铃下而已。精神纯正，不是妖怪所能伤害的；万物变化，不是人的道术所能阻止的。久远的妖怪，一定会出现这种情况。现在卦中看到的征象，而不见有何吉凶，所以知道是妖怪依托，而不是妖怪造成灾祸的征兆，自然没有什么可忧虑的。从前殷高宗武丁祭祀的大鼎，不

是野鸡鸣叫的地方；殷中宗太戊的庭阶，不是桑谷生长的
地方。但是野鸡一叫，武丁成为贤明的高宗；桑谷一生
长，太戊就兴盛了。怎么知道这三件事不是吉祥的征兆
呢？希望您安身养德，从容光大，不要因为神怪而玷污了
天真的本性。"后来就没再发生其他的事情。王基升任安南
督军。

后辂乡里刘原，问辂："君往者为王府君论怪
云：'老书佐为蛇，老铃下为乌'，此本皆人，何化
之微贱乎？为见于爻象出君意乎？"辂言："苟非
性与天道，何由背爻象而任心胸者乎？夫万物之
化，无有常形；人之变异，无有定体。或大为小，
或小为大，固无优劣。万物之化，一例之道也。是
以夏鲧，天子之父，赵王如意，汉高之子，而鲧为
黄熊，意为苍狗，斯亦至尊之位，而为黔喙之类
也①。况蛇者协辰巳之位②，乌者栖太阳之精，此乃
腾黑之明象③，白日之流景④。如书佐、铃下，各以
微躯，化为蛇乌，不亦过乎？"

【注释】

① 黔喙（huì）：黑嘴。借指牲畜野兽之类。

② 辰巳之位：以十二地支配十二生肖，蛇为辰巳之位，
用以指代方位，则指东南方。

③ 腾黑：黑暗。

④ 流景：闪耀的光彩。

【译文】

后来管辂的同乡人刘原问管辂："您过去给王基谈论妖怪，说'老书佐变成大蛇，老铃下变成乌鸦'，他们本来都是人，为什么会变成卑贱的动物了呢？是从爻象显示出来的，还是您想象出来的？"管辂说："如果不是本性和天道，怎么能违背爻象而随心所欲呢？万物的变化，没有固定的形状；人的变化，没有固定的身体。或者大的变小，小的变大，本来就没有好坏之别。万物的变化，是有一定的规律的。所以夏鲧是天子的父亲，赵王如意，是汉高祖的儿子，可是夏鲧变成黄熊，如意变成了苍狗，这是从最高贵的地位，变成了野兽一类。何况蛇配辰巳之位，乌鸦是栖于太阳的精灵，这种现象就像黑暗中的光明，白日下的亮彩一样明白。像书佐、铃下，各自以卑微的身躯，化身为蛇鸟，不也是过得去的吗？"

管辂教颜超增寿

管辂至平原，见颜超貌主夭亡。颜父乃求辂延命。辂曰："子归，觅清酒一榼①，鹿脯一斤，卯日，刈麦地南大桑树下，有二人围棋次。但酌酒置脯，饮尽更斟，以尽为度。若问汝，汝但拜之，勿言。必合有人救汝。"颜依言而往，果见二人围棋。频置脯斟酒于前。其人贪戏，但饮酒食脯，不顾。数巡，北边坐者忽见颜在，叱曰："何故在此？"颜唯拜之。南面坐者语曰："适来饮他酒脯，宁无情乎？"北坐者曰："文书已定。"南坐者曰："借文书看之。"见超寿止可十九岁，乃取笔挑上，语曰："救汝至九十年活。"颜拜而回。管语颜曰："大助子，且喜得增寿。北边坐人是北斗，南边坐人是南斗。南斗注生，北斗注死。凡人受胎，皆从南斗过北斗；所有祈求，皆向北斗。"

【注释】
①清酒：清醇的酒。榼（kē）：古代盛酒、贮水的器具。

【译文】
管辂至平原郡，看见颜超面相预示他将夭亡。颜父于是请求管辂为他延长寿命。管辂说："你回家去，找一榼好酒，一斤干鹿肉，卯日那天，在割过的麦地南边的大桑树下，有两个人在那里下围棋。你只管斟上酒，摆上鹿肉干，酒喝干了就再倒上，喝完吃尽为止。如果问你话，你只是叩头作揖，不要说话。一定会有人救你。"颜超按着他说的去了，果然看见两个人在下围棋。颜超多次上前摆肉斟酒。那两个人贪于下棋，只管喝酒吃肉，没有回头看。喝了几巡酒，坐在北边的人忽然看见颜超在场，呵叱说："你为什么在这里？"颜超只是叩头作揖。坐在南面的人说："刚才喝他的酒吃他的肉，难道没有一点人情吗？"坐在北面的人说："文书已经写定了。"坐在南面的人说："借文书给我看看。"看见颜超的寿命只有十九年，于是拿起笔把"九"改到"十"上，说："我救你活到九十岁。"颜超拜谢后回家。管辂对颜超说："他们太帮助你了。很高兴你能增加寿命。坐在北面的人是北斗，坐在南边的是南斗。南斗主掌人的生，北斗主掌人的死。凡人受胎成人，都要从南斗到北斗；人所有的祈求，都要向北斗提出来。”

郭璞撒豆成兵

郭璞字景纯，行至庐江，劝太守胡孟康急回南渡，康不从。璞将促装去之，爱其婢，无由得，乃取小豆三斗，绕主人宅散之。主人晨起，见赤衣人数千围其家，就视则灭。甚恶之，请璞为卦。璞曰：“君家不宜畜此婢，可于东南二十里卖之，慎勿争价，则此妖可除也。”璞阴令人贱买此婢，复为投符于井中，数千赤衣人一一自投于井。主人大悦，璞携婢去。后数旬而庐江陷。

【译文】

郭璞字景纯，走到庐江郡，劝太守胡孟康赶紧渡江回到南方去，胡孟康不听劝告。郭璞收拾行装准备离开，他喜欢主人家的婢女，没有办法得到。于是找来三斗小豆子，绕着主人家的宅院散了下去。主人早晨起床，看见有几千个穿红衣服的人包围他家，走近去看，就消失了。心里十分厌恶，请郭璞来卜卦。郭璞说：“您家不宜收养这个婢女，可以到东南面二十里远的地方卖掉她。注意不要争价钱，那么这些妖怪就可以消除了。”郭璞暗中派人用低价买下了这个婢女，又为主人家往井里投了一道符，几千个红衣人一个个自己跳到井里去了。主人十分高兴，郭璞带着这个婢女离开了。几十天后，庐江就陷没了。

郭璞筮病

扬州别驾顾球姊^①，生十年，便病，至年五十余，令郭璞筮，得"大过"之"升"^②。其辞曰："'大过'卦者义不嘉。冢墓枯杨无英华，振动游魂见龙车。身被重累婴妖邪，法由斩祀杀灵蛇。非己之咎先人瑕，案卦论之可奈何。"球乃迹访其家事。先世曾伐大树，得大蛇，杀之，女便病。病后，有群鸟数千，回翔屋上，人皆怪之，不知何故。有县农行过舍边，仰视，见龙牵车，五色晃烂，其大非常，有顷遂灭。

【注释】

① 别驾：官名。刺史的左吏，总管众务。

② "大过"之"升"："大过"、"升"均是卦名。指卜卦时因变爻由"大过"卦变成"升"卦。

【译文】

扬州别驾顾球的姐姐，生下来十年就生病了，至五十多岁时，让郭璞来卜筮，得到"大过"卦变"升"卦。他的话是这么说："'大过'卦的意思不好。坟墓上的枯杨树没有开花，振动的游魂让龙车出现。身受多重忧患又遭遇妖邪，原因是断了祭祀杀了灵蛇。这不是自己的错误，而是先人的过失。根据卦象说的情况可有什么办法呢？"顾球于是寻访他家先辈的事迹。先辈曾砍伐大树，捉到了一条大蛇，杀了它之后，女儿就生病了。生病之后，有一群几千只的鸟儿，在屋上环绕飞翔，大家都觉得奇怪，不知是什么原因。有一个当地的农民从屋旁经过，抬头观望，看到龙拉着车子，五彩斑斓，明亮耀眼，车子很大，非同寻常，一会儿就消失了。

隗炤书板

隗炤，汝阴鸿寿亭民也①，善《易》。临终书板，授其妻曰："吾亡后，当大荒。虽尔，而慎莫卖宅也。到后五年春，当有诏使来顿此亭②，姓龚。此人负吾金，即以此板往责之。勿负言也。"亡后，果大困，欲卖宅者数矣，忆夫言，辄止。至期，有龚使者，果止亭中，妻遂赍板责之。使者执板，不知所言，曰："我平生不负钱，此何缘尔邪？"妻曰："夫临亡，手书板见命如此，不敢妄也。"使者沉吟良久而悟，乃命取蓍筮之。卦成，抵掌叹曰③："妙哉隗生！含明隐迹而莫之闻，可谓镜穷达而洞吉凶者也。"于是告其妻曰："吾不负金，贤夫自有金。乃知亡后当暂穷，故藏金以待太平。所以不告儿妇者，恐金尽而困无已也。知吾善《易》，故书板以寄意耳。金五百斤，盛以青罂④，覆以铜柈⑤，埋在堂屋东头，去地一丈，入地九尺。"妻还掘之，果得金，皆如所卜。

【注释】

① 汝阴：古郡名。郡治在今安徽阜阳。亭：秦汉时期乡以下、里以上的行政机构。

②诏使：皇帝派出的特使。顿：停留。

③抵（zhǐ）掌：拍手，击掌。

④罂（yīng）：古代盛酒或水的瓦器，小口大腹，较缶为大。亦有木制者。

⑤柈（pán）：盘子。

【译文】

隗炤，是汝阴鸿寿亭的人，精通《易》。临死时写了一块木板，交给他的妻子说："我死之后，会有大灾荒。即使那样，一定不要卖掉宅院。过后五年的春天，会有一位诏使来我们这个亭停留，他姓龚。这个人欠我的钱，你就拿着这块木板去向他索取。不要违背了我的话。"他死之后，果然遇到了大灾荒。他的妻子好几次想卖掉宅子，想起丈夫的话，就没有卖。到了隗炤说的那个时间，有一个姓龚的使者，果然来到了鸿寿亭，隗炤妻于是拿着木板去索债。使者拿着木板，不明白是怎么回事，他说："我一辈子不欠人钱，这究竟是为什么呢？"隗炤妻说："我丈夫临死时，亲手写下木板，叫我这样做，我是不敢乱来的。"使者认真地想了很久，终于明白了，于是让人取来蓍草卜筮。卦占成后，他拍手感叹说："隗生真是奇妙啊！心中明亮却隐藏行迹没有人能知道，真可说得上是明察穷达之理而洞悉吉凶之事啊。"于是告诉他的妻子说："我不欠钱，是你的贤丈夫自己有钱。他知道自己死后你家将暂时穷困，所以埋藏了金钱来等待太平。他之所以不告诉妻儿，是担心钱花光了穷困的日子还没到头。他知道我善《易》占，所以写下木板来寄托自己的心愿。金子有五百斤，装在青罂中，盖着铜盘子，埋在堂屋的东头，离墙壁一丈，挖九尺深。"隗炤妻回家去挖，果然得到金子，跟卜卦所说的一样。

韩友驱魅

韩友字景先，庐江舒人也。善占卜，亦行京房厌胜之术①。刘世则女病魅，积年，巫为攻祷②，伐空冢故城间，得狸鼍数十③，病犹不差④。友筮之，命作布囊，俟女发时，张囊着窗牖间⑤。友闭户作气，若有所驱。须臾间，见囊大胀，如吹，因决败之。女仍大发。友乃更作皮囊二枚沓张之，施张如前，囊复胀满，因急缚囊口，悬着树。二十许日，渐消。开视，有二斤狐毛。女病遂差。

【注释】

①厌胜之术：古代一种巫术，谓能以诅咒制胜，压服人或物。

②攻祷：祷祝之一种。举行某种祷祝仪式以驱邪除怪。

③鼍（tuó）：扬子鳄。也称鼍龙、猪婆龙。爬行动物。体长丈余。背部与尾部有角质鳞甲。穴居于江河岸边和湖沼底部。其皮可以制鼓。

④差（chài）：病愈。

⑤牖（yǒu）：窗。

【译文】

韩友字景先，是庐江郡舒县人。他擅长占卜，也施行京房的厌胜之术。刘世则的女儿因鬼魅作祟生病多年，巫医给她祷祝，到旧城荒坟间去讨伐，捉到狐狸、鼍几十只，病还是没好。韩友占卜，让人做了一只布袋，等女孩发病时，把布袋张设在窗户上。韩友关了门使气，似乎在驱赶着什么。一会儿工夫，只见布袋胀得很大，好像在吹气，终于胀破了。女孩仍然病得很厉害。韩友于是再做了两只皮袋叠到一起张设在窗户上，像先前一样，皮袋又胀得鼓鼓的。于是他急忙捆紧了袋口，悬挂在树上。二十多天，袋子渐渐瘪了下去。打开来看，有二斤狐毛。女孩的病于是就好了。

严卿禳灾

会稽严卿善卜筮。乡人魏序欲东行，荒年多抄盗，令卿筮之。卿曰："君慎不可东行，必遭暴害，而非劫也。"序不信。卿曰："既必不停，宜有以禳之①。可索西郭外独母家白雄狗，系着船前。"求索，止得驳狗，无白者。卿曰："驳者亦足，然犹恨其色不纯，当余小毒，止及六畜辈耳，无所复忧。"序行半路，狗忽然作声，甚急，有如人打之者。比视，已死，吐黑血斗余。其夕，序墅上白鹅数头，无故自死。序家无恙。

【注释】

①禳（ráng）：祭名。古代除邪消灾的祭祀。

【译文】

会稽人严卿擅长卜筮。同乡人魏序打算到东边去，灾荒之年常有人抢劫，请严卿卜筮。严卿说："你要小心不能到东边去，一定会遇到灾难，但不是抢劫。"魏序不相信。严卿说："既然一定要去，最好想办法除邪消灾。可以到西城外索要孤老太太家的白公狗，绑在船头。"魏序去找狗，只找到了杂色的，没有纯白的。严卿说："杂色的也就够了，不过还是嫌它毛色不纯，会留下一点点毒，只会伤及家畜之类，不必再担心了。"魏序走到半路，那条狗突然叫起来，非常急，好像有人打它一样。等走过去看，狗已经死了，吐了一斗多的黑血。那天晚上，魏序田庄里的几只白鹅，无缘无故地死了。魏序家平安无事。

华佗治疮

沛国华佗①，字元化，一名旉。琅邪刘勋，为河内太守，有女年几二十，苦脚左膝里有疮，痒而不痛，疮愈数十日复发，如此七八年。迎佗使视。佗曰："是易治之。当得稻糠黄色犬一头，好马二匹。"以绳系犬颈，使走马牵犬，马极辄易。计马走三十余里，犬不能行，复令步人拖曳，计向五十里。乃以药饮女，女即安卧不知人。因取大刀断犬腹近后脚之前，以所断之处向疮口，令去二三寸停之。须臾，有若蛇者，从疮中出。便以铁椎横贯蛇头，蛇在皮中动摇良久，须臾不动，乃牵出，长三尺许，纯是蛇，但有眼处而无童子，又逆鳞耳。以膏散着疮中，七日愈。

【注释】

①华佗：又名旉（fū）。东汉末年名医，后因不从曹操征召被杀。

【译文】

沛国人华佗，字元化，又名旉。琅邪郡人刘勋，任河内太守，他有个女儿年近二十，苦于左腿膝关节生疮，疮痒痒却不痛，疮疖好了几十天又复发，像这样七八年了。刘勋接华佗来诊视。华佗说："这疮好治。要准备稻糠色黄毛狗一条，好马两匹。"他用绳系住狗脖子，让马拉着狗跑，马疲惫了就换另一匹。算着马跑了三十多里，狗跑不动了，又叫人步行拖着狗走，共走了大约五十里。于是拿药水给刘勋的女儿喝，他女儿就安静地躺下失去了知觉。于是拿一把刀切开狗肚子靠后脚的前面，把切开的地方对着疮口，让在距离疮口两三寸的地方停下。过了一会儿，有条像蛇一样的东西从疮里出来。于是华佗用铁椎横穿蛇头，蛇在肉皮中摇动了很久，突然不动了，这才把它拉出来，长三尺多，完全是蛇，只是有眼窝却没有眼珠，鳞片也是逆着生的。然后把膏药粉撒在疮上，七天就痊愈了。

华佗治咽病

佗尝行道，见一人病咽，嗜食不得下，家人车载，欲往就医。佗闻其呻吟声，驻车往视，语之曰："向来道边，有卖饼家蒜齑大酢①，从取三升饮之，病自当去。"即如佗言，立吐蛇一枚。

【注释】

①齑（jī）：同"齑"，作调味用的姜、蒜、葱、韭等菜的碎末。酢（cù）：同"醋"。

【译文】

华佗曾经走在路上，看见一个人喉咙疼，想吃东西却咽不下去，家里的人用车拉着他，想去看医生。华佗听到他的呻吟声，停下车去看，对他说："刚才过来的路边，有卖饼的人家有蒜末酸醋，到那里取三升喝了，病自然就好了。"立刻照华佗说的去做，马上吐出一条蛇来。

卷四

　　在古人看来，举凡天上的日月星宿，地上的山川湖海皆有相应的神灵职掌，其情形一如人类社会的分官设职。本卷所记即是与星宿河岳诸神有关的灵异故事。如二十八星宿中的箕星、毕星与须女星，分别职掌风、雨与祭祀。山有山神，河有河伯，乃至具有人形的石头都有神性，可以为人疗病。不过，从另一方面来看，林林总总的神灵都是由人造出来的，他们身上总是多多少少地反映出某些人性，如本卷泰山府君、彭泽湖神的知恩图报，泰山之女、庐山神君对德行、仁义的敬重。还有，天使搭乘糜竺的便车，即私自为其减除部分殃祸，正所谓积善者必有余庆。相反，如果像沛国戴文谋那样，对神灵心存疑窦，不能"祭神如神在"，其结果便是众神远遁，与福报无缘。一言以蔽之，神性即人性。

风伯雨师

风伯、雨师，星也。风伯者，箕星也。雨师者，毕星也。郑玄谓司中、司命①，文昌第五、第四星也②。雨师一曰屏翳，一曰屏号，一曰玄冥。

【注释】

①郑玄：东汉经学家，遍注群经，是汉代经学的集大成者。司中、司命：均为星名。

②文昌：星座名。共六星，在斗魁之前，形成半月形状。又称文昌宫。

【译文】

风伯、雨师是星宿。风伯，是箕星。雨师，是毕星。郑玄说司中、司命是文昌第五、第四星。雨师又叫屏翳，又叫屏号，又叫玄冥。

张宽说女宿

蜀郡张宽，字叔文。汉武帝时为侍中，从祀甘泉，至渭桥，有女子浴于渭水，乳长七尺。上怪其异，遣问之。女曰："帝后第七车者知我所来。"时宽在第七车。对曰："天星，主祭祀者。斋戒不洁，则女人见①。"

【注释】

①女人：指女宿。也称须女、婺女，为二十八宿中北方玄武七星之第三宿。

【译文】

蜀郡的张宽，字叔文。汉武帝时为侍中，跟随汉武帝到甘泉祭祀。走到渭桥，有个女子在渭河中洗澡，乳房长七尺。武帝感到奇怪，派人问她。女子说："皇帝后面第七辆车上坐的人知道我从哪里来。"当时张宽坐在第七辆车上。张宽回答说："是天上掌管祭祀的星宿。祭祀时斋戒不洁，女宿就会显形。"

灌坛令当道

文王以太公望为灌坛令①。期年，风不鸣条②。文王梦一妇人，甚丽，当道而哭。问其故，曰："吾泰山之女，嫁为西海妇，欲归③，今为灌坛令当道有德，废我行；我行必有大风疾雨，大风疾雨，是毁其德也。"文王觉，召太公问之。是日果有疾雨暴风，从太公邑外而过。文王乃拜太公为大司马④。

【注释】

①太公望：即姜尚，又称吕尚，字尚父，人称姜太公或太公望。辅佐文王、武王灭商纣之后被封于齐国。灌坛：地名。应是周国的一个小邑。

②风不鸣条：和风轻拂，树枝不发出声响。古人认为是贤者在位，天下大治时出现的一种自然景象。

③归：指女子出嫁。

④大司马：官名。周代六卿之一，主掌军旅之事。

【译文】

周文王任姜尚为灌坛县令。一年来，风调雨顺。周文王梦见一个女人，非常美丽，在路中间哭。问她为什么哭，她说："我是泰山神的女儿，嫁给西海神做妻子，要出嫁，现在因为灌坛县令主政而有德行，使我不能过去；我走过必定有狂风暴雨，狂风暴雨，这会损坏他的德政。"文王醒来，召太公来询问这件事。这一天果然有疾雨暴风从太公的灌坛邑外经过。文王于是拜太公为大司马。

胡母班致书

胡母班字季友，泰山人也。曾至泰山之侧，忽于树间逢一绛衣驺①，呼班云："泰山府君召②。"班惊愕，逡巡未答③。复有一驺出，呼之。遂随行数十步，驺请班暂瞑。少顷，便见宫室，威仪甚严。班乃入阁拜谒。主为设食，语班曰："欲见君，无他，欲附书与女婿耳。"班问："女郎何在？"曰："女为河伯妇。"班曰："辄当奉书，不知缘何得达？"答曰："今适河中流，便扣舟呼'青衣'④，当自有取书者。"班乃辞出。昔驺复令闭目，有顷，忽如故道。遂西行，如神言而呼青衣。须臾，果有一女仆出，取书而没。少顷，复出，云："河伯欲暂见君。"婢亦请瞑目。遂拜谒河伯。河伯乃大设酒食，词旨殷勤。临去，谓班曰："感君远为致书，无物相奉。"于是命左右："取吾青丝履来！"以贻班。班出，瞑然忽得还舟。

①驺（zōu）：骑马驾车的随从。

②泰山府君：传说中的大神，天帝的孙子，被封为东岳大帝。掌管人间的生死，招人魂魄。

③逡（qūn）巡：迟疑，犹豫。

④青衣：指穿青衣或黑衣的人。多指侍女或婢女。

【译文】

　　胡母班字季友，泰山人。曾经到泰山边上，忽然在树林里遇到一个穿深红衣服的骑士，招呼他说："泰山府君召见你。"胡母班惊愕不已，迟疑着没有回答。又有一个骑士出来，招呼他。他就跟着走了几十步，骑士请胡母班暂时闭上眼睛。一会儿，就看见一座宫殿，威仪庄严。胡母班于是进宫拜见。泰山府君为他摆上宴席，对他说："想见你，没有别的意思，只是想给女婿捎一封信而已。"胡母班问："女儿在哪里。"泰山府君说："女儿是河伯的妻子。"胡母班说："我马上就去送信，不知道怎样才能送到？"泰山府君说："今天你乘船到河的中间，就敲着船喊'青衣'，自然会有人来取信。"胡母班于是告辞出来。先前的那个骑士又叫他闭上眼睛，一会儿他又回到了原路上。于是往西走，像泰山府君说的那样喊"青衣"。一会儿，果然有个女仆出来，取了信就没入水中。过了一会儿，她又出来，说："河伯想见一见你。"女仆也请胡母班闭上眼睛。胡母班就去拜见了河伯。河伯于是大设酒席来款待他，说话十分热情周到。临别时，对胡母班说："感谢您远道来送信，没有什么东西可以赠给您。"于是命令左右侍者说："拿我的青丝鞋来。"把鞋送给了胡母班。胡母班出来，闭上眼睛忽然就回到了船上。

　　遂于长安经年而还。至泰山侧，不敢潜过，遂扣树自称姓名，从长安还，欲启消息。须臾，昔驺出，引班如向法而进，因致书焉。府君请曰："当别再报。"班语讫，如厕，忽见其父着械徒作，此辈数百人。班进拜流涕问："大人何因及此？"父云："吾死不幸，见谴三年，今已二年矣，困苦不可处。知汝今为明府所识，可为吾陈之，乞免此役，便欲得社公耳。"班乃依教，叩头陈乞。府君曰："生死异路，不可相近，身无所惜。"班苦请，方许之。于是辞出，还家。

【译文】
　　胡母班于是到长安，一年后才回去。到泰山边上，不敢悄悄过去，于是敲着树自报姓名，说从长安回来，想通报消息。一会儿，原先的那个骑士出来，按原来的方法领着胡母班进去，叙述了送信的经过。泰山府君说："我会另外再报答你。"胡母班说完话，去上厕所，忽然看见他的父亲戴着刑具服劳役，这样的人有几百个。胡母班上前叩拜，流着眼泪问："您老人家为什么到这里来了？"他父亲说："我不幸死亡，被罚罪三年，现在已经两年了，这里困苦不可忍受。知道你被泰山府君接识，可以替我陈述，请他免掉这项劳役，并且我想回乡里去做土地神。"胡母班于是按着父亲说的，向泰山府君叩头陈述请求。泰山府君说：“生死不同路，不能互相接近，我不能可怜他。”胡母班苦苦请求，泰山府君这才答应了他。胡母班于是告辞出来，回家了。

　　岁余，儿子死亡略尽。班惶惧，复诣泰山，扣树求见。昔骖遂迎之而见。班乃自说：“昔辞旷拙，及还家，儿死亡至尽。今恐祸故未已，辄来启白，幸蒙哀救。”府君拊掌大笑曰：“昔语君‘死生异路，不可相近故也’。”即敕外召班父。须臾至庭中，问之：“昔求还里社，当为门户作福，而孙息死亡至尽，何也？”答云：“久别乡里，自忻得还^①，又遇酒食充足，实念诸孙，召之。”于是代之。父涕泣而出。班遂还。后有儿皆无恙。

【注释】
　①忻（xīn）：心喜。

【译文】
　　一年多，胡母班的儿子一个个都死光了。胡母班惊慌害怕，又一次来到泰山，扣树求见。原先的骑士于是迎接他去见泰山府君。胡母班说：“过去我言辞粗疏失当，等回到家，儿子都死光了。现在担心灾祸还没了结，就前来禀报，希望得到您的哀怜和救助。”泰山府君拍手大笑，说：“这就是以前我告诉过你‘生死不同路，不能互相接近’的原因。”立即传令外面召见胡母班的父亲。一会儿，胡母班的父亲就到了院子里。泰山府君问他："过去你请求回到里社，就应当为家中造福，但你的孙子都死光了，是什么原因？"胡母班的父亲说："久别家乡，很高兴能够回去，又遇到酒食充足，实在想念孙子们，就把他们都召来了。"泰山府君于是派人去代替他。胡母班的父亲哭着出去了。胡母班于是回家了。后来再有了儿子都平安无事。

河伯婿

吴余杭县南有上湖，湖中央作塘。有一人乘马看戏，将三四人，至岑村饮酒，小醉，暮还。时炎热，因下马入水中，枕石眠。马断走归，从人悉追马，至暮不返。眠觉，日已向晡^①，不见人马。见一妇来，年可十六七，云："女郎再拜，日既向暮，此间大可畏，君作何计？"因问："女郎何姓？那得忽相闻？"复有一少年，年十三四，甚了了，乘新车，车后二十人。至，呼上车，云："大人暂欲相见。"因回车而去。道中绎络把火，见城郭邑居。既入城，进厅事^②，上有信幡，题云："河伯信。"俄见一人，年三十许，颜色如画，侍卫繁多。相对欣然，敕行酒，笑云："仆有小女，颇聪明，欲以给君箕帚。"此人知神，不敢拒逆。便敕备办，会就郎中婚。承白已办。遂以丝布单衣及纱袷、绢裙、纱衫裤、履屦^③，皆精好。又给十小吏，青衣数十人。妇年可十八九，姿容婉媚，便成。三日，经大会客，拜阁。四日，云："礼既有限，发遣去。"妇以金瓯、麝香囊与婿别④，涕泣而分。又与钱十万，药方三卷，云："可以施功布德。"复云："十年当相迎。"此人归家，遂不肯别婚，辞亲出家作道人。所得三卷方：一卷脉经，一卷汤方，一卷丸方。周行救疗，皆致神验。后母老，兄丧，因还婚宦。

【注释】

①晡（bū）：傍晚，夜。

②厅事：官署视事问案的厅堂。也作"听事"。

③裈（kūn）：裤子。

④瓯（ōu）：盆盂一类的器皿。

【译文】

吴地余杭县南有个上湖，湖中间筑有堤岸。有一个人骑马去看戏，领着三四个人到岑村喝酒，有点醉了，傍晚才回去。当时天气炎热，于是他下马进到水中，枕着石头睡觉。马绳断了跑回家，跟随的人都追着马走了，到天黑没有回来。那人睡醒了，天色已经晚了，不见了随从和马。他看见来了一个女子，年纪大约十六七岁，说："小女子再次施礼，天色已晚，这里很可怕，你作什么打算？"这个人就问："你姓什么？我们怎么会突然相遇？"又来了一个少年，年纪十三四岁，非常聪明伶俐，坐着新车，车后跟着二十个人。来到后，叫这个人上车，说："我父亲想和你见一面。"于是转车回去。途中一个接一个火把，照见城邑里的房屋。进城之后，来到官府办公的地方，挂着一面旗幡，上面写着："河伯信。"不久看见一个人，年纪三十多岁，脸色像画上的一样，侍卫很多。见面很高兴，下令斟酒，笑着说："我有个女儿，很聪明，想要给你做妻子。"这个人知道他是河神，不敢拒绝。河伯于是下令准备各种东西，马上与新郎举行婚礼。回报说已经准备好了。于是就拿丝布单衣、纱夹衣、绢裙、纱衫裤、鞋子给他，都是精美的东西。又给他十个仆人、几十个婢女。妻子大约十八九岁，仪容柔美。他们就成婚了。婚后三天，设宴大会宾客，回门。第四天，河伯说："婚礼既然有规定，就打发他回去。"妻子拿金瓯、麝香囊给丈夫，哭着分别。她又给丈夫铜钱十万，药方三卷，说："可以用这些来施功布德。"她又说："十年后会去接你。"这个人回家后，就不肯再结婚，辞别父母出家做了道人。他得到的三卷药方是：脉经一卷，汤方一卷，丸方一卷。他到处给人治病，都很灵验。后来他的母亲年老，哥哥死了，于是就还俗成婚了。

华山使

秦始皇三十六年，使者郑容从关东来，将入函关。西至华阴，望见素车白马，从华山上下。疑其非人，道住止而待之。遂至，问郑容曰："安之？"答曰："之咸阳。"车上人曰："吾华山使也。愿托一牍书，致镐池君所①。子之咸阳，道过镐池，见一大梓，下有文石，取款梓②，当有应者。即以书与之。"容如其言，以石款梓树，果有人来取书。明年，祖龙死③。

①镐（hào）池：古池名。故地在今陕西西安西。

②款：叩，敲击。

③祖龙：指秦始皇。

【译文】

秦始皇三十六年，使者郑容从关东回来，准备进入函谷关。往西走到华山北面，望见白车白马，从华山上下来。郑容怀疑那不是人，就在路上停下来等待。白车白马就过来了，问郑容道："到哪里去？"郑容回答说："到咸阳。"车上的人说："我是华山使者。希望托付一封信，送到镐池君那里。你去咸阳，路过镐池，看见一棵大梓树，树下有纹石，拿起来敲树，就会有人答应。你就把信交给他。"郑容按他说的话，用石头敲树，果然有人来取信。第二年，秦始皇死了。

张璞投女

张璞字公直，不知何许人也。为吴郡太守①，征还，道由庐山。子女观于祠室，婢使指像人以戏曰："以此配汝。"其夜，璞妻梦庐君致聘曰："鄙男不肖，感垂采择，用致微意。"妻觉怪之。婢言其情。于是妻惧，催璞速发。中流，舟不为行，阖船震恐。乃皆投物于水，船犹不行。或曰："投女。"则船为进。皆曰："神意已可知也。以一女而灭一门，奈何？"璞曰："吾不忍见之。"乃上飞庐卧，使妻沉女于水。妻因以璞亡兄孤女代之。置席水中，女坐其上，船乃得去。璞见女之在也，怒曰："吾何面目于当世也。"乃复投己女。及得渡，遥见二女在下。有吏立于岸侧，曰："吾庐君主簿也②。庐君谢君。知鬼神非匹，又敬君之义，故悉还二女。"后问女。言："但见好屋吏卒，不觉在水中也。"

【注释】

①吴郡：古郡名。郡治在今江苏苏州。

②主簿：官名。汉代中央及郡县官署多置之。其职责为主管文书，办理事务。至魏晋时渐为将帅重臣的主要僚属，参与机要，总领府事。此后各中央官署及州县虽仍置主簿，但任职渐轻。

【译文】

张璞字公直，不知道是什么地方的人。任吴郡太守，朝廷征召回京城，路过庐山。他的女儿到庐山神庙游览，婢女指着一个神像开玩笑说："拿这个做你的丈夫。"那天夜里，张璞的妻子梦见庐山神送来聘礼说："我的儿子不成材，感谢你们选他做女婿，送上礼物表示微薄的心意。"张璞的妻子醒来后觉得很奇怪。婢女把情由告诉她，她于是感到害怕，催着张璞赶紧出发。到了河中间，船走不动了，全船的人都非常害怕，于是都往水里投东西，船还是不往前行。有人说："把女儿投到水里。"船因此前行了一些。众人都说："神意已经很明白了。因为一个女儿而害死全家人，为什么？"张璞说："我不忍心看着女儿投水。"于是爬到船上的小楼里躺下，让他的妻子把女儿投到水中。他妻子于是就让张璞死去的哥哥家的女儿代替自己的女儿。在水面上放一张席，让女孩坐在上面，船这才离开。张璞看见自己的女儿还在，生气地说："我还有什么脸面活在世上。"于是又把自己的女儿投入水中。等到过了河，远远看见两个女孩站在渡口下面，有个官员站在岸边，说："我是庐山神的主簿。庐山神向你道歉。他知道了鬼神与人不能婚配，又敬重您的仁义，所以送还两个女孩。"后来询问女儿，她们说："只看见漂亮的房子和官吏士卒，不觉得是在水里面。"

宫亭湖孤石庙二女

宫亭湖孤石庙①，尝有估客至都，经其庙下，见二女子，云："可为买两量丝履，自相厚报。"估客至都，市好丝履，并箱盛之。自市书刀②，亦内箱中。既还，以箱及香置庙中而去，忘取书刀。至河中流，忽有鲤鱼跳入船内，破鱼腹，得书刀焉。

【注释】

①宫亭湖：鄱阳湖的古名。

②书刀：在竹木简上刻字或削改的刀。古称削，汉人称书刀。

【译文】

宫亭湖有座孤石庙，曾经有一个商人到都城去，经过那座庙下面，看见两个女子，说："请给我们买两双丝鞋来，自然会重重报答。"商人到都城，买了好看的丝鞋，并用箱子装着。他自己买了一把书刀，也放在箱子里。回到孤石庙后，他把箱子和香放在庙中就离开了，忘了取走书刀。到河中间，忽然有条鲤鱼跳进他的船里，破开鱼肚子，得到了那把书刀。

郭璞卜驴鼠

郭璞过江，宣城太守殷佑引为参军①。时有一物，大如水牛，灰色，卑脚，脚类象，胸前尾上皆白，大力而迟钝，来到城下。众咸怪焉。佑使人伏而取之。令璞作卦，遇"遁"之"蛊"，名曰"驴鼠"。卜适了，伏者以戟刺，深尺余。郡纲纪上祠请杀之②。巫云："庙神不悦。此是邾亭庐山君使③。至荆山，暂来过我，不须触之。"遂去，不复见。

【注释】

①参军：官名。

②纲纪：古代公府及州郡主簿。

③邾亭：即宫亭湖。

【译文】

郭璞过江后，宣城太守殷佑任用他为参军。当时有个怪物，像水牛那么大，灰色，矮脚，脚的样子像大象，胸前和尾巴上都是白色，力气大却反应迟钝，来到宣城城下。众人都感到奇怪。殷佑派人埋伏捉住了它。让郭璞卜卦，得到了"遁"卦变"蛊"，称之为"驴鼠"。卦才卜完，埋伏的人用戟刺它，刺进去一尺多深。宣城郡的纲纪到神祠请求杀了它。神巫说："庙神不同意。这是宫亭湖庐山君的使者。要到荆山去，临时经过我们这里，不要侵扰他。"于是就让它离开了，没有再出现。

欧明求如愿

　　庐陵欧明，从贾客，道经彭泽湖，每以舟中所有，多少投湖中，云："以为礼。"积数年后，复过，忽见湖中有大道，上多风尘①。有数吏，乘车马来候明，云："是青洪君使要②。"须臾达，见有府舍，门下吏卒。明甚怖。吏曰："无可怖！青洪君感君前后有礼，故要君，必有重遗君者。君勿取，独求'如愿'耳。"明既见青洪君，乃求"如愿"，使逐明去。如愿者，青洪君婢也。明将归，所愿辄得，数年，大富。

【注释】

①风尘：尘世，纷扰的现实生活境界。

②青洪君：彭泽湖的湖神。要：邀请，约请。

【译文】

　　庐陵人欧明，跟随商人做生意，路过彭泽湖，每次都拿船上有的东西，多多少少扔一些到湖中，说："作为礼物。"好几年之后，又一次经过，忽然看见湖中间有一条大路，上有许多人世间的景象。有几个官吏，驾着马车来等候欧明，说："是青洪君派来邀请的。"一会儿就到了，看见有官舍房屋，门口有官员士卒。欧明非常害怕。官吏说："没什么可怕的！青洪君感谢您始终有礼节，所以邀请您来，一定会有厚礼赠送给你。您不要拿礼物，只要'如愿'就行了。"欧明见了青洪君后，于是要"如愿"，青洪君就让她跟着欧明去了。如愿，是青洪君的婢女。欧明带着她回来，所有的愿望都能实现，几年以后，就非常富有了。

黄石公祠

益州之西，云南之东，有神祠，剡山石为室，下有神，奉祠之，自称黄公。因言此神，张良所受黄石公之灵也①。清净不宰杀。诸祈祷者，持一百钱，一双笔，一丸墨，置石室中，前请乞，先闻石室中有声，须臾，问："来人何欲？"既言，便具语吉凶，不见其形。至今如此。

【注释】

①张良：字子房，汉初杰出的谋略家、政治家。帮助刘邦平定天下，建立了汉朝政权。刘邦曾赞其"运筹帷幄之中，决胜于千里外，子房功也"。黄石公：秦末汉初的隐士，据称是得道成仙，被道教纳入神谱。

【译文】

益州的西边，云南的东边，有一座神祠，开凿山石成为庙室，室内有神，百姓供奉它，神自称是黄公。于是人们就说，这个神是指点张良的黄石公的神灵。神祠清洁纯净不杀生。凡是祈祷的人，拿一百文钱，一双笔，一丸墨，放在石室中，上前请祈，先听见石室中有声，过一会儿，问道："来的人想要什么？"祈祷的人说完后，神就一一说明吉凶，不显现出他的身体。到现在还是这样。

戴文谋疑神

沛国戴文谋，隐居阳城山中。曾于客堂食际，忽闻有神呼曰："我天帝使者，欲下凭君，可乎？"文闻甚惊。又曰："君疑我也？"文乃跪曰："居贫，恐不足降下耳。"既而洒扫设位，朝夕进食，甚谨。后于室内窃言之。妇曰："此恐是妖魅凭依耳。"文曰："我亦疑之。"及祠飨之时，神乃言曰："吾相从方欲相利，不意有疑心异议。"文辞谢之际，忽堂上如数十人呼声，出视之，见一大鸟五色，白鸠数十随之，东北入云而去，遂不见。

【译文】

沛国的戴文谋，在阳城山中隐居。有一次在客堂吃饭的时候，忽然听到有神呼唤说："我是天帝的使者，想降下来依凭于你，可以吗？"戴文谋听了十分吃惊。神又说："你怀疑我吗？"戴文谋于是跪下说："我家境贫寒，唯恐不足以让你降临。"随后洒扫屋子设立神位，早晚进献祭品，十分恭谨。后来他和妻子在里屋悄悄说这件事。他妻子说："这恐怕是妖怪来依附吧。"戴文谋说："我也怀疑他。"等到祭献食物的时候，神就说："我依附你，正准备让你受益，不料你们心存疑虑。"戴文谋谢罪之际，忽然堂屋上好像有几十个人的呼喊声，他出来察看，只见一只五彩的大鸟，有几十只白鸠跟随，往东北方向飞去，钻进云里，就看不见了。

糜竺逢天使

糜竺，字子仲，东海朐人也①。祖世货殖，家赀巨万②。常从洛归，未至家数十里，见路次有一好新妇，从竺求寄载。行可二十余里，新妇谢去，谓竺曰："我天使也，当往烧东海糜竺家。感君见载，故以相语。"竺因私请之。妇曰："不可得不烧。如此，君可快去，我当缓行。日中必火发。"竺乃急行归，达家，便移出财物。日中而火大发。

【注释】

①朐（qú）：县名。在今江苏连云港西南。

②赀（zī）：通"资"，财物。

【译文】

糜竺，字子仲，东海郡朐县人。祖辈世代经商，家产数以万计。有一次从洛阳回来，离家还有几十里，看见路旁有一个漂亮的媳妇，向他请求搭车。走了大约二十多里，媳妇道谢告辞，对糜竺说："我是天帝的使者，要去烧东海糜竺家。感谢你让我搭车，所以告诉你。"糜竺于是私下向她求情。媳妇说："不能够不烧。既然是你家，你可赶快回家，我会慢慢走。正午必定起火。"糜竺于是急驰回去，到家后，把财物都搬出来。正午火猛烈地烧了起来。

戴侯祠

豫章有戴氏女，久病不差。见一小石，形像偶人①，女谓曰：“尔有人形，岂神？能差我宿疾者，吾将重汝②。”其夜，梦有人告之：“吾将佑汝。”自后疾渐差③。遂为立祠山下，戴氏为巫，故名戴侯祠。

【注释】

①偶人：用土木陶瓷等制成的人像。

②重：尊重。这里指作为神奉祀。

③差（chài）：病愈。

【译文】

豫章有个戴姓人家的女子，病了很长时间都没好。她看见一个小石头，形状像人，她对石头说：“你有人的形状，难道是神吗？如果能治好我的老毛病，我将把你作为神供奉。”那天夜里，她梦见有人告诉她说：“我将会保佑你。”从那以后，她的病渐渐地好了。于是她在山下为石人修建祠庙，戴姓的女子做了神祠里的女巫，所以称之为戴侯祠。

卷五

汉代以来，民间尚淫祠，名不见经传的各路神灵相继出现，各地淫祠亦在在皆有，与之有关的感应故事也玄之又玄，流传颇广。本卷收录的前几则故事，都与南京蒋山神有关，分别述其本事、嫁女、与女子相恋，以及帮人杀虎救妻，意在宣扬其神其事信而不诬。丁姑显灵、王祐以清廉延寿、周式失信丧命等宣扬的是一种朴素的善恶报应观念。至于以讹传讹李树化为神君的故事，不妨看作是对当时愈演愈烈的淫祀之风的反讽或矫正。

蒋山蒋侯祠

　　蒋子文者，广陵人也①。嗜酒好色，挑挞无度②。常自谓己骨清，死当为神。汉末，为秣陵尉③，逐贼至钟山下④，贼击伤额，因解绶缚之⑤，有顷遂死。及吴先主之初，其故吏见文于道，乘白马，执白羽，侍从如平生。见者惊走，文追之，谓曰："我当为此土地神，以福尔下民。尔可宣告百姓，为我立祠。不尔，将有大咎。"是岁夏，大疫，百姓窃相恐动，颇有窃祠之者矣。文又下巫祝："吾将大启佑孙氏，宜为我立祠；不尔，将使虫入人耳为灾。"俄而小虫如尘虻⑥，入耳皆死，医不能治。百姓愈恐，孙主未之信也。又下巫祝："若不祀我，将又以大火为灾。"是岁，火灾大发，一日数十处。火及公宫。议者以为鬼有所归，乃不为厉⑦，宜有以抚之。于是使使者封子文为中都侯，次弟子绪为长水校尉，皆加印绶。为立庙堂。转号钟山为蒋山，今建康东北蒋山是也⑧。自是灾厉止息，百姓遂大事之。

【注释】

①广陵：古郡名。治所在今江苏扬州。

②挑挞：又作"佻挞"。轻薄放荡。

③秣陵：古县名。在今江苏南京附近。

④钟山：今江苏南京紫金山。

⑤绶（shòu）：衣带。

⑥尘虻：一种比蚊子小的飞虫。

⑦厉：恶。

⑧建康：地名。即今江苏南京。

【译文】

蒋子文是广陵人。喜欢饮酒，喜欢美色，轻薄放荡没有节制。他常常说自己骨相清俊，死后要做神仙。汉朝末年，他任秣陵县尉，追赶贼寇到钟山下，贼寇打伤了他的额头，又解下衣带把他绑了，一会儿就死了。等到吴国先主孙权继位之初，他原来的部下在路上看到他，骑着白马，拿着白羽扇，有随从跟着和往常一样。看见的人吓得跑起来，蒋子文追上他，对他说：“我要做这里的土地神，福佑你们这里的老百姓。你可以向百姓宣告，给我建立祠庙。不然，将有大灾难。”这一年夏天，发生大瘟疫，老百姓私下都很恐慌，于是就有了悄悄为他立祠供奉的人。蒋子文又降旨给巫祝说：“我将要大大地保佑孙氏，应该给我建立神祠。不然，我就让虫子钻进人的耳朵造成灾难。”不久就有像蠓子一样的小虫，钻进人的耳朵，人就死了，没有医药可治。老百姓更加惶恐，孙氏国君还是不相信这件事。蒋子文又下旨给巫祝：“如果不祭祀我，将要引起大火的灾难。”这一年，火灾经常发生，一天烧几十处。大火烧到了国君的宫殿。议论的人认为鬼有归宿，才能不作恶害人，应该有办法来抚慰它。于是派使者封蒋子文为中都侯，封他的二弟蒋子绪为长水校尉，都加赐印章绶带，为他们建立庙堂。改称钟山为蒋山，就是现在建康东北的蒋山。从此以后，灾害不再发生，老百姓就大肆祭祀蒋侯了。

蒋山庙戏婚

咸、宁中①，太常卿韩伯子某，会稽内史王蕴子某，光禄大夫刘耽子某，同游蒋山庙。庙有数妇人像，甚端正。某等醉，各指像以戏，自相配匹。即以其夕，三人同梦蒋侯遣传教相闻，曰："家子女并丑陋，而猥垂荣顾。辄刻某日，悉相奉迎。"某等以其梦指适异常，试往相问，而果各得此梦，符协如一。于是大惧，备三牲，诣庙谢罪乞哀。又俱梦蒋侯亲来降己曰："君等既已顾之，实贪会对，克期垂及，岂容方更中悔？"经少时并亡。

【注释】

①咸、宁中：咸安、宁康年间。咸安，东晋简文帝的年号。宁康，东晋孝武帝的年号。

【译文】

咸安、宁康年间，太常卿韩伯的儿子韩某，会稽内史王蕴的儿子王某，光禄大夫刘耽的儿子刘某，一起游览蒋山庙。庙里有几尊妇女神像，十分端正。他们三人喝醉了，各指一座女神像开玩笑，说和自己结成夫妻。就在那天晚上，他们三个都梦见蒋侯派人来传达旨意，说："我家的女儿都长得丑陋，承蒙你们看得起而眷顾。就定在某一天，一起来迎接你们。"他们因为自己的梦非常清楚，试着去相互询问，果然每人都做了这个梦，内容完全相同。他们于是非常害怕，准备了牛、羊、猪三牲，到蒋山庙谢罪，乞求饶恕。晚上又都梦见蒋侯亲自降临自己家中，说："你们既然已经眷顾，实际上是很贪恋马上见面的，限期将至，怎么能再作更改、中途反悔呢？"过了不久他们都死了。

蒋侯与吴望子

会稽鄮县东野有女子^①，姓吴，字望子，年十六，姿容可爱。其乡里有解鼓舞神者，要之，便往。缘塘行，半路忽见一贵人，端正非常。贵人乘船，挺力十余^②，皆整顿。令人问望子："欲何之？"具以事对。贵人云："今正欲往彼，便可入船共去。"望子辞不敢。忽然不见。望子既拜神座，见向船中贵人，俨然端坐，即蒋侯像也。问望子："来何迟？"因掷两橘与之。数数形见，遂隆情好。心有所欲，辄空中下之。尝思啖鲤^③，一双鲜鲤随心而至。望子芳香^④，流闻数里，颇有神验，一邑共事奉。经三年，望子忽生外意，神便绝往来。

【注释】

①鄮（mào）：古县名。秦置，汉属会稽郡，在今浙江鄞县东。在鄮山之北，因山得名。隋废。

②挺力：出力，用力。这里指用力划船的人。

③啖（dàn）：吃。

④芳香：这里指望子神异的名声。

【译文】

会稽郡鄮县东郊有个女子，姓吴，字望子，十六岁，长得很漂亮。她的乡邻有要去击鼓跳舞娱神的人，邀请她，就去了。顺着堤岸走，半路上忽然遇见一个贵人，相貌非常端正。贵人乘船，出力划船的人有十几个，都穿戴得很整齐。贵人叫人去问望子："要到哪里去？"望子一一回答了。贵人说："现在我正要去那里，你可以上船一起去。"望子辞谢不敢上船。船忽然不见了。望子后来到庙里拜神，看见刚才在船上的贵人，庄重地端坐在庙里，就是蒋侯神像。蒋侯问望子："来得怎么这么晚？"于是抛了两只橘子给望子。蒋侯多次显形相见，于是和望子感情增长，十分相爱。望子心里想什么，就会从天下降下来。她曾经想吃鲤鱼，一对鲜鲤鱼跟着就出现了。望子神异的名声，在周边数里的范围内流传。她经常很灵验，整个县邑的人都来供奉她。过了三年，望子忽然起了外心，蒋侯神就断绝了和她的往来。

蒋侯助杀虎

陈郡谢玉为琅邪内史，在京城。所在虎暴，杀人甚众。有一人，以小船载年少妇，以大刀插着船，挟暮来至逻所。将出语云："此间顷来甚多草秽①，君载细小，作此轻行，大为不易。可止逻宿也。"相问讯既毕，逻将适还去。其妇上岸，便为虎将去。其夫拔刀大唤，欲逐之。先奉事蒋侯，乃唤求助。如此当行十里，忽如有一黑衣为之导，其人随之，当复二十里，见大树，既至一穴，虎子闻行声，谓其母至，皆走出，其人即其所杀之。便拔刀隐树侧，住良久，虎方至，便下妇着地，倒牵入

穴。其人以刀当腰斫断之。虎既死，其妇故活。向
晓，能语。问之，云：“虎初取，便负着背上，临至
而后下之。四体无他，止为草木伤耳。”扶归还船。
明夜，梦一人语之曰：“蒋侯使助汝，知否？”至
家，杀猪祠焉。

【注释】

①草秽：代指老虎。

【译文】

　　陈郡的谢玉任琅邪内史，住在京城。那一带老虎很厉
害，咬死了很多人。有一个人，用小船载着他年轻的妻子，
把大刀插在船上，赶在天黑前来到巡逻地带。巡逻的将士
出来告诉他说：“这一带近来常有老虎，你载着家小，作这
样轻率的行动，是非常不容易的。你应该到哨所去留宿。”
相互问讯结束，巡逻的将士刚刚回去。他的妻子上岸，就
被老虎抓走了。他拔刀大声呼喊，想去追赶。先前他供奉
蒋侯，于是就呼唤蒋侯求助。像这样大约跑了十里，忽然
有一个黑衣人来给他带路，那人跟着黑衣人，大约又走了
二十里，看见一棵大树。然后到了一个洞穴，虎仔听到声
音，以为是母亲来了，都跑了出来，那人就在洞口把它们
都杀了。就拔刀藏在树旁，过了很久，老虎才到，就把他
妻子放到地上，倒退着拉往虎穴。那人用刀拦腰砍断老虎。
老虎已经死了，他的妻子还活着。到天亮时，能说话了。
问她，说：“虎一抓着我，就背在背上，来到这里然后放下
来，我四肢没有其他损伤，只是被草木划伤而已。”扶着她

回到船上。第二天晚上，梦见一个人说："蒋侯派我来帮助你，知道吗？"这个人回到家，杀猪祭祀蒋侯。

丁姑祠

淮南全椒县有丁新妇者[①]，本丹阳丁氏女，年十六，适全椒谢家。其姑严酷，使役有程，不如限者，仍便笞捶不可堪。九月九日，乃自经死。遂有灵响，闻于民间。发言于巫祝曰："念人家妇女，作息不倦，使避九月九日，勿用作事。"见形，着缥衣[②]，戴青盖，从一婢，至牛渚津[③]，求渡。有两男子共乘船捕鱼，仍呼求载。两男子笑共调弄之，言："听我为妇，当相渡也。"丁妪曰："谓汝是佳人，而无所知。汝是人，当使汝入泥死；是鬼，使汝入水。"便却入草中。须臾，有一老翁乘船载苇。妪从索渡。翁曰："船上无装，岂可露渡？恐不中载耳。"妪言无苦。翁因出苇半许，安处着船中，径渡之。至南岸，临去，语翁曰："吾是鬼神，非人也，自能得过。然宜使民间粗相闻知。翁之厚意，出苇相渡，深有惭感，当有以相谢者。若翁速还去，必有所见，亦当有所得也。"翁曰："恐燥湿不至，何敢蒙谢。"翁还西岸，见两男子覆水中。进前数里，有鱼千数跳跃水边，风吹至岸上。翁遂弃苇，载鱼以归。于是丁妪遂还丹阳。江南人皆呼为丁姑。九月九日，不用作事，咸以为息日也。今所在祠之。

【注释】

①全椒：县名。魏晋时属淮南郡，即今安徽滁州全椒县。

②缥（piǎo）衣：淡青色的衣服。

③牛渚津：长江渡口名。在安徽当涂西北牛渚山下。

【译文】

淮南郡全椒县有个姓丁的媳妇，本来是丹阳县丁家的女儿，十六岁，嫁到全椒谢家。她的婆婆严厉凶狠，役使劳作有规定，完不成规定限额，就用鞭子抽打，她忍受不了。九月九日那天，她就上吊死了。于是就有了神灵显应，在百姓中流传。丁妇通过巫祝发话说："念及给人家做媳妇的，每天劳作得不到休息，让她们免掉九月九日这一天，不用劳作。"丁妇显形，穿着淡青色的衣服，戴着黑色的头巾，带着一个婢女，来到牛渚津，找船渡江。有两个男人一起乘船捕鱼，就喊他们请求搭船。两个男人一齐嬉笑着调戏她，说："给我做老婆，我就渡你过江。"丁妇说："以为你们是好人，竟然一点事理都不懂。你们是人，会让你们死在泥土里；是鬼，会让你们死在水里。"说完就退到草丛中去了。一会儿，有一个老翁驾着船装着芦苇来了。丁妇向他请求搭船过河。老翁说："船上没有篷盖，怎么可以露天渡江？恐怕你们坐着不舒服呀。"丁妇说不要紧。老翁于是卸下半船的芦苇，安置她们坐在船中，直接送她们过江。到了南岸，丁妇临别时告诉老翁说："我是鬼神，不是凡人，自己能够过江。但应该让老百姓稍微听说我的事迹。老人家的深厚情意，卸下芦苇来渡我过江，我十分感谢，我会有办法报答您的。如果老人家很快返回去，必定能看到什么，也会得到什么的。”老翁说：“唯恐照顾不周，哪里敢接受你的感谢。”老翁回到西岸，看到两个男人淹死在水里。往前走了几里，有几千条鱼在水边跳跃，风把它们吹到了岸上。老翁于是丢掉芦苇，装上鱼回家了。于是丁妇就回到了丹阳。江南人都称她为丁姑。九月九日，不用做事情，大家都作为休息日。至今到处都还祭祀她。

王祐与赵公明府参佐

散骑侍郎王祐①，疾困，与母辞诀。既而闻有通宾者，曰：“某郡某里某人，尝为别驾②。”祐亦雅闻其姓字。有顷，奄然来至，曰：“与卿士类，有自然之分，又州里，情便款然。今年国家有大事，出三将军，分布征发。吾等十余人，为赵公明府参佐③。至此仓卒，见卿有高门大屋，故来投。与卿相得，大不可言。”祐知其鬼神，曰：“不幸疾笃，死在旦夕。遭卿，以性命相乞。”答曰：“人生有死，此必然之事。死者不系生时贵贱。吾今见领兵三千，须卿，得度簿相付。如此地难得，不宜辞之。”祐曰：“老母年高，兄弟无有，一旦死亡，前无供养。”遂歔欷不能自胜。其人怆然曰：“卿位为常伯④，而家无余财。向闻与尊夫人辞诀，言辞哀苦。然则卿国士也，如何可令死。吾当相为。”因起去：“明日更来。”其明日又来。祐曰：“卿许活吾，当卒恩否？”答曰：“大老子业已许卿⑤，当复相欺耶？”见其从者数百人，皆长二尺许，乌衣军服，赤油为志。祐家击鼓祷祀，诸鬼闻鼓声，皆应节起舞，振袖，飒飒有声。祐将为设酒食，辞曰："不须。"因复起去，谓祐曰："病在人体中，如火，当以水解之。"因取一杯水，发被灌之。又曰："为卿留赤笔十余枝，在荐下⑥，可与人，使簪之，出入辟恶灾，举事皆无恙。"因道曰："王甲、李乙，吾皆与之。"遂执祐手与辞。

【注释】

①散骑侍郎：官名。即散骑常侍。在皇帝左右规谏过失，以备顾问。

②别驾：即别驾从事史，亦称别驾从事。汉置，为州刺史的佐吏。因其地位较高，刺史出巡辖境时，别乘驿车随行，故名。

③赵公明：魏晋时是勾人鬼魂的瘟神，后世又被奉为财神。参佐：部下，僚属。

④常伯：周代官名。君主左右管理民事的大臣。以从诸伯中选拔，故名。后世用来称呼皇帝的近臣，如侍中、散骑常侍等。

⑤大老子：魏晋时老年男人自傲的称呼。

⑥荐：垫席，垫褥。

【译文】

散骑侍郎王祐，病得很厉害，和母亲诀别。不久听到通报有客人来，说："某郡某里某某人，曾经任别驾。"王祐也曾听说过这个人的姓名。一会儿，客人忽然来到，说：

"我和你都是读书人，有天然的缘分，又是同乡，感情就融洽。今年国家有大事，现在派出三位将军，分布全国去征发。我们这十多人，是赵公明的参佐。匆匆忙忙来到这里，看见你有高门大屋，所以来投奔。与你关系融洽，实在太好了。"王祐知道他是鬼神，说："我不幸病重，早晚就会死去。遇到你，请求你救命。"参佐回答说："人生下来就有一死，这是必然的事。死的人和活着时候的贵贱没有关系。我现在率领三千士兵，需要你，把簿策之类的事交给你。这样的事情也是难得的，不应该推辞。"王祐说："老母亲年纪大了，我又没有兄弟，一旦我死了，母亲身边无人奉养了。"说着就情不自禁地哭起来。那人悲哀地说："你官为常伯，家中却没有多余的财物。先前听见你和母亲诀别，言语哀伤痛苦。不过你是国士，怎么能让你死呢。我会想办法。"于是起身离去，说："明天我再来。"第二天他又来了。王祐说："你答应救活我，最后会不会施恩？"参佐回答说："我既然已经答应你了，还会欺骗你吗？"王祐看见他的随从几百人，都身高二尺多，穿着黑色的军服，用红油做标志。王祐家击鼓祷祀，那些鬼听见鼓声，都随着鼓点跳起舞来，抖动着衣袖，发出飒飒的响声。王祐准备给他摆设酒席，参佐推辞说："不需要。"于是再次起身，对王祐说："病在人体中，像火一样，应该用水来化解它。"于是拿来一杯水，打开被子灌下去。他又说："我给你留下十几支红笔，在垫席下面，可以送给别人，让他们插在头上，出入避除灾凶，做事平安无恙。"随后说到："王甲、李乙，我都给过他们了。"于是拉起王祐的手和他辞别。

时祐得安眠，夜中忽觉，乃呼左右，令开被："神以水灌我，将大沾濡。"开被而信有水，在上被之下，下被之上，不浸，如露之在荷。量之，得三升七合①。于是疾三分愈二，数日大除。凡其所道当取者，皆死亡，唯王文英半年后乃亡。所道与赤笔人，皆经疾病及兵乱，皆亦无恙。初有妖书云："上帝以三将军赵公明、锺士季各督数鬼下取人。"莫知所在。祐病差，见此书，与所道赵公明合焉。

【注释】

①合：量词。一升的十分之一。

【译文】

当时王祐正睡得安稳，半夜忽然醒来，呼唤左右使者，让他们打开被子："神用水灌我，会湿透被子。"打开被子真的有水，在上层被子的下面，在下层被子的上面，没有浸湿被子，就像露水在荷叶上。量一量这些水，有三升七合。这时王祐的病好了三分之二，几天之后就痊愈了。凡是参佐说要捉取的人，都死了，只有王文英半年后才死。参佐说给过红笔的人，都经过疾病和兵乱，也都安然无恙。起初有妖书说："上帝派三位将军赵公明、锺士季，各自率领几只鬼下来捉人。"没有人知道他们在哪里。王祐病愈，看到这份妖书，和参佐所说赵公明的事相合。

周式逢鬼吏

汉下邳周式尝至东海①，道逢一吏，持一卷书，求寄载。行十余里，谓式曰："吾暂有所过，留书寄君船中，慎勿发之。"去后，式盗发视书，皆诸死人录，下条有式名。须臾，吏还，式犹视书。吏怒曰："故以相告，而忽视之。"式叩头流血。良久，吏曰："感卿远相载，此书不可除卿名。今日已去，还家，三年勿出门，可得度也。勿道见吾书。"式还，不出，已二年余，家皆怪之。邻人卒亡，父怒，使往吊之。式不得已，适出门，便见此吏。吏曰："吾令汝三年勿出，而今出门，知复奈何？吾求不见，连累为鞭杖，今已见汝，无可奈何。后三日日中，当相取也。"式还，涕泣具道如此。父故不信。母昼夜与相守。至三日日中时，果见来取，便死。

【注释】

①下邳：地名。秦时置县，东汉时置国，南朝改国为郡。郡治在今江苏睢宁西北。

【译文】

汉代下邳人周式曾经到东海去，途中遇到一个官吏，拿着一卷文书，请求搭乘他的船。走了十多里，官吏对周式说："我临时要去拜访一个人，留这卷文书寄放在你的船上，千万不要打开它。"他走之后周式偷着打开文书看，上面都是一个个要死的人的姓名，下面一条有周式的名字。一会儿，官吏就回来了，周式还在看文书。官吏生气地说："特别交代过你，你竟然不当一回事。"周式赶紧叩头，磕破头流出血来。过了很久，官吏说："感谢你让我搭船这么远，这文书里不能除掉你的名字。现在你赶紧回家，三年内不要出门，就可以免于一死。不要对人说见过我的文书。"周式回家后，不出门，已经过了两年多，家人都感到奇怪。邻居家人突然死了，父亲发脾气，让他前去吊唁。周式没有办法，刚刚出门，就见到了这个官吏。官吏说："我让你三年不要出门，可你今天出来了。知道还能怎么办呢？我找不到你，被连累挨鞭子抽打。现在既然见到你了，我也没有办法。三天后的正中午，我会来取你的命。"周式回到家，哭着从头说了这件事情的经过。他的父亲还不相信。他的母亲日夜守护着他。到了三天后正午的时候，果然看见那个官吏来要他的命，他就死了。

张助种李

南顿张助于田中种禾①，见李核，欲持去，顾见空桑，中有土，因植种，以余浆溉灌。后人见桑中反复生李，转相告语。有病目痛者，息阴下，言："李君令我目愈，谢以一豚。"目痛小疾，亦行自愈。众犬吠声②，盲者得视，远近翕赫③。其下车骑常数千百，酒肉滂沱。间一岁余，张助远出来还，见之，惊云："此有何神，乃我所种耳。"因就斫之。

【注释】

①南顿：古县名。在今河南项城西。

②众犬吠声：比喻随声附和。

③翕赫：盛大，显赫。

【译文】

南顿县人张助在田里种庄稼，看见一颗李子核，想拿起来扔掉，回头看见一株空心的桑树，中间有土，于是就把李核种下去，用喝剩的水浇灌。后来有人看见桑树中间又生出李树来，就互相转告这件事。有一个患眼病的人，在树阴下休息，说："李树神君，让我眼病痊愈，我拿一口猪来谢你。"眼睛疼的小病，也就慢慢好了。大家随声附和，说是瞎子看见东西，远近传得很盛。这株李树下常有成千上百的车马来祭祀，酒肉多极了。隔了一年多，张助出远门回来，看见这场面，吃惊地说："这里有什么神啊，不过是我种下的李树而已。"于是去砍掉了。

卷六

　　汉代董仲舒等人承战国阴阳五行学说，以阴阳变化与五行消长，来推衍政治与社会的灾异祥瑞，其学进一步发展，至哀、平之世，又发展出预言灾异瑞应的谶纬学。本卷即以编年体形式记述夏代以迄三国期间的各种妖孽怪异之事，间杂以谶纬学的解释。干宝承前人之说，引用《五行志》与京房《易传》，以阴阳五行之消长来解释世间万物的变异，以及其中蕴含的吉凶福祸。他认为，各种灾异与妖怪是精气依附到物体上，充斥弥漫于物体内部，使物体的外表发生改变而形成的；如果能够掌握精气消长变化的规律，就不但能够对之加以解释，还能藉此预知吉凶，推衍祸福了。

论妖怪

妖怪者，盖精气之依物者也。气乱于中，物变于外。形神气质，表里之用也。本于五行^①，通于五事^②，虽消息升降，化动万端，其于休咎之征，皆可得域而论矣。

【注释】

①五行：指水、火、木、金、土构成物质的五种元素，古人常以此说明宇宙万物的起源和变化。

②五事：指貌、言、视、听、思。

【译文】

妖怪，大概是精气依附到物体上形成的。精气充斥弥漫于物体内部，物体的外表就会发生改变。物体的形神气质，是物体内外的表现。它根源于水、火、木、金、土五行，通行于貌、言、视、听、思五事，即使是消长升降，变化万端，它在吉凶福祸方面的征兆，都可以找到范围而加以论述。

论山徙

夏桀之时厉山亡^①，秦始皇之时三山亡^②，周显王三十二年宋大丘社亡^③，汉昭帝之末，陈留、昌邑社亡。京房《易传》曰："山默然自移，天下兵乱，社稷亡也。"故会稽山阴琅邪中有怪山，世传本琅邪东武海中山也，时天夜，风雨晦冥，旦而见武山在焉。百姓怪之，因名曰怪山。时东武县山，亦一夕自亡去，识其形者，乃知其移来。今怪山下见有东武里，盖记山所自来，以为名也。又交州山移至青州朐县。凡山徙，皆不极之异也^④。此二事未详其世。《尚书·金縢》曰："山徙者，人君不用道，士贤者不兴；或禄去公室，赏罚不由君，私门成群。不救，当为易世变号。"

【注释】

①厉山：在湖北随县北。

②三山：传说中的海上三神山，即蓬莱、方丈、瀛洲。

③周显王三十二年：公元前337年。大丘：古地名。亦作"太丘"、"泰丘"。在今河南永城西北。

④不极：不正，不符合中正的准则。

【译文】

夏桀时厉山消失了，秦始皇时三山消失了，周显王三十二年，宋国的大丘社消失了，汉昭帝末年，陈留县、昌邑县的神社消失了。京房《易传》中说："山悄悄地自行移动，天下大乱，国家灭亡。"从前会稽山阴县琅邪山中有一座怪山，传说本来是琅邪郡东武县海中的山，当时天黑，刮风下雨，一片昏暗，天亮时就看见武山在那里了。百姓觉得奇怪，于是称之为"怪山"。当时东武县的山，也在一个晚上自行消失了，认识它的山形的人，才知道它移到这里来了。现在怪山脚下有个东武里，可能是记录这座山的来历，才把它作为地名。另外，交州的山移到了青州朐县。凡是山迁移，都是不正常的怪异现象。不清楚这两件事发生的时代。《尚书·金縢》说："山迁移，是因为国君不任用有道之士，贤人不被举荐；或是禄位不掌于公室，赏罚不出于国君，权贵之家门客成群。不加救治，就会改朝换代变更年号。"

龟毛兔角

商纣之时，大龟生毛，兔生角，兵甲将兴之象也。

【译文】

商纣王时，一只大乌龟身上长毛，一只兔子头上长角，这些都是战争将要发生的先兆。

马化狐

周宣王三十三年^①，幽王生^②。是岁，有马化为狐。

【注释】

①周宣王三十三年：公元前 795 年。

②幽王：周宣王子，姬宫湦。西周的最后一位天子。

【译文】

周宣王三十三年，幽王出生。这一年，有匹马变成了狐狸。

地暴长

周隐王二年四月^①，齐地暴长，长丈余，高一尺五寸。京房《易妖》曰^②："地四时暴长占：春、夏多吉，秋、冬多凶。"历阳之郡，一夕沦入地中而为水泽，今麻湖是也。不知何时。《运斗枢》曰③："邑之沦，阴吞阳，下相屠焉。"

【注释】

①周隐王二年：即周赧王，在位59年。周赧王二年，即公元前313年。

②《易妖》：书名。全称为《周易妖占》，汉代京房撰，其书已佚。

③《运斗枢》：书名。《春秋纬》的一种，其书已佚。

【译文】

周隐王二年四月，齐国有个地方猛长，有一丈多长，一尺五寸高。京房《易妖》说："土地四季猛长，占卜：春夏多有吉利，秋冬多有凶险。"历阳郡城，一个晚上陷入地下成为水泽，就是现在的麻湖。不知道这是什么时候发生的事。《运斗枢》说："城邑的沦陷，是阴吞阳，天下人将相互残杀。"

龙斗

鲁昭公十九年，龙斗于郑时门之外洧渊①。刘向以为近龙孽也。京房《易传》曰："众心不安，厥妖龙斗其邑中也。"

【注释】

①时门：郑国的城门名。洧（wěi）：水名。即今河南

双洎河。

【译文】

鲁昭公十九年，两条龙在郑国时门外洧水的深渊里搏斗。刘向认为是龙作孽。京房《易传》说："民心不安定，它的妖兆是龙在他们的城邑中搏斗。"

九蛇绕柱

鲁定公元年，有九蛇绕柱，占以为九世庙不祀，乃立炀宫①。

【注释】

①炀宫：祭祀鲁炀公的庙。鲁炀公是鲁国的第二代国君，周公之孙，伯禽之子。

【译文】

鲁定公元年，有九条蛇缠绕在柱子上，占卜认为是九世祖庙没有人祭祀，于是建立了炀宫。

马生人

秦孝公二十一年，有马生人。昭王二十年，牡马生子而死①。刘向以为皆马祸也。京房《易传》曰："方伯分威，厥妖牡马生子②。上无天子，诸侯相伐，厥妖马生人。"

【注释】

①牡马：公马。

②厥：代词，其，它的。

【译文】

秦孝公二十一年，有匹马生了一个人。秦昭王二十年，有匹公马生了马崽死了。刘向认为这都是马生的祸。京房《易传》说："诸侯侵犯天子的权威，它的妖兆就是公马生子。上面没有天子，诸侯相互攻伐，它的妖兆就是马生人。"

女子化为丈夫

魏襄王十三年，有女子化为丈夫，与妻生子。京房《易传》曰："女子化为丈夫，兹谓阴昌，贱人为王。丈夫化为女子，兹谓阴胜阳，厥咎亡。"一曰："男化为女宫刑滥，女化为男妇政行也。"

【译文】

魏襄王十三年，有一个女人变成了男人，娶妻生子。京房《易传》说："女人变成男人，这叫做阴昌盛，下贱的人称王。男人变成女人，这叫做阴胜阳，其祸是灭亡。"又说："男人变成女人，是滥施宫刑，女人变成男人，是妇人当政。"

五足牛

秦惠文王五年，游朐衍①，有献五足牛。时秦世大用民力，天下叛之。京房《易传》曰："兴繇役②，夺民时，厥妖牛生五足。"

【注释】

①胸（xū）衍：战国时北方的少数民族，也用来指代其所生活的地方。

②繇（yáo）役：即徭役。

【译文】

秦惠文王五年，巡游胸衍，有人献上五只脚的牛。当时秦国大肆征用民力，天下人都反对它。京房《易传》说："大兴徭役，侵夺农时，它的妖兆是牛生出五只脚。"

临洮大人

秦始皇二十六年，有大人长五丈，足履六尺，皆夷狄服，凡十二人，见于临洮①，乃作金人十二以象之。

【注释】

①临洮：古县名。在今甘肃岷县。

【译文】

秦始皇二十六年，有巨人身长五丈，脚上的鞋子长六尺，都穿着外族的衣服，共十二个人，出现在临洮县，于是照他们的样子制作了十二个金人。

龙现井中

汉惠帝二年正月癸酉旦，有两龙现于兰陵廷东里温陵井中①，至乙亥夜去。京房《易传》曰："有德遭害，厥妖龙见井中。"又曰："行刑暴恶，黑龙从井出。"

【注释】

①兰陵：古县名。县治在今山东苍山西南兰陵镇。

【译文】

汉惠帝二年正月癸酉那一天早晨，有两条龙出现在兰陵县廷东里温陵井中，到第三天乙亥夜里才离去。京房《易传》说："有德行的人被迫害，它的妖兆就是龙出现在井中。"又说："施行刑罚残暴凶恶，黑龙从井里出来。"

马生角

汉文帝十二年，吴地有马生角，在耳前，上向，右角长三寸，左角长二寸，皆大二寸。刘向以为马不当生角，犹吴不当举兵向上也，吴将反之变云。京房《易传》曰："臣易上，政不顺，厥妖马生角。兹谓贤士不足。"又曰："天子亲伐，马生角。"

【译文】

汉文帝十二年，吴地有马长出了角，在耳朵前，朝上伸，右角长三寸，左角长二寸，两只角都有二寸大。刘向认为马不应该生角，就像吴王不应该兴兵背叛朝廷，这是吴王准备叛乱的征兆。京房《易传》说："臣下藐视君上，政令不顺畅，它的妖兆是马生角。这是说贤臣智士太少。"又说："天子亲自征伐，马生角。"

人生角

汉景帝元年九月，胶东下密人年七十余①，生角，角有毛。京房《易传》曰："冢宰专政②，厥妖人生角。"《五行志》以为人不当生角③，犹诸侯不敢举兵以向京师也。其后遂有七国之难。至晋武帝泰始五年，元城人④，年七十，生角。殆赵王伦篡乱之应也⑤。

【译文】

汉景帝元年九月，胶东国下密一个七十多岁的人，头上长角，角上有毛。京房《易传》说："宰相专掌国政，它的妖兆就是人长角。"《五行志》认为人不应该长角，就像诸侯不敢兴兵攻打京城一样。那以后就发生了七国之难。到晋武帝泰始五年，元城县一个七十多岁的人长角，大概是赵王伦作乱的兆应吧。

白黑乌斗

景帝三年十一月，有白颈乌与黑乌群斗楚国吕县。白颈不胜，堕泗水中死者数千。刘向以为近白黑祥也。时楚王戊暴逆无道①，刑辱申公②，与吴谋反。乌群斗者，师战之象也；白颈者小，明小者败也；堕于水者，将死水地。王戊不悟，遂举兵应吴，与汉大战，兵败而走，至于丹徒，为越人所斩，堕泗水之效也。京房《易传》曰："逆亲亲，厥妖白黑乌斗于国中。"燕王旦之谋反也③，又有一乌一鹊斗于燕宫中池上，乌堕池死。《五行志》以为楚、燕皆骨肉藩臣，骄恣而谋不义，俱有乌鹊斗死之祥。行同而占合，此天人之明表也。燕阴谋未发，独王自杀于宫，故一乌而水色者死；楚炕阳举兵④，军师大败于野，故乌众而金色者死：天道精微之效也。京房《易传》曰："颛征劫杀，厥妖乌鹊斗。"

【注释】

①楚王戊：刘戊，汉高祖刘邦的孙子，封楚王。后与吴王等反，兵败而死。

②申公：鲁人，名培，汉文帝时博士。为《诗》作传，被称为"鲁诗"。

③燕王旦：刘旦，汉武帝的第四子。与上官桀等谋杀霍光废昭帝，谋败自杀。

④炕阳：干涸，枯涸。指阳气极盛。比喻统治者残暴专横。

【译文】

汉景帝三年十一月，有一群白颈乌鸦和黑乌鸦在楚国吕县相斗。白颈乌鸦斗败，坠落在泗水中死了几千只。刘向认为这是白黑的征兆。当时楚王刘戊暴虐无道，用刑罚侮辱申公，和吴王谋反。乌鸦群斗，这是军队作战的象征；白颈乌鸦体型小，表明小的要失败；落入水中，表明将死在有水的地方。楚王刘戊不明白，于是兴兵响应吴王，和汉朝廷大战，兵败逃走，来到丹徒，为越人所杀，这就是乌鸦落入泗水的效验。京房《易传》说："背叛亲戚，它的妖兆是白乌鸦和黑乌鸦在国中争斗。"燕王刘旦谋反的时候，也有一只乌鸦和一只喜鹊在燕宫的水池边相斗，乌鸦落在水池中死了。《五行志》认为楚、燕都是汉帝王的骨肉、拱卫王室的大臣，却骄横恣肆图谋不轨，都有乌鸦喜鹊争斗而死的预兆。他们的行为相同，占卜相合，这是天道人事的明显表现。燕国的阴谋尚未发动，只有燕王在宫中自杀，所以一只水色的乌鸦死了；楚国残暴专横起兵作乱，军队在郊野大败，所以一群金色的乌鸦死了：这是天道精深微妙的效验。京房《易传》说："专擅征战劫杀，它的妖兆是乌鸦和喜鹊相斗。"

内外蛇斗

汉武帝太始四年七月，赵有蛇从郭外入，与邑中蛇斗孝文庙下。邑中蛇死。后二年秋，有卫太子事①，自赵人江充起。

【注释】

①卫太子：汉武帝的长子刘据。赵人江充诬告卫太子宫中埋木人以巫蛊武帝，太子惧，杀江充。武帝追捕太子，太子兵败自杀。史称"巫蛊之祸"。

【译文】

汉武帝太始四年七月，赵国有蛇从城外进来，和城中的蛇在孝文帝庙下搏斗。城中的蛇死了。过后两年秋天，有卫太子巫蛊之祸，由赵国人江充引起。

鼠舞门

汉昭帝元凤元年九月，燕有黄鼠衔其尾舞王宫端门中①。王往视之，鼠舞如故。王使吏以酒脯祠鼠，舞不休，一日一夜，死。时燕王旦谋反，将死之象也。京房《易传》曰："诛不原情，厥妖鼠舞门。"

【注释】

①端门：宫殿的正南门。

【译文】

汉昭帝元凤元年九月，燕国有只黄鼠咬着它的尾巴在王宫的端门中跳舞。燕王到那里去看，鼠还是那样跳个不停。燕王派官吏拿酒肉去祭祀，鼠还是舞个不停，一天一夜后死了。当时燕王刘旦谋反，这是他将要死亡的征兆。京房《易传》说："杀人不追究事情的实情，它的妖兆是鼠在门中跳舞。"

石自立

昭帝元凤三年正月，泰山芜莱山南汹汹有数千人声①。民往视之，有大石自立，高丈五尺，大四十八围，入地深八尺，三石为足。石立后，有白乌数千集其旁。宣帝中兴之瑞也。

【注释】

①泰山：郡名。郡治在今山东泰安东北。

【译文】

汉昭帝元凤三年正月，泰山郡芜莱山南闹哄哄好像有几千人的声音。百姓去那里看，有一块大石头自己耸立起来，高一丈五尺，大四十八围，伸入地下八尺，有三只石脚。石头耸立起来后，有白羽乌鸦几千只聚集在石头旁。这是汉宣帝中兴的吉兆。

狗冠

昭帝时昌邑王贺见大白狗冠方山冠而无尾①。至熹平中，省内冠狗带绶以为笑乐。有一狗突出，走入司空府门，或见之者，莫不惊怪。京房《易传》曰："君不正，臣欲篡，厥妖狗冠出朝门。"

【注释】

①昌邑王：汉武帝之孙刘贺。方山冠：汉代宗庙祭祀时乐人戴的帽子。

【译文】

汉昭帝时昌邑王刘贺看见大白狗戴着方山冠却没有尾巴。到了汉灵帝熹平年间，宫内给狗戴上帽子，系上印绶带来取乐。有一条狗突然跑出朝门，跑进司空府门，有人看见这条狗，都觉得十分奇怪。京房《易传》说："君上不正，臣下想篡位，它的妖兆是狗戴着帽子跑出朝门。"

雌鸡化雄

汉宣帝黄龙元年，未央殿辂軨中雌鸡化为雄①，毛衣变化，而不鸣，不将，无距②。元帝初元元年，丞相府史家雌鸡伏子，渐化为雄，冠距鸣将。至永光中，有献雄鸡生角者。《五行志》以为王氏之应。京房《易传》曰："贤者居明夷之世③，知时而伤，或众在位，厥妖鸡生角。"又曰："妇人专政，国不静；牝鸡雄鸣，主不荣。"

【注释】

①未央殿：即未央宫。故址在今陕西西安西北长安故城内西南隅。汉高帝七年（前200）建，常为朝见之处。辂軨（líng）：汉代厩名。

②距：雄鸡、雉等的腿的后面突出像脚趾的部分。

③明夷：《周易》卦名，即离下坤上。离为火，是光明之象，坤为地，古人认为日出地上才有光明，如果到了地下，其光明就会受到损伤，故称明夷。后来比喻昏君在上，贤人遭受艰难或不得志。

【译文】

汉宣帝黄龙元年，未央殿辂軨厩里的一只雌鸡变成雄鸡，羽毛变了，但是不打鸣，不率领鸡群，没有足距。汉元帝初元元年，丞相府史家，有一只母鸡孵蛋时，慢慢变成了雄鸡，长出鸡冠、足距，打鸣，率领鸡群。到了永光年间，有人献上一只生有角的雄鸡。《五行志》认为这是外戚王氏执政的预兆。京房《易传》说："贤能的人处在昏乱之世，忧时伤世，或者平庸的人居于高位，它的妖兆是鸡生角。"又说："妇人专政，国家不安宁；雌鸡打鸣，主人不兴旺。"

范延寿断讼

宣帝之世，燕、岱之间，有三男共取一妇，生四子，及至将分妻子而不可均，乃致争讼。廷尉范延寿断之曰①："此非人类，当以禽兽，从母不从父也。请戮三男，以儿还母。"宣帝嗟叹曰："事何必古？若此，则可谓当于理而厌人情也。"延寿盖见人事而知用刑矣，未知论人妖将来之验也。

【注释】

①廷尉：官名。九卿之一，主管刑狱。

【译文】

汉宣帝时，燕、岱两地之间，有三个男子共同娶了一个妻子，生下四个儿子。到了要分家的时候，妻子和子女无法均分，以致打起了官司。廷尉范延寿断案说："这不是人类，和禽兽一样，跟着母亲而不跟着父亲。请求杀了三个男人，把儿女还给母亲。"汉宣帝叹息说："事情为什么一定要依照古人？如果那样，就可以说是符合道理却压抑了人的感情。"范延寿大概看见人事就知道施用刑罚，不懂得考虑人妖在将来的应验。

天雨草

汉元帝永光二年八月，天雨草，而叶相樛结①，大如弹丸。至平帝元始三年正月，天雨草，状如永光时。京房《易传》曰："君奢于禄，信衰，贤去，厥妖天雨草。"

【注释】

①樛（jiū）结：纠结，缠绕。

【译文】

汉元帝永光二年八月，天上降下草来，草叶纠结，有弹丸那么大。到了汉平帝元始三年正月，天上又降下草来，情况和永光年间一样。京房《易传》说："君主奢啬俸禄，信用衰微，贤人远去，它的妖兆是天上降下草。"

断槐复立

元帝建昭五年，兖州刺史浩赏，禁民私所自立社。山阳橐茅乡社有大槐树①，吏伐断之，其夜树复立故处。说曰："凡枯断复起，皆废而复兴之象也。"是世祖之应耳。

【注释】

①山阳：古县名。属河南郡，故城在今河南修武境内。

【译文】

汉元帝建昭五年，兖州刺史浩赏禁止老百姓私下建立神社。山阳县橐茅乡神社有一棵大槐树，官吏砍断它，那天夜里，树又在原来的地方立了起来。解释说是："凡是枯断的树木再立起来，都是荒废的事情再兴盛的征兆。"这是世祖兴起的吉兆。

鼠巢

汉成帝建始四年九月，长安城南，有鼠衔黄稿、柏叶，上民冢柏及榆树上为巢。桐柏为多①。巢中无子，皆有干鼠矢数升。时议臣以为恐有水灾。鼠盗窃小虫，夜出昼匿，今正昼去穴而登木，象贱人将居贵显之占。桐柏，卫思后园所在也②，其后赵后自微贱登至尊③，与卫后同类。赵后终无子，而为害。明年，有鸢焚巢杀子之象云。京房《易传》曰："臣私禄罔干，厥妖鼠巢。"

【注释】

①桐柏：地名。在长安城南。

②卫思后：汉武帝的皇后。初为平阳公主家歌女，后入宫，生卫太子。巫蛊之祸后，卫皇后被废自杀。

③赵后：即赵飞燕，初为歌女，汉成帝时入宫，后被立为皇后。平帝即位后被废为庶人，自杀。

【译文】

汉成帝建始四年九月，在长安城南边，有鼠衔着黄色的禾秆、柏叶，爬上百姓墓地的柏树及榆树上做窝。多数在桐柏那个地方。窝里没有鼠仔，都有几升干老鼠屎。当时议论的大臣认为恐怕会有水灾。老鼠是偷东西的小虫，晚上出来白天隐藏，现在恰恰白天离开鼠穴而爬上树去，象征着地位低贱的人将要身居显贵的地位。桐柏，是卫皇后花园所在地，那以后赵皇后从卑贱的地位登上最尊贵的地位，和卫皇后一样。赵皇后最终没有子女而被害。第二年，说是有老鹰烧了鸟巢杀死小鹰的兆象。京房《易传》说："臣下把俸禄视为私有，妄自侵占，它的妖兆是鼠在树上做窝。"

鸟焚巢

成帝河平元年二月庚子，泰山山桑谷有鸢焚其巢①。男子孙通等闻山中群鸟鸢鹊声，往视之，见巢燃尽，堕池中，有三鸢鷇烧死②。树大四围，巢去地五丈五尺。《易》曰："鸟焚其巢，旅人先笑后号咷。"后卒成易世之祸云。

【注释】

①山桑谷：泰山中的山谷名。

②鷇（kòu）：由母哺食的幼鸟。

【译文】

汉成帝河平元年二月庚子这天，泰山山桑谷中有老鹰烧了它的鸟巢。男子孙通等人听到山中群鸟鹰鹊的声音，前去查看，看见鸟巢烧完后掉进水池中，有三只雏鹰被烧死。树有四围粗，鸟巢离地面有五丈五尺。《易经》上说："鸟烧了它的巢，旅人先欢笑而后放声大哭。"据说后来终于出现了改朝换代的灾祸。

木生人状

成帝永始元年二月，河南街邮櫲树生枝如人头①，眉目须皆具，亡发耳。至哀帝建平三年十月，汝南西平遂阳乡有材仆地生枝，如人形，身青黄色，面白，头有髭发，稍长大，凡长六寸一分。京房《易传》曰："王德衰，下人将起，则有木生为人状。"其后有王莽之篡。

【注释】

①街邮：古亭名。

【译文】

汉成帝永始元年二月，河南郡街邮亭的一棵櫲树长出的枝条像人头，眉毛眼睛胡须都有，只是没有头发。到了汉哀帝建平三年十月，汝南郡西平县遂阳乡有木材倒在地上长出树枝，像人的样子，身子青黄色，脸白色，头上有胡须头发，逐渐长大，共长六寸一分。京房《易传》说："君王德行衰微，地位卑贱的人将兴起，就会有树木长成人的样子。"那以后发生了王莽篡位的事情。

僵树自立

哀帝建平三年，零陵有树僵地，围一丈六尺，长十丈七尺。民断其本，长九尺余，皆枯。三月，树卒自立故处。京房《易传》曰："弃正，作淫，厥妖本断自属。妃后有颛①，木仆反立，断枯复生。"

【注释】

①颛（zhuān）：通"专"。

【译文】

汉哀帝建平三年，零陵有棵树倒在地上，粗一丈六尺，长十丈七尺。老百姓砍断它的根，长九尺多，都枯干了。三月，这棵树自己立到了原来的地方。京房《易传》说："抛弃正直实行淫乱，它的妖兆是树断了自己接起来。嫔妃皇后专权，树倒了又再立起来，砍断的枯树重新长活。"

儿啼腹中

哀帝建平四年四月，山阳方与女子田无啬生子①。未生二月前，儿啼腹中，及生，不举，葬之陌上。后三日，有人过，闻儿啼声，母因掘收养之。

【注释】

①方与：古县名。县治在今山东鱼台北。

【译文】

汉哀帝建平四年四月，山阳郡方与县妇女田无啬生了个儿子。未生之前两个月，婴儿在肚子里哭，等生下来，她就不哺乳抚养他，把他埋在了田野里。过了三天，有人经过，听见婴儿的哭声，母亲于是挖开土收养了他。

男子化女

哀帝建平中，豫章有男子化为女子，嫁为人妇，生一子。长安陈凤曰：“阳变为阴，将亡继嗣，自相生之象。”一曰：“嫁为人妇，生一子者，将复一世，乃绝。”故后哀帝崩，平帝没，而王莽篡焉。

【译文】

汉哀帝建平年间，豫章郡有个男子变成了女子，出嫁给人做了妻子，生了一个儿子。长安陈凤说：“阳变成阴，将没有子孙，是自行相生的兆象。”又说：“出嫁成为人妻，生一个儿子，将会再过一世就绝代。”所以后来哀帝死了，平帝被毒死，王莽就篡位了。

人死复生

汉平帝元始元年二月，朔方广牧女子赵春病死。既棺殓，积七日，出在棺外，自言见夫死父，曰：“年二十七，汝不当死。”太守谭以闻①。说曰：“至阴为阳，下人为上。厥妖人死复生。”其后王莽篡位。

【注释】

①谭：同“谈”。

【译文】

汉平帝元始元年二月，朔方郡广牧县女子赵春病死。已经殓入棺中，过了七天，她走出棺外，自称见到了她死去的父亲，说："年纪二十七，你不该死。"这是朔方太守谈话说的。解释说："极阴转变成阳，卑贱的人变成高贵的人。它的妖兆是人死了又复活。"那以后王莽篡位。

人生两头

汉平帝元始元年六月，长安有女子生儿：两头两颈，面俱相向，四臂共胸，俱前向，尻上有目，长二寸所。京房《易传》曰："'暌孤^①，见豕负涂。'厥妖人生两头。下相攘善，妖亦同。人若六畜，首目在下，兹谓亡上，政将变更。厥妖之作，以谴失正，各象其类。两颈，下不一也；手多，所任邪也；足少，下不胜任，或不任下也。凡下体生于上，不敬也；上体生于下，媟渎也^②。生非其类，淫乱也；人生而大，上速成也；生而能言，好虚也。群妖推此类。不改，乃成凶也。"

【注释】

①暌（kuí）孤：指离家在外的孤子。
②媟（xiè）渎：狎昵轻慢。

【译文】

汉平帝元始元年六月，长安有个妇女生下儿子：两个头两个脖子，脸都相对，四支手臂共一个胸脯，都向前伸，臀部有眼睛，长二寸左右。京房《易传》说："'孤儿离家在外，看见猪爬在泥途中。'它的妖兆是人生两个头。臣下相互侵夺功绩，妖兆也相同。人或者是六畜，头、眼睛长在身体上，这意味着国君要死亡，政权要变更。那妖兆的出现，是谴责国家失去正道，各自象征它们的品类。两个脖子，是臣下不齐心；手多，是所任用的人奸邪；脚少，是臣下不能胜任其职，或者不任用臣下。凡是身体的下部长在上面的，是不恭敬；身体上面的器官长在下面，是亵狎轻慢。生下的不是同类，是淫乱；人生下来长得很大，是君上急于求成；生下来就能说话，是喜好虚浮。各种妖兆依此类推。不加改正，就会成为灾祸。"

德阳殿蛇

汉桓帝即位，有大蛇见德阳殿上[①]。洛阳市令淳于翼曰[②]："蛇有鳞，甲兵之象也。见于省中，将有椒房大臣受甲兵之象也[③]。"乃弃官遁去。到延熹二年[④]，诛大将军梁冀[⑤]，捕治家属，扬兵京师也。

【注释】

①德阳殿：东汉皇宫殿名。

②市令：掌管市场的官名。

③椒房：皇后所居住的宫殿。后来也用为后妃的代称。
　　因系皇后之亲而成为大臣，即称之为椒房大臣。

④延熹：汉桓帝的年号。

⑤梁冀：字伯卓，他两个妹妹分别是汉顺帝、汉桓帝

的皇后。梁冀任大将军，专掌朝政近二十年，两位皇后死后，桓帝议灭梁氏，梁冀自杀。

【译文】

汉桓帝即位时，有大蛇出现在德阳殿上。洛阳市令淳于翼说："蛇有鳞，这是铠甲和兵器的象征。出现在禁宫之中，是将有椒房大臣受到兵甲之祸的象征。"于是弃官隐遁而去。到了延熹二年，诛杀大将军梁冀，逮捕处罚他的家属，在京城动用军队。

梁冀妻妆

汉桓帝元嘉中，京都妇女作"愁眉"、"啼妆"、"堕马髻"、"折腰步"、"龋齿笑"。"愁眉"者，细而曲折。"啼妆"者，薄拭目下若啼处。"堕马髻"者，作一边。"折腰步"者，足不任下体。"龋齿笑"者，若齿痛，乐不欣欣。始自大将军梁冀妻孙寿所为，京都翕然，诸夏效之。天戒若曰："兵马将往收捕：妇女忧愁，蹙眉啼哭；吏卒掣顿，折其腰脊，令髻邪倾；虽强语笑，无复气味也。"到延熹二年，冀举宗合诛。

【译文】

汉桓帝元嘉年间，京城的妇女流行"愁眉"、"啼妆"、"堕马髻"、"折腰步"、"龋齿笑"。所谓"愁眉"，是画的眉又细又弯曲。所谓"啼妆"，是在眼睛下面薄薄涂脂粉，像是哭过的样子。所谓"堕马髻"，是发髻偏向一边。所谓

"折腰步"，是走路时双脚支持不住身体。所谓"龋齿笑"，就像牙痛，不是高兴地笑。开始从大将军梁冀的妻子孙寿妆梳开始，京城风行，全国都仿效她。上天这样告诫说："军队将前往收捕，妇女忧愁，皱眉啼哭；官兵强夺，折断她们的腰椎，使发髻偏斜；即使勉强说笑，也没有了那份情调。"到了延熹二年，梁冀全族都被诛杀了。

赤厄三七

汉灵帝数游戏于西园中，令后宫采女为客舍主人，身为估服，行至舍间，采女下酒食，因共饮食，以为戏乐。是天子将欲失位，降在皂隶之谣也。其后天下大乱。古志有曰："赤厄三七^①。"三七者经二百一十载，当有外戚之篡，丹眉之妖。篡盗短祚，极于三六，当有飞龙之秀，兴复祖宗。又历三七，当复有黄首之妖，天下大乱矣。自高祖建业，至于平帝之末，二百一十年，而王莽篡，盖因母后之亲。十八年而山东贼樊子都等起^②，实丹其眉，故天下号曰"赤眉"。于是光武以兴祚，其名曰秀。至于灵帝中平元年，而张角起^③，置三十六方，徒众数十万，皆是黄巾，故天下号曰"黄巾贼"。至今道服，由此而兴。初起于邺，会于真定，诳惑百姓曰："苍天已死，黄天立。岁名甲子年，天下大吉。"起于邺者，天下始业也，会于真定也，小民相向跪拜趋信，荆、扬尤甚。乃弃财产，流沉道路，死者无数。角等初以二月起兵，其冬十二月悉破。自光武中兴至黄巾之起，未盈二百一十年，而天下大乱，汉祚废绝，实应三七之运。

【注释】

①赤厄：指汉朝的厄运。汉为火德，火色赤，故称。

②樊子都：即樊崇，西汉末琅邪（今山东诸城）人，赤眉起义领袖。

③张角：东汉钜鹿（今河北宁晋）人，太平道创始人，黄巾起义首领。

【译文】

汉灵帝多次在西园中游戏，让后宫宫女充当旅舍主人，他自己身穿商贩的服装，走到客店里，宫女摆下酒食，于是一起吃喝，做这样的游戏取乐。这是天子将要失去帝位，降身在贱役之列的流言。那以后天下大乱。古代志书上有这样的说法："赤色厄运三七。"所谓三七，是指经过二百一十年，会有外戚篡权、赤色眉的妖祸。篡位盗贼福短，限于三六之数，会有飞龙之秀，来兴复祖宗的功业。再经历三七，会有黄首的灾祸，天下就大乱了。从汉高祖建立帝业，到汉平帝末年，二百一十年，王莽篡位，由于是皇太后的亲戚。十八年后山东贼盗樊子都等人起事，确实染红了眉毛，所以天下人称之为"赤眉"。这时光武帝复兴帝业，他叫刘秀。到了汉灵帝中平元年，张角起义，设三十六方，有信徒几十万，他们都是头裹黄巾，所以天下称之为"黄巾贼"。至今的道教服装，由此兴起。黄巾军在邺起事，在真定会合，欺骗迷惑百姓说："苍天已死，黄天当立。在甲子这一年，天下大吉。"在邺起事，是天下开始行事，在真定会集，老百姓都跪拜信从，荆州、扬州最为厉害。于是，人们抛弃财产，流落于道，死了许多人。张角等人在二月开始起兵，那年冬天的十二月全被攻破。从光武帝中兴到黄巾军起义，未满二百一十年，天下大乱，汉朝皇位被废止，确实应验了三七的运数。

长短衣裾

灵帝建宁中，男子之衣好为长服，而下甚短；女子好为长裾，而上甚短。是阳无下而阴无上，天下未欲平也。后遂大乱。

【译文】

汉灵帝建宁年间，男子的服装喜欢穿长衣服，而下服很短；女子喜欢穿长裙子，但上衣很短。这是阳没有下而阴没有上，天下不会太平。后来终于天下大乱了。

夫妇相食

灵帝建宁三年春，河内有妇食夫①，河南有夫食妇。夫妇阴阳二仪，有情之深者也，今反相食。阴阳相侵，岂特日月之眚哉②。灵帝既没，天下大乱，君有妄诛之暴，臣有劫弑之逆，兵革相残，骨肉为仇，生民之祸极矣。故人妖为之先作。恨而不遭辛有、屠黍之论③，以测其情也。

【注释】

①河内：指黄河以北的地区。下文"河南"，是指黄河
　　以南的地区。

②眚（shěng）：日月蚀。亦指灾异、妖祥。

③辛有：周朝大夫。《左传》记载，周平王东迁时，辛
　　有到伊川，看见有人披着头发在野外祭祀，于是感
　　叹说："不到一百年，这里就被戎族占领了。因为
　　礼已经先失去了。"屠黍：晋国太史，见晋乱而出
　　奔周。

【译文】

汉灵帝建宁三年春天，黄河以北的地区有妻子吃丈夫，
黄河以南的地区有丈夫吃妻子。夫妻阴阳相配，是有深厚
感情的人，如今反而相互吃食。阴阳相互侵犯，岂只是日
月的灾祸啊。汉灵帝死后，天下大乱，君上有随意诛杀的
残暴，臣下有劫君弑君的叛逆，以武力相残杀，亲骨肉变
成了仇敌，老百姓的灾难大到了极点。所以人间的妖祥就
先出现了。遗憾的是没有遇到辛有、屠黍那样的议论，来
测度它的情由。

寺壁黄人

灵帝熹平二年六月，雒阳民讹言，虎贲寺东壁
中①，有黄人，形容须眉良是。观者数万，省内悉
出，道路断绝。到中平元年二月，张角兄弟起兵冀
州，自号"黄天"。三十六方，四面出和。将帅星
布，吏士外属。因其疲馁牵而胜之②。

①虎贲寺：洛阳寺院名。

②馁（něi）：同"馁"，饥饿。

【译文】

　　汉灵帝熹平二年六月，洛阳的百姓传言，虎贲寺东面墙壁中有黄人，模样胡须眉毛确实很像。观看的人好几万，皇宫里的人都去了，路上挤得交通断绝。到了灵帝中平元年二月，张角兄弟在冀州起兵，自称"黄天"。设立三十六方，四方的人都起兵应和。黄巾军将帅众多，朝廷的官吏士卒做他们的内应。乘他们疲倦饥饿时才牵制并打败他们。

梁伯夏后

　　光和四年，南宫中黄门寺有一男子①，长九尺，服白衣，中黄门解步呵问："汝何等人？白衣妄入宫掖②。"曰："我，梁伯夏后。天使我为天子。"步欲前收之，因忽不见。

【注释】

①中黄门寺：中黄门官舍。中黄门，指在宫廷服役的太监。寺，官署，官舍。

②宫掖：指皇宫。掖，掖庭，宫中的旁舍，嫔妃居住的地方。

【译文】

　　汉灵帝光和四年，南宫的中黄门官舍中有一个男子，身长九尺，穿着白色的衣服，中黄门解步大声喝问："你是什么人？穿着白衣服乱进皇宫。"那人说："我是梁伯夏的后代。天帝让我来做天子。"解步想上前抓他，忽然就消失了。

魁櫑挽歌

汉时，京师宾婚嘉会，皆作魁櫑①，酒酣之后，续以挽歌。魁櫑，丧家之乐；挽歌，执绋相偶和之者②。天戒若曰："国家当急殄悴，诸贵乐皆死亡也。"自灵帝崩后，京师坏灭，户有兼尸虫而相食者。"魁櫑""挽歌"，斯之效乎？

【注释】

①魁櫑：即"傀儡"。本为丧家之乐，后来演变成为木偶戏。

②绋（fú）：通"绹"，指下葬时引柩入穴的绳索。后泛指牵引棺材的大绳。

【译文】

汉代时，京城宴客婚礼喜事，都要表演木偶戏，酒喝得尽兴时，接着唱挽歌。木偶戏，是丧家之乐；挽歌，是引棺入穴的人相互应和的哀歌。上天这样告诫说："国家很快就会非常困顿，那些欢乐的贵人都要死了。"自从汉灵帝死后，京城毁坏，每家都有兼尸虫相互咬食的事情。"木偶戏""挽歌"，这就是它的效应吗？

京师童谣

灵帝之末，京师谣言曰："侯非侯，王非王。千乘万骑上北邙[①]。”到中平六年，史侯登蹑至尊[②]，献帝未有爵号，为中常侍段珪等所执，公卿百僚，皆随其后，到河上，乃得还。

【注释】

①北邙：山名。即邙山。因在洛阳之北，故名。东汉、魏、晋的王侯公卿多葬于此。

②史侯：即汉少帝刘辩，初养于道人史予助家，故号史侯。汉少帝在位时，汉献帝封陈留王，后董卓废少帝，迎立献帝。至尊：天子之位。

【译文】

汉灵帝末年，京城有谣谚说：“侯非侯，王非王，千乘万骑上北邙。”到了中平六年，史侯刘辩登上天子之位，当时汉献帝还没有爵号，被中常侍段珪等人所挟持，公卿百官，都跟随在他们后面，一直走到黄河边，才得以返回。

桓氏复生

汉献帝初平中，长沙有人姓桓氏，死，棺敛月余，其母闻棺中有声，发之，遂生。占曰：“至阴为阳，下人为上。”其后曹公由庶士起[①]。

【注释】

①庶士：官府小吏。

【译文】

汉献帝初平年间，长沙有个姓桓的人，死了，用棺材装敛一个多月，他的母亲听到棺材中有声音，打开棺材，他就活了。占卜说："极阴转为阳，下等人成为上等人。"后来曹操由官府小吏兴起。

荆州童谣

建安初，荆州童谣曰①："八九年间始欲衰，至十三年无孑遗②。"言自中兴以来，荆州独全；及刘表为牧③，民有丰乐；至建安九年，当始衰。始衰者，谓刘表妻死，诸将并零落也。十三年无孑遗者，表当又死，因以丧败也。是时华容有女子，忽啼呼曰："将有大丧。"言语过差，县以为妖言，系狱。月余，忽于狱中哭曰："刘荆州今日死。"华容去州数百里，即遣马吏验视，而刘表果死。县乃出之。续又歌吟曰："不意李立为贵人。"后无几，曹公平荆州，以涿郡李立字建贤，为荆州刺史。

【注释】

①建安：汉献帝年号。汉献帝建安二十五年（220），曹丕篡位，废汉献帝为山阳公。

②孑（jié）遗：残存，留存。

③牧：指国君或州郡长官。

【译文】

汉献帝建安初年，荆州地区流传童谣说："建安八九年间开始衰落，到了十三年就没有留存了。"说是从汉光武中兴以来，荆州能独自保全；等到刘表做了荆州牧，老百姓丰收快乐；到了建安九年，要开始衰落了。所谓开始衰落，指刘表的妻子死了，许多将领都要伤亡。所谓十三年没有留存，是指刘表又将死亡，荆州于是就衰败了。当时华容县有个女子，突然哭喊着说："将会有大丧事。"言语太过荒谬，县官认为这是妖言，把她关在了监狱里。一个多月后，她突然在狱中哭着说："刘荆州今天死了。"华容县城离荆州治所几百里，县令立即派马吏去验看，刘表果然死了。县令这才把她放出来。她接着又唱着说："想不到李立成了贵人。"后来没过多久，曹操平定荆州，任命涿郡一个叫李立字建贤的人做了荆州刺史。

树出血

建安二十五年正月，魏武在洛阳起建始殿①，伐濯龙树而血出②。又掘徙梨，根伤，而血出。魏武恶之，遂寝疾，是月崩。是岁，为魏文黄初元年。

【注释】

①魏武：指曹操。公元 220 年，曹丕废汉献帝为山阳公后称帝，即魏文帝，尊其父曹操为魏武帝。建始殿：古代洛阳宫殿名。

②濯龙：汉代宫苑名。在河南洛阳西南角。

【译文】

建安二十五年正月，魏武帝在洛阳修筑建始殿，砍伐濯龙苑的树流出血来。又挖掘移植梨树，树根被挖伤而流出血来。魏武帝憎恶这件事，于是生病卧床，当月就死了。

这一年是魏文帝黄初元年。

燕巢生鹰

魏黄初元年，未央宫中有鹰生燕巢中，口爪俱赤。至青龙中^①，明帝为凌霄阁，始构，有鹊巢其上。帝以问高堂隆^②，对曰："《诗》云：'惟鹊有巢，惟鸠居之。'今兴起宫室，而鹊来巢，此宫室未成，身不得居之象也。"

【注释】

①青龙：魏明帝曹叡的年号。

②高堂隆：字昇平，平阳人。魏明帝时任散骑常侍。

【译文】

魏文帝黄初元年，未央宫中有一只小鹰出生在喜鹊的巢穴中，鹰嘴和脚爪都是红色的。到了魏明帝青龙年间，明帝修建凌霄阁，刚刚造起，就有喜鹊在上面筑巢。明帝以这件事询问高堂隆，高堂隆回答说："《诗经》说：'喜鹊做好窝巢，鸤鸠住在里面。'现在兴建宫室，就有喜鹊来做窝，这是宫室尚未建成，自身不能居住的象征。"

燕生巨鷇

魏景初元年，有燕生巨鷇于卫国李盖家^①，形若鹰，吻似燕。高堂隆曰："此魏室之大异，宜防鹰扬之臣于萧墙之内^②。"其后宣帝起^③，诛曹爽，遂有魏室。

【注释】

①鷇（kòu）：初生的小鸟。

②鹰扬：形容威武的样子。后来成为武官的名号。萧
　墙：古代宫室内作为屏障的矮墙。后来借指内部。

③宣帝：指晋宣帝司马懿。其孙司马炎被封晋王后，
　追封司马懿为宣王。司马炎称帝后，追尊司马懿为
　晋宣帝。

【译文】

魏明帝景初元年，卫国县李盖家有只燕子孵出一只很
大的雏鸟，形状像鹰，嘴像燕子。高堂隆说："这是魏国很
大的怪异之事，应当提防朝廷里勇武的大臣。"后来司马懿
兴起，诛杀曹爽，就掌握了魏国的政权。

谯周书柱

蜀景耀五年①，宫中大树无故自折。谯周深忧
之②，无所与言，乃书柱曰："众而大，期之会。具
而授，若何复？"言：曹者，众也；魏者，大也。
众而大，天下其当会也。具而授，如何复有立者
乎？蜀既亡，咸以周言为验。

【注释】

①景耀：三国蜀汉后主刘禅的年号。

②谯周：三国时蜀国人，任光禄大夫。因劝说刘禅降
　魏有功，被封为阳城亭侯，晋代魏后又迁为散骑
　常侍。

【译文】

蜀后主景耀五年，皇宫中的大树无缘无故自己折断。谯周对此深感忧虑，没有地方可以说话，于是在屋柱上写道："众多而且强大，一年就要聚会。完全授予他人，如何能再恢复？"这是说：曹是众多，魏是强大。众多而且强大，天下应当被统一。完全授予他人，怎么再有立为君主的人呢？蜀国灭亡之后，都认为谯周的话很灵验。

孙权死征

吴孙权太元元年八月朔①，大风，江海涌溢，平地水深八尺。拔高陵树二千株②，石碑差动。吴城两门飞落。明年权死。

【注释】

①朔：指旧历的每月初一。
②高陵：孙权父孙坚的陵墓。在江苏丹阳西。

【译文】

吴国孙权太元元年八月初一，刮起大风，江海里的水涌上来，平地上积水八尺深。大风拔掉了高陵上的两千棵树，石碑有些摇动。吴城的两扇大门被刮掉飞起落下。第二年，孙权死了。

卷七

　　本卷记述与符瑞灾异有关的各类奇闻异事。自战国时期起，各种借世间偶然出现的奇异事物来预言吉凶的事例大量出现，如《吕氏春秋·季夏篇·明理篇》就将兔生雉、马牛言、雄鸡五足等称为"乱国之所生"。两汉时期，这种妖异迷信之风愈演愈烈，举凡山川河岳、草木禽兽、衣食住行、风俗日用中出现的怪异之事，都预示着未来的吉凶祸福。如本卷所记两足虎、鱼现屋上、牛说话、女产怪物、仪仗生莲花等怪事，乃至夷族器物传入中土，衣饰车辆之新变等，都预示着自然灾异与社会动荡。作者在记述这类故事时，通常先记述异事，次出其解析，后出其结果，以证明所记诸事信而有征，的然无伪。

开石文字

初，汉元、成之世，先识之士有言曰："魏年有和①，当有开石于西三千余里，系五马，文曰：'大讨曹。'"及魏之初兴也，张掖之柳谷有开石焉：始见于建安，形成于黄初，文备于太和。周围七寻②，中高一仞③，苍质素章，龙马、麟鹿、凤皇、仙人之象④，粲然咸著。此一事者，魏、晋代兴之符也。至晋泰始三年⑤，张掖太守焦胜上言："以留郡本国图校今石文⑥，文字多少不同，谨具图上。"案其文有五马象：其一，有人平上帻，执戟而乘之；其一，有若马形而不成。其字有"金"，有"中"，有"大司马"，有"王"，有"大吉"，有"正"，有"开寿"；其一成行，曰"金当取之"。

【注释】

①和：这里附和魏明帝曹叡的年号"太和"。

②寻：古代长度单位。一般而言八尺为一寻。

③仞：古代长度单位。七尺为一仞。一说，八尺为一仞。

④麟鹿：大鹿。这里指神兽麒麟。

⑤泰始：晋武帝年号。

⑥留郡本国图：应指高堂隆《张掖郡玄石图》。

【译文】

起初，在汉元帝、成帝年间，有先见之明的人说过："魏年号中有'和'时，将会在西方三千多里的地方有裂开的石头，石纹形成五匹马，文字说：'大讨曹。'"等到魏国开始兴起时，张掖的柳谷出现了裂开的石头：最早在建安年间出现，在黄初年间形成，到太和年间，文字都齐备了。这块石头宽七寻，中间高一仞，青色的质地，白色的纹路，龙马、麒麟、凤凰、仙人的形象，都显现得清清楚楚。这一件事，是魏、晋代兴的符命。到晋武帝泰始三年，张掖太守焦胜上书说："用留郡的玄石图校对如今的开石文字，文字略有不同，现在绘成图呈上。"审察图文，有五匹马的图像：其中一匹，有人戴着平头巾，拿着戟骑在马上；其中有一匹像马的形状但没有成型。图上的文字有"金"字，有"中"字，有"大司马"，有"王"字，有"大吉"，有"正"字，有"开寿"；其中有一组成行的文字，是"金当取之"。

西晋祸征

晋武帝泰始初，衣服上俭，下丰，着衣者皆厌腰①。此君衰弱，臣放纵之象也。至元康末，妇人出两裆，加乎交领之上②。此内出外也。为车乘者，苟贵轻细，又数变易其形，皆以白篾为纯③。盖古丧车之遗象，晋之祸征也。

【注释】
①厌腰：束腰。
②交领：古代交叠于胸前的衣领。
③纯（zhǔn）：镶边。

【译文】

晋武帝泰始初年，衣服上身简单，下身复杂，穿衣服的人都把上衣束在腰里。这是君主衰弱，臣下放纵的象征。到了元康末年，妇女的衣服做出两个裤裆，附着在交领上。这是内超出于外。制作车辆的人，草率地以轻便细巧为贵，又多次改变它的形制，都用白色的薄竹片来镶边。这大概是古代丧车遗留下来的形状，是晋朝灾祸的征兆。

翟器翟食

胡床、貊盘①，翟之器也②。羌煮、貊炙③，翟之食也。自泰始以来，中国尚之④。贵人富室，必畜其器，吉享嘉宾，皆以为先。戎翟侵中国之前兆也。

【注释】

①胡床：一种可以折叠的轻便坐具。又称交床。貊（mò）盘：古代貊族装食物的盛器。貊，古代的北方部族。

②翟：通"狄"，秦汉以后对北方少数民族的泛称。

③羌煮：古代西北少数民族的一种食品，用鹿头、猪肉等煮成。

④尚：爱好，盛行。

【译文】

胡床、貊盘，这是翟族的器物。羌煮、貊炙，这是翟族的食物。自晋武帝泰始以来，在中原地区都很流行。贵族富人之家，必定储藏这些器物，宴享嘉宾，都先摆上这些食物。这是戎翟侵伐中原的先兆。

蟛蚑化鼠

晋太康四年①，会稽郡蟛蚑及蟹②，皆化为鼠。其众覆野，大食稻，为灾。始成，有毛肉而无骨，其行不能过田塍③，数日之后，则皆为牝④。

【注释】

①太康：晋武帝年号。

②蟛蚑（péngqí）：甲壳纲。似蟹，体小，螯足无毛，红色；步足有毛。穴居近海地区江河沼泽的泥岸中。

③塍（chéng）：田埂。

④牝（pìn）：指鸟兽的雌性。

【译文】

晋武帝太康四年，会稽郡的蟛蚑和蟹，都变成了老鼠。这些老鼠遍布田野，大肆咬食稻谷，造成灾害。它们刚变成的时候，只有毛肉没有骨头，行走不能越过田埂，几天之后，就全变成了母老鼠。

两足虎

晋武帝太康六年，南阳获两足虎。虎者，阴精而居乎阳，金兽也。南阳，火名也。金精入火，而失其形，王室乱之妖也。其七年十一月丙辰，四角兽见于河间。天戒若曰："角，兵象也；四者，四方之象。当有兵革起于四方。"后河间王遂连四方之兵，作为乱阶。

【译文】

晋武帝太康六年，南阳郡捕获了一只两足的老虎。老虎，是阴间的精灵而居住在阳世，是五行中金行的兽。南阳，是五行中火行的名号。金的精气入于火中，就失去了它的形状，这是王室混乱的妖兆。太康七年十一月丙辰，有四只角的野兽出现在河间郡。上天警告人们说："角，是战角的象征；四，是四方的象征。将有战争从四方兴起。"后来河间王司马遂联合四方的军队，成为祸根。

武库飞鱼

太康中，有鲤鱼二枚，现武库屋上。武库，兵府；鱼有鳞甲，亦是兵之类也。鱼既极阴，屋上太阳，鱼现屋上，象至阴以兵革之祸干太阳也。及惠帝初，诛皇后父杨骏①，矢交宫阙，废后为庶人，死于幽宫。元康之末，而贾后专制②，谤杀太子，寻亦诛废。十年之间，母后之难再兴，是其应也。自是祸乱构矣。京房《易妖》曰："鱼去水，飞入道路，兵且作。"

【注释】

①皇后父杨骏：杨骏，字文长，其女为晋武帝皇后。在晋惠帝时，杨骏为太傅、大都督，总揽朝政，后被杀。

计诛杀了杨骏、汝南王司马亮、楚王司马玮等人，
专擅朝政，后赵王司马伦率兵入宫，矫诏持节以金
屑酒将其赐死。

【译文】

晋武帝太康年间，有两条鲤鱼，出现在武库的屋顶上。
武库，这是存放兵器的地方；鱼有鳞甲，也是兵甲一类的
东西。鱼属极阴之物，屋顶却是极阳的地方，鱼出现在屋
顶上，象征着极阴之物用兵革的灾祸冲犯极阳的地方。到
了晋惠帝初年，诛杀了杨皇后的父亲杨骏，在宫廷上兵箭
相交，杨皇后被废为庶人，死在幽禁的宫中。到晋惠帝元
康末年，贾皇后专持朝政，她诬杀太子，不久也被废黜诛
杀。十年之间，母后的灾难两次发生，这是鲤鱼出现在武
库屋顶的兆应。从此晋朝的灾祸就形成了。京房《易妖》
说："鱼离开水，飞到路上，战争将要发生。"

牛能言

太安中①，江夏功曹张骋所乘牛忽言曰②："天
下方乱，吾甚极焉，乘我何之？"骋及从者数人皆
惊怖，因绐之曰③："令汝还，勿复言。"乃中道还。
至家，未释驾，又言曰："归何早也？"骋益忧惧，
秘而不言。安陆县有善卜者，骋从之卜。卜者曰：
"大凶。非一家之祸，天下将有兵起。一郡之内，
皆破亡乎！"骋还家，牛又人立而行，百姓聚观。
其秋张昌贼起④。先略江夏，诳曜百姓以汉祚复

兴⑤，有凤凰之瑞，圣人当世。从军者皆绛抹头，以彰火德之祥。百姓波荡，从乱如归。骐兄弟并为将军都尉。未几而败。于是一郡破残，死伤过半，而骐家族矣。京房《易妖》曰："牛能言，如其言占吉凶。"

【注释】

①太安：晋惠帝的年号。

②江夏：古郡名，晋时改称武昌郡。功曹：官名。汉代郡守有功曹史，简称功曹，除掌人事外，得以参与一郡的政务。北齐后称功曹参军。唐时，在府的称为功曹参军，在州的称为司功。

③绐（dài）：欺骗。

④张昌：西晋时农民起义军首领。于太安二年（303）起兵攻占江夏，后攻占荆、江、徐、扬、豫诸州，后被晋军镇压，起义失败。次年张昌被捕杀害。

⑤诳曜（yào）：欺骗迷惑。

【译文】

晋惠帝太安年间江夏郡功曹张骐所乘的牛，忽然开口说道："天下将要大乱，我已经非常疲惫了，乘着我要到哪里去呢？"张骐和他的随从都非常害怕，于是骗它说："让你回家，不要再说话。"于是中途就回去了。到家后，还没有卸下车驾，它又说道："回来怎么这么早呢？"张骐更加担心害怕了，保守秘密没有说给别人听。安陆县有一个擅长占卜的人，张骐去找他占卜。占卜的人说："这是大凶兆。这不是一户人家的灾祸，全国将有战争爆发。整个郡的人家都要家破人亡了。"张骄回到家，那头牛又像人一样站着走路，人们都来围观。那年秋天，张昌贼军起事。他们先攻占江夏，欺骗迷惑百姓说汉朝国统复兴，有凤凰的祥瑞，圣人将要出世。参加张昌军队的人都用红色抹额头，用来突出火德的吉祥。老百姓人心动荡，都积极地参加造反。张骄的弟兄都担任了将军都尉。没过多久他们就失败了。于是整个郡遭到破坏，百姓死伤过半，而张骄家被灭族。京房《易妖》说："牛会说话，根据它说的话来占卜吉凶。"

败屦聚道

　　元康、太安之间，江、淮之域，有败屦自聚于道①，多者至四五十量②。人或散去之，投林草中，明日视之，悉复如故。或云："见狸衔而聚之。"世之所说："屦者，人之贱服。而当劳辱，下民之象也。败者，疲弊之象也。道者，地理，四方所以交通，王命所由往来也。今败屦聚于道者，象下民疲病，将相聚为乱，绝四方而壅王命也。"

【注释】

①屦（juē）：草鞋。

②量：通"纲"，双。

【译文】

晋惠帝元康、太安年间，长江、淮河流域，有破烂草鞋自己集在道路上，多的时候达四五十双。人们有时候把它们弄散，扔到树林草丛中，第二天去看，又恢复成原来的样子。有人说："看见是猫把它们衔来聚到一起的。"社会上流传说："草鞋，是人低贱的穿着。它受劳受辱，是平民百姓的象征。破烂，是疲劳困乏的象征。道路，是大地的纹路，四方交通的凭借，王命要通过这里传递。现在破草鞋聚集在道路上，象征着老百姓疲劳困病，将要聚众叛乱，断绝四方交通、堵塞王命传达。"

戟锋火光

晋惠帝永兴元年，成都王之攻长沙也①，反军于邺，内外陈兵。是夜，戟锋皆有火光，遥望如悬烛，就视则亡焉。其后终以败亡。

【注释】

①成都王：即晋武帝第十六子司马颖。攻长沙：指攻打长沙王司马乂。其时长沙王在京都洛阳。

【译文】

晋惠帝永兴元年，成都王司马颖攻打长沙王司马乂，回师到邺，在邺城内外都驻扎了军队。这一天夜里，兵士矛戟锋刃上都有火光，远远望去就像悬挂着火烛一样，走近去看就消失了。那以后司马颖最终失败灭亡了。

人生他物

永嘉五年，枹罕令严根婢①，产一龙，一女，一鹅。京房《易传》曰："人生他物，非人所见者，皆为天下大兵。"时帝承惠帝之后，四海沸腾，寻而陷于平阳，为逆胡所害②。

【注释】

①枹（fú）罕：古县名。县治在今甘肃临夏新集乡。

②逆胡：旧称侵扰中原地区的北方少数民族。

【译文】

西晋怀帝永嘉五年，枹罕县令严根家的婢女生下一条龙、一个女孩、一只鹅。京房《易传》说："人生下其他的东西，这是人所没有见过的，都是天下要发生大的战争。"当时怀帝继承惠帝之后，天下大乱，不久怀帝被俘到平阳，被胡人杀害。

辛螫之木

永嘉六年正月，无锡县欻有四枝茱萸树相樛而生①，状若连理②。先是，郭璞筮延陵蝘鼠，遇"临"之"益"，曰："后当复有妖树生，若瑞而非，辛螫之木也③。傥有此④，东西数百里，必有作逆者。"及此生木，其后吴兴徐馥作乱⑤，杀太守袁琇。

【注释】

①欻（xū）：忽然。樛（jiū）：绞结，盘缠。

②连理：异根草木，枝干连生。旧时以为吉祥之兆。

③辛螫（shì）：毒虫刺螫人。后用以比喻毒害、残害。

④傥（tǎng）：假如。

⑤吴兴：古郡名。郡治今浙江湖州。徐馥：吴兴郡功曹，聚众作乱，杀太守袁琇，后被其部下所杀。

【译文】

永嘉六年正月，无锡县忽然有四枝茱萸树盘缠在一起，形状好像连理枝一样。在这之前，郭璞占卜延陵蝘鼠，得到了"临"卦变"益"卦，他说："日后会再有妖树生长，好像祥瑞却又不是，而是荼毒之木。假如有这样的树，那东西几百里之内，必定有作乱的人。"等到长出来这棵树，以后就有了吴兴郡徐馥作乱，杀死了吴兴太守袁琇。

无颜帢

昔魏武军中无故作白帢①，此缟素凶丧之征也。初，横缝其前以别后，名之曰"颜帢"，传行之。至永嘉之间，稍去其缝，名"无颜帢"。而妇人束发，其缓弥甚，纷之坚不能自立②，发被于额，目出而已。无颜者，愧之言也。覆额者，惭之貌也。其缓弥甚者，言天下亡礼与义，放纵情性，及其终极，至于大耻也。其后二年，永嘉之乱，四海分崩，下人悲难，无颜以生焉。

【注释】

①帢（qià）：便帽。状如弁而缺四角，用缣帛缝制。相传为曹操创制。

②纷（jì）：束发，结发。

【译文】

从前魏武帝曹操军中，无缘无故地缝制白帽子，这是白色丧服凶丧的象征。起初，在帽子的前面缝一块布以与后面区别，称作"颜帢"，传令在民间实行。至了永嘉年间，逐渐去掉前面缝的布，叫做"无颜帢"。妇女束头发，越来越松弛，发髻不能自己立起来，头发披散在额头上，只有眼睛露出来。所谓无颜，是说惭愧。头发覆盖额头，这是惭愧的样子。束头发越来越松，是说天下没有了礼义，人们放纵性情到了极点，造成最大的耻辱。两年之后，发生永嘉之乱，国家分裂，百姓悲伤痛苦，没有脸面活下去了。

吕会不学

晋愍帝建兴四年，西都倾覆，元皇帝始为晋王，四海宅心①。其年十月二十二日，新蔡县吏任乔妻胡氏年二十五，产二女，相向，腹心合，自腰以上，脐以下，各分。此盖天下未一之妖也。时内史吕会上言②："按《瑞应图》云③：'异根同体，谓之连理。异亩同颖④，谓之嘉禾。'草木之属，犹以为瑞；今二人同心，天垂灵象。故《易》云：'二人同心，其利断金。'休显见生于陕东之国⑤，盖四海同心之瑞。不胜喜跃，谨画图上。"时有识者哂之。君子曰："知之难也。以臧文仲之才⑥，犹祀爰居焉⑦。布在方册，千载不忘。故士不可以不学。古人有言：'木无枝谓之瘣⑧，人不学谓之瞽。'当其所蔽，盖阙如也⑨。可不勉乎？"

【注释】

①宅心：归心，心悦诚服而归附。

②内史：官名。西汉初，诸侯王国置内史，掌民政。历代沿置，至隋始废。

③《瑞应图》：应是古代绘制的说明祥瑞感应的图籍。

④亩：通"母"，本源。

⑤休显：荣耀，显赫。这里指上天降下的祥瑞。

⑥臧文仲：春秋时鲁国的大臣，因贤良著称。

⑦爰居：海鸟名。据《左传》记载，海鸟爰居曾停在鲁国都城东门外，臧文仲命人祭祀它，孔子因此批评他"不知"。

⑧瘣（huì）：病，内伤之病。特指树木有病瘿肿，枝叶不荣。

⑨阙如：存疑不言，空缺不书。

【译文】

晋愍帝建兴四年，西京长安陷落，晋元帝开始成为晋皇帝，天下归附。那一年十月二十二日，新蔡县官吏任乔的妻子胡氏二十五岁，生下两个女孩，脸相对，腹心部位连在一起，从腰以上，肚脐以下，各自分开。这大概是天下没有统一的妖兆。当时内史吕会上书说："按照《瑞应图》说的：'树枝不同根而枝干连生，称为连理。不同根而长出共同的禾穗，称为嘉禾。'草木一类的东西，尚且认为是祥瑞；现在两人共有一颗心，这是上天降下的瑞兆。所以

《周易》说：'二人同心，其锋利足够切断金属。'上天降下的祥瑞出现在陕东境内，大概是四海同心的吉兆。臣非常高兴，画图呈上。"当时有见识的人讥笑他。君子说："知识是难得的。以臧文仲那样的贤才，还去祭祀爱居。记载在典籍上，过千年都不会忘记。因此士人不能不学习。古人说过：'树木没有枝干被称为瘣，人不学习被称为瞎子。'对于自己所不知道的，就不要妄加评论。能不努力吗？"

绛囊缚纷

太兴中①，兵士以绛囊缚纷。识者曰："纷在首，为乾，君道也。囊者，为坤，臣道也。今以朱囊缚纷，臣道侵君之象也。为衣者，上带短，才至于掖；着帽者，又以带缚项，下逼上，上无地也。为裤者，直幅为口，无杀，下大之象也。"寻而王敦谋逆②，再攻京师。

【注释】

①太兴：东晋第一任皇帝晋元帝司马睿的年号。

②王敦：字处仲，东晋大臣，取晋武帝司马炎女襄城公主为妻，后谋篡司马氏政权，曾率兵攻入都城。病死后，被戮尸。

【译文】

晋元帝太兴年间，兵士用红色袋子束扎发髻。有见识的人说："发髻在头上，是乾，代表为君之道。布袋属坤，表示为臣之道。现在用红色的袋子束扎发髻，这是大臣侵犯君王的象征。做衣服，上面的带子很短，只能系到掖窝；戴帽子，又用带子系在脖子下面；这是臣下逼迫君上，君上没有容身之地的象征。做裤子，用直幅布制作裤口，不加收束，这是臣下坐大的象征。"不久王敦谋反，两次攻打京师。

仪仗生花

太兴四年，王敦在武昌，铃下仪仗生花，如莲花，五六日而萎落。说曰："《易》说：'枯杨生花，何可久也？'今狂花生枯木①，又在铃阁之间，言威仪之富，荣华之盛，皆如狂花之发，不可久也。"其后王敦终以逆命，加戮其尸。

【注释】

①狂花：不依时序而开的花。

【译文】

晋元帝太兴四年，王敦在武昌，随从侍卫所执的仪仗生出花来，形状像莲花，五六天后枯萎凋谢了。有人解释说："《周易》说：'枯萎的杨树生花，怎么可长久呢？'现在狂花生于枯木，又在将帅办事的地方，这是说威仪的富丽，荣华的盛况，都像这狂花的开放，不能长久。"后来王敦终于因为违背君命，死后被戮尸。

羽扇长柄

旧为羽扇柄者，刻木象其骨形，列羽用十，取全数也。初，王敦南征，始改为长柄，下出，可捉，而减其羽，用八。识者尤之曰："夫羽扇，翼之名也。创为长柄，将执其柄以制其羽翼也。改十为八，将未备夺已备也。此殆敦之擅权，以制朝廷之柄，又将以无德之材，欲窃非据也[①]。"

【译文】

过去制作羽扇的扇柄，雕刻木头和鸟骨相似，排列的鸟羽用十根，是取"十"这个全数。起初，王敦南征，开始改为长扇柄，下面伸出来，可以握住，同时减少了羽毛的数量，用八根。有见识的人责备说："羽扇，是鸟翼的名称。创制成长柄扇，是打算拿着扇柄来控制羽翼。改十根为八根，是打算用尚未齐备的夺取已经齐备的。这大概是王敦专权掌握了朝廷的权柄，又打算用没有德行的人，想窃取非分所有的帝位。"

卷八

　　本卷主要记述与历代王朝兴替有关的符命谶纬之事。从上古时期，人们就把王朝的兴替与天命联系起来，王朝的建立者也以奉天命而自居。《尚书·召诰》云："有夏服天命。"《左传》僖公十六年称"殷人尊神"。周人虽重视民意，认为"天视自我民视，天听自我民听"，仍然要借天命来申述民意。既然王朝的兴衰隆替皆有天命，藉天命所示现的各种迹象，即可预言王朝的更替。因此，与王朝更替相关的瑞应符命即相继出现。其中，有符图之说，如舜得玉历，即知天命在己。孔子拜北辰得刻字黄玉，即预知刘汉王朝的兴起。有"五德始终"说，如孔子以"火德"预言刘汉王朝的兴起。更有神仙托梦、星化为人等方式，不一而足。不管方式如何，都在申明新王朝的建立者都是奉天命、行天道者，其必然性与合法性都是不容置疑的。

舜得玉历

虞舜耕于历山，得"玉历"于河际之岩①。舜知天命在己，体道不倦。舜，龙颜大口，手握褒。宋均注曰②："握褒，手中有'褒'字，喻从劳苦受褒饬致大祚也。"

【注释】

①玉历：原指正朔，引申为历数、国运。

②宋均：东汉末年南阳人，经学大师郑玄的弟子，为魏博士。

【译文】

虞舜在历山耕种，在河边的岩石上得到了"玉历"。舜知道上天的意旨将把天下交给自己，就孜孜不倦地躬行正道。舜，眉目突起，嘴巴大，手心里握着褒。宋均注释说："握褒，就是手心里有'褒'字，比喻从劳苦出身，受到嘉奖告诫而登上帝位。"

汤祷桑林

汤既克夏①，大旱七年，洛川竭。汤乃以身祷于桑林，剪其爪、发，自以为牺牲②，祈福于上帝。于是大雨即至，洽于四海。

【注释】

①汤：商族的首领，后起兵灭夏，建立商王朝。

②牺牲：供祭祀用的纯色全体牲畜。这里指祭品。

【译文】

商汤战胜夏人之后，天下大旱七年，洛川都干涸了。商汤于是到桑林用自己的身体为祭品去祷告，他剪掉自己的指甲、头发，把自己当作献祭的祭品，向上帝祈取福佑。于是大雨立刻降了下来，滋润天下。

吕望钓于渭阳

吕望钓于渭阳①。文王出游猎，占曰："今日猎得一兽，非龙非螭②，非熊非罴③。合得帝王师。"果得太公于渭之阳。与语，大悦，同车载而还。

【注释】

①吕望：即姜尚，字子牙，辅佐周文王、周武王灭商立周，后被封于齐，称齐太公。阳：山的南面或水的北面称为阳。

②螭（chī）：古代传说中无角的龙。

③罴（pí）：熊的一种。俗称人熊或马熊。

【译文】

吕望在渭水之北垂钓。周文王出去打猎，占卜说："今天将猎得一只兽，不是龙不是螭，不是熊不是罴。应该得到帝王的老师。"果然在渭水之北得到了姜太公。周文王和他谈话，谈得非常高兴，就让他一同坐着自己的车子回来了。

武王平风波

武王伐纣，至河上。雨甚，疾雷，晦冥，扬

波于河。众甚惧。武王曰："余在，天下谁敢干余者！"风波立济。

【译文】

周武王讨伐商纣王，来到黄河边上。雨下得很大，雷声隆隆，天色昏暗，黄河水泛起波浪。大家都十分害怕。周武王说："我在这里，天下有谁敢冒犯我！"风浪立刻停止了。

孔子夜梦

鲁哀公十四年[①]，孔子夜梦三槐之间[②]，丰、沛之邦，有赤氛气起[③]，乃呼颜回、子夏同往观之。驱车到楚西北范氏街，见刍儿打麟，伤其左前足，束薪而覆之。孔子曰："儿来！汝姓为谁？"儿曰："吾姓为赤松，名时乔，字受纪。"孔子曰："汝岂有所见乎？"儿曰："吾所见一禽，如麕[④]，羊头，头上有角，其末有肉。方以是西走。"孔子曰："天下已有主也。为赤刘。陈、项为辅。五星入井，从岁星。"儿发薪下麟示孔子。孔子趋而往。麟向孔子，蒙其耳，吐三卷图，广三寸，长八寸，每卷二十四字。其言赤刘当起曰："周亡，赤气起，火耀兴，玄丘制命[⑤]，帝卯金[⑥]。"

【注释】

①鲁哀公：春秋时期鲁国的最后一位国君。

②三槐之间：相传周代宫廷外种有三棵槐树，三公朝

天子时，面向三槐而立。后因以三槐喻三公。这里
　指宫廷的外朝。

③氤（yīn）：烟气。

④麇（jūn）：同"麇"，獐子。

⑤玄丘：指孔丘。古时称孔子为"玄圣"，即有大德而
　无爵位的圣人。

⑥卯金：指代"刘"字。

【译文】

　　鲁哀公十四年，孔子夜里在外朝做了一个梦，梦见在丰、沛一带，有赤色烟气升起来，于是叫颜回、子夏一起前往察看。他们驱车来到楚地西北范氏街上，看到一个小孩子在打麒麟，打伤了它的左前脚，又抱着木柴去覆盖它。孔子说："小孩过来！你姓什么？"小孩说："我姓赤松，名时乔，字受纪。"孔子说："你难道看见什么了吗？"小孩说："我看见一只兽，外形像獐子，长着羊头，头上有角，角的末端又长了肉。正从这里往西走。"孔子说："天下已经有君主了。是赤帝子刘，陈、项二人为辅佐。五行星进入井宿，随着岁星。"小孩取开木柴让孔子看下面的麒麟。孔子赶快走过去。麒麟面对孔子，蒙上耳朵，吐出三卷图，宽三寸，长八寸，每卷二十四个字。它讲赤帝子刘将要兴起，说："周朝灭亡，赤气上升，火德兴盛，玄圣孔丘颁布天命，皇帝姓刘。"

赤虹化玉

　　孔子修《春秋》^①，制《孝经》^②。既成，斋戒，

向北辰而拜，告备于天。天乃洪郁起白雾③，摩地，赤虹自上而下，化为黄玉，长三尺，上有刻文。孔子跪受而读之，曰："宝文出，刘季握。卯金刀，在轸北。字禾子，天下服。"

陈宝祠

秦穆公时，陈仓人掘地得物①，若羊非羊，若猪非猪。牵以献穆公，道逢二童子。童子曰："此名为媪。常在地食死人脑。若欲杀之，以柏插其首。"媪曰："彼二童子，名为陈宝。得雄者王，得雌者伯。"陈仓人舍媪逐二童子，童子化为雉，飞入平林。陈仓人告穆公，穆公发徒大猎，果得其雌。又化为石，置之汧、渭之间。至文公时，为立祠名陈宝。其雄者飞至南阳，今南阳雉县，是其地也。秦欲表其符，故以名县。每陈仓祠时，有赤光长十余丈，从雉县来，入陈仓祠中，有声殷殷如雄雉。其后光武起于南阳。

【注释】

①陈仓：古县名。在今陕西宝鸡东。

【译文】

秦穆公时，陈仓人挖地得到一件东西，像羊不是羊，像牛不是牛。他牵着这个怪物去献给秦穆公，在路上遇见两个小孩。小孩说："这个东西名叫媪。经常在地下吃死人的脑髓。想要杀它，就用柏树插进它的脑袋里。"媪说："那两个孩子名叫陈宝。得到雄的那一个可以称王天下，得到雌的那一个可以称霸天下。"陈仓人丢下媪去追赶那两个小孩，小孩变成野鸡，飞进了树林。陈仓人报告秦穆公，秦穆公派人大肆围猎，果然捉到了那只雌的。雌野鸡又变成了石头，秦穆公把它放在了汧水和渭水中间的地方。到秦文公时，为它在那里建立了一座陈宝祠。那只雄的飞到了南阳，现在南阳的雉县，就是它飞落的地方。秦国想要表明它的效验，所以用它做县名。每当陈仓祭祀的时候，有红光长十多丈，从雉县过来，进入陈仓祠中，发出像雄野鸡一般殷殷的叫声。后来光武帝在南阳兴起。

邢史子臣说天道

宋大夫邢史子臣明于天道①。周敬王之三十七年，景公问曰②："天道其何祥？"对曰："后五十年五月丁亥，臣将死。死后五年五月丁卯，吴将亡。亡后五年，君将终。终后四百年，邾王天下③。"俄而皆如其言。所云邾王天下者，谓魏之兴也。邾，曹姓，魏亦曹姓，皆邾之后。其年数则错。未知邢史失其数耶？将年代久远，注记者传而有谬也？

【注释】

①天道：指显示征兆的天象。

②景公：春秋时宋国的国君。

③邾：春秋时国名。也称邾娄，曹姓，在今山东邹县。

【译文】

宋国大夫邢史子臣懂得天象。周敬王三十七年，宋景公问他说："天象有什么征兆？"邢史子臣回答说："过后五十年五月丁亥这一天，我将死亡。我死之后五年五月丁卯那一天，吴国将灭亡。吴国灭亡后五年，国君您将死去。您死后四百年，邾国将在天下称王。"后来发生的事情都像他说的那样。他所说的邾国在天下称王，说的是曹魏的兴盛。邾国，是曹姓，魏也是曹姓，都是邾国的后代。但说邾国的年数却错了。不知道是邢史子臣说的年数失误呢？还是年代久远，记录的人传说而造成谬误呢？

荧惑星预言

吴以草创之国，信不坚固，边屯守将，皆质其妻子，名曰“保质”。童子少年以类相与娱游者，日有十数。孙休永安二年三月，有一异儿，长四尺余，年可六七岁，衣青衣，忽来从群儿戏。诸儿莫之识也，皆问曰：“尔谁家小儿，今日忽来？”答曰：“见尔群戏乐，故来耳！”详而视之，眼有光芒，爚爚外射①。诸儿畏之，重问其故。儿乃答曰：“尔恐我乎？我非人也，乃荧惑星也②。将有以告尔：三公归于司马③。”诸儿大惊，或走告大人，大人驰往观之。儿曰：“舍尔去乎！”耸身而跃，即以化矣。仰而视之，若曳一匹练以登天。大人来者，犹及见焉。飘飘渐高，有顷而没。时吴政峻急，莫敢宣也。后四年而蜀亡，六年而魏废，二十一年而吴平，是归于司马也。

【注释】

①爚爚（yuè）：光彩耀目的样子。

②荧惑星：古指火星。因隐现不定，令人迷惑，故名。

③三公归于司马：古代以“三公”指称中央三种最高的官衔，故这里以“三公归于司马”指代政权将归于司马氏。

【译文】

吴国因为是初始建立的国家，信用还不坚固，在边防屯守的将领，都要把妻子儿女作为人质，叫做“保质”。这些留做人质的少年儿童以类相从一起玩耍，每天有十多个。吴景帝孙休永安二年三月，有一个奇异的小孩，身高四尺多，年纪约有六七岁，穿着青色衣服，忽然来跟着这群儿童玩。这些儿童没有人认识他，都问他说："你是谁家的小孩，今天忽然到这里来玩？"他回答说："我看见你们在一起玩得快乐，所以就来了。"仔细看他，他的眼睛有光芒，闪闪发光。那些孩子都害怕他，于是又去问他原因。小孩就回答说："你们是害怕我吗？我不是人，而是火星。我将有话要告诉你们：政权将归于司马氏。"那些孩子大吃一惊，有的跑去告诉大人，大人急忙赶去看他。那小孩说："离开你们走啦！"他耸身一跳，立刻就不见了。仰头看他，就像拖着一匹白绢升上天去。大人来到的，还赶得上看。白绢越飘越高，过了一会儿就看不见了。当时吴国政局严峻紧张，没有人敢把这事说出来。过后四年，蜀国灭亡，六年后魏国灭亡，二十一年吴国被征服，这就是政权归于司马氏。

戴洋梦神

都水马武举戴洋为都水令史①，洋请急还乡②，将赴洛，梦神人谓之曰："洛中当败，人尽南渡。年五年，扬州必有天子③。"洋信之，遂不去。既而皆如其梦。

【注释】
①都水令史：都水的属官。后世以令史作为官府中胥

吏的通称。都水，掌管舟航运输的官职。

②请急：请假。急，古代休假名。

③天子：这里指晋元帝司马睿。当时司马睿任安东将军，都督扬州军事。

【译文】

都水马武举荐戴洋做都水令史，戴洋请假回乡，准备去洛阳，梦见神人对自己说："洛阳会陷落，人都要到南方去。过后五年，扬州必定会出天子。"戴洋相信他，就没有去。后来都像他梦里听说的一样。

卷九

　　本卷所记都是与瑞应灾异相关的故事。前面数则，如汝南应妪昼见神光即子孙兴旺显赫，常山张颢得金印官至太尉，长安张氏得金钩而富贵，何比干得符策而子孙致宦，诸如此类的瑞应故事表达了一种富贵皆为天命的观念。后面数则，诸如狗咬鹅、狗戴帽着衣上房、狗衔衣、炊饭变虫等种种怪诞不经的事情出现时，意味着主人要遭受各种灾祸。不管是瑞应，还是恶兆，都反映出古人试图通过世间各种非凡的迹象来把握未来，趋利避凶的愿望。

应妪见神光

后汉中兴初，汝南有应妪者，生四子而寡。昼见神光照社。妪见光，以问卜人。卜人曰："此天祥也。子孙其兴乎！"乃探得黄金。自是子孙宦学，并有才名。至场，七世通显。

【译文】

东汉中兴初年，汝南郡有一个姓应的妇人，生了四个儿子以后寡居。她在白天看到神奇的光照着神社。妇人看到神光，去问卜人。卜人说："这是上天显示吉祥。你的子孙大概要兴旺发达了。"于是她寻找到黄金。从此之后她的子孙学习仕宦所需的知识，都有才华名望。一直到应场，七辈人都官位显赫。

张颢得金印

常山张颢为梁州牧。天新雨后，有鸟如山鹊，飞翔入市，忽然坠地。人争取之，化为圆石。颢椎破之，得一金印，文曰："忠孝侯印。"颢以上闻，藏之秘府。后议郎汝南樊衡夷上言①："尧舜时旧有此官。今天降印，宜可复置。"颢后官至太尉。

【注释】

①议郎：官名。汉代所置，为光禄勋所属郎官之一，多征贤良方正之士任之，掌顾问应对，无常事。晋以后废。

常山人张颢任梁州牧。有一天刚下过雨，一只像山鹊的鸟飞到集市上，忽然坠落在地上。人们都抢着捡它，它变成了一块圆石头。张颢用铁椎打破它，得到一枚金印，印文是："忠孝侯印。"张颢把金印呈献给皇上，收藏在朝廷秘府中。后来议郎汝南人樊衡夷上书说："尧舜时代原来设有这一官职。今天上天降下金印，应该再重新设置。"张颢后来官做到太尉。

张氏传钩

京兆长安有张氏，独处一室，有鸠自外入，止于床。张氏祝曰："鸠来，为我祸也，飞上承尘[①]；为我福也，即入我怀。"鸠飞入怀。以手探之，则不知鸠之所在，而得一金钩。遂宝之。自是子孙渐富，资财万倍。蜀贾至长安，闻之，乃厚赂婢，婢窃钩与贾。张氏既失钩，渐渐衰耗。而蜀贾亦数罹穷厄，不为己利。或告之曰："天命也，不可力求。"于是赍钩以反张氏，张氏复昌。故关西称张氏传钩云。

【注释】

①承尘：承受尘土。用以指称承接尘土的小帐幕或天花板。

【译文】

京兆长安有一个姓张的人，独自居住在一间屋子，有一只鸠鸟从外面飞进来，停在床上。张氏祷告说："鸠飞来，给我带来灾祸，就飞上天花板；给我带来福佑，就飞到我怀中。"鸠鸟飞进了他的怀里。用手去摸，不知鸠鸟在哪里，却摸到一个金钩。于是把金钩当成宝贝。从此他的子孙逐渐富裕，资财增加了万倍。蜀郡的一个商人到长安，听说这件事，于是拿很多财物贿赂张家的婢女，婢女把金钩偷给了商人。张家丢了金钩后，慢慢败落。而蜀郡的商人也多次遭遇穷困，没有给自己带来好处。有人告诉他说："这是天命，不能强求。"于是拿着金钩还给了张家，张家又重新昌盛起来。所以关西地方有"张氏传钩"的传说。

何比干得符策

汉征和三年三月，天大雨，何比干在家①。日中，梦贵客车骑满门。觉，以语妻。语未已，而门有老妪，可八十余，头白，求寄避雨。雨甚，而衣不沾渍。雨止，送至门，乃谓比干曰："公有阴德，今天锡君策，以广公之子孙。"因出怀中符策，状如简，长九寸，凡九百九十枚，以授比干，曰："子孙佩印绶者，当如此算。"

【注释】

①何比干：汉武帝时任廷尉正。

【译文】

汉武帝征和三年三月，天下大雨，何比干在家。中午，他梦见贵客车马挤满了家门。醒来他把这个梦告诉妻子。话没说完，门口有一个老婆婆，大约八十多岁，头发花白，请求收留避雨。雨很大，但她的衣服没有一点水渍。雨停了，何比干送她到门口，她就对何比干说："你积有阴德，现在老天赐给你符策，使你的子孙发达。"于是拿出她怀里的符策，形状像竹简，长九寸，一共九百九十枚，交给何比干，说："你的子孙佩戴官印绶带的，会像符策预言的一样。"

狗啮群鹅

王莽居摄①，东郡太守翟义知其将篡汉，谋举义兵。兄宣教授，诸生满堂。群鹅雁数十在中庭，有狗从外入，啮之，皆死。惊救之，皆断头。狗走出门，求不知处。宣大恶之。数日，莽夷其三族。

【注释】

①居摄：因皇帝年幼不能亲政，由大臣代居其位处理政务，谓"居摄"。

【译文】

王莽摄理朝政，东郡太守翟义知道他将要篡夺汉朝政权，计划发起义兵讨伐他。翟义的哥哥翟宣是传道授业的老师，众弟子坐满了屋子。他家的几十只鹅在庭院中，有只狗从外面进来，咬鹅，鹅都被咬死了。家人慌忙去救鹅，鹅的脖子都被咬断了。狗跑出门去，找不到它在什么地方。翟宣感到十分厌恶。几天之后，王莽就诛灭了他家三族。

公孙渊家数怪

魏司马太傅懿平公孙渊①，斩渊父子。先时，渊家数有怪：一犬着冠帻绛衣，上屋。欻有一儿②，蒸死甑中③。襄平北市生肉，长围各数尺，有头目口喙④，无手足而动摇。占者曰："有形不成，有体无声，其国灭亡。"

【注释】

①公孙渊：三国时魏辽东太守。后自立为燕王，魏派大将军司马懿征辽东，斩其父子。

②欻（xū）：忽然。

③甑（zèng）：蒸食炊器。其底有孔，古用陶制，殷周时代有以青铜制，后多用木制。俗叫"甑子"。

④喙（huì）：鸟兽等的嘴。也借指人的嘴。

【译文】

魏国大将军太傅司马懿平定公孙渊，斩杀了公孙渊父子。在这之前，公孙渊家多次出现怪事：一只狗戴着帽子头巾，穿着红衣服，爬上房屋。忽然有一个小孩蒸死在甑子里。襄平县北面集市生出肉团来，长宽高各有几尺，有头有眼有嘴，没有手脚却会动摇。占卜的人说："有人形却不成人，有身体却没有声音，这个国家要灭亡。"

诸葛恪被杀

吴诸葛恪征淮南归①，将朝会之夜，精爽扰动，通夕不寐。严毕趋出，犬衔引其衣。恪曰："犬不欲我行耶？"出仍入坐，少顷，复起，犬又衔衣。恪令从者逐之。及入，果被杀。其妻在室，语使婢曰："尔何故血臭？"婢曰："不也。"有顷，愈剧。又问婢曰："汝眼目瞻视何以不常？"婢蹶然起跃②，头至于栋，攘臂切齿而言曰③："诸葛公乃为孙峻所杀。"于是大小知恪死矣。而吏兵寻至。

【注释】

①诸葛恪（kè）：三国吴大将军，辅立孙亮，专掌国政。后被孙峻所杀。

②蹶然：快速跳起来的样子。

③攘臂：捋起衣袖，伸出胳膊。常形容激奋貌。

【译文】

吴国诸葛恪征讨淮南郡回来，准备朝见君王的头天晚上，精神不安，一夜都睡不着。穿戴好衣帽出门，狗咬着他的衣服拉住他。诸葛恪说："狗不想让我出门吗？"出门又回家坐下，过了一会儿，再站起来，狗又咬住了他的衣服。诸葛恪命令随从把狗赶走。等他入朝，果然被杀了。他的妻子在家里，对使唤的婢女说："你怎么有血腥味呢？"婢女说："没有呀。"过了一会儿，血腥味更浓了。她又问婢女："你眼睛东张西望怎么跟往常不一样？"婢女一下子跳起来，头冲到屋梁上，捋起衣袖咬牙切齿地说："诸葛公竟然被孙峻杀死了。"于是一家大小都知道诸葛恪死了。不久官兵就到了。

贾充见府公

贾充伐吴时①，常屯项城。军中忽失充所在。充帐下都督周勤时昼寝，梦见百余人录充，引入一径。勤惊觉，闻失充，乃出寻索。忽睹所梦之道，遂往求之。果见充行至一府舍。侍卫甚盛，府公南面坐②，声色甚厉。谓充曰："将乱吾家事者，必尔与荀勖③。既惑吾子，又乱吾孙，间使任恺黜汝而不去④，又使庚纯詈汝而不改⑤。今吴寇当平，汝方表斩张华⑥。汝之暗戆，皆此类也。若不悛慎⑦，当旦夕加诛。"充因叩头流血。府公曰："汝所以延日月而名器若此者⑧，是卫府之勋耳。终当使系嗣死于钟虡之间⑨，大子毙于金酒之中，小子困于枯木之下。荀勖亦宜同。然其先德小浓，故在汝后。数世之外，国嗣亦替。"言毕命去。充忽然得还营，颜色憔悴，性理昏错，经日乃复。至后，谥死于钟下⑩，贾后服金酒而死，贾午考竟用大杖终⑪。皆如所言。

【注释】

①贾充：西晋大臣，晋惠帝贾皇后之父。参与司马氏伐魏的密谋，晋初任司空、侍中、尚书令。

②府公：六朝时王府僚属称其主为府公；唐、五代时，官府幕僚沿旧习，称节度使、观察使为府公。

③荀勖（xù）：西晋大臣，官至尚书令。

④任恺：西晋大臣，任侍中。

⑤庾纯：西晋大臣，任中书令。詈（lì）：骂，责备。

⑥张华：西晋大臣，文学家。晋初任中书令、散骑常侍。力主伐吴统一全国，遭贾充反对，贾充曾上表说："虽腰斩张华，不足以谢天下。"

⑦悛（quān）慎：悔改戒慎。

⑧名器：名号与车服仪制。古代用以别尊卑贵贱的等级。

⑨系嗣：继嗣。钟虡（jù）：悬挂乐钟的格架。

⑩谧：指贾充小女儿贾午的儿子韩谧。贾充子早死，故韩谧过继给贾家为嗣，改姓贾。贾充死后，贾谧继承贾充爵位。至赵王司马伦入京，废贾后，杀贾谧。

⑪考竟：刑讯致死。

【译文】

贾充讨伐吴国时，曾经驻扎在项城。有一天军营忽然不见了贾充的踪迹。贾充帐下都督周勤当时白天睡觉，梦见有一百多人拘捕了贾充，把他拉到一条路上。周勤惊醒后，听说贾充失踪了，于是出去寻找。忽然看见了梦中所见的道路，于是往那条路上去找。果然看到贾充走到一座官府去。官府护卫很多，府公坐北朝南坐着，声音和脸色都很严厉。他对贾充说："将来扰乱我家事情的人，必定是你和荀勖。既迷惑我的儿子，又扰乱我的孙子。前不久让任恺贬斥你，你不离开，又让庾纯责骂你，你却不改过。现在吴国贼寇应当被平定，你却上表要求斩杀张华。你的糊涂愚蠢，都是这一类的。你如果不悔改戒慎，早晚会遭到诛杀。"贾充磕头流出血来。府公说："你之所以能够延长寿命并且享有如此的名号与车服，这是缘于护卫相府的功劳罢了。最终要让你的后继者死在钟架之间，大女儿死在金酒之中，小女儿死在枯木之下。荀勖也会和你一样。只是他先辈功德稍重，所以处罚在你之后。几代之后，封国和后嗣也要被废替。"说完话让贾充回去。贾充忽然回到军营，脸色憔悴，精神昏乱，过了一天才得恢复。到后来，贾谧死在钟架下，贾后服金屑酒而死，贾午被囚禁，用大杖拷问，死于狱中。都和府公说的一样。

庾亮受罚

庾亮字文康①，鄢陵人②，镇荆州。登厕，忽见厕中一物，如方相③，两眼尽赤，身有光耀，渐渐从土中出。乃攘臂以拳击之。应手有声，缩入地。因而寝疾。术士戴洋曰："昔苏峻事④，公于白石祠中祈福，许赛其牛⑤，从来未解⑥，故为此鬼所考，不可救也。"明年，亮果亡。

【注释】

①庾亮：东晋人，其妹为晋明帝皇后，历仕元帝、明帝、成帝三朝。

②鄢陵：古地名。在今河南鄢陵西北。

③方相：古代传说中驱除疫鬼和山川精怪的神灵。

④苏峻：东晋将领。

⑤赛：酬报。旧时祭祀酬神之称。

⑥解：祈神还愿。

庾亮字文康，鄢陵人，镇守荆州。他上厕所，忽然看见厕所里有一个怪物，样子像方相，两只眼睛都是红的，身上闪闪发光，慢慢从土里爬出来。庾亮于是捋起袖子用拳打它。随着击打的声音它缩进了地里。于是庾亮就卧床生病了。术士戴洋说："这是从前苏峻作乱的时候，您在白石祠中祈福，许愿用牛来酬神，后来一直没有还愿，所以被这个鬼怪惩罚，无法解救了。"第二年，庾亮果然死了。

刘宠军败

东阳刘宠字道和①，居于湖熟②。每夜，门庭自有血数升，不知所从来。如此三四。后宠为折冲将军，见遣北征。将行，而炊饭尽变为虫。其家人蒸秒③，亦变为虫。其火愈猛，其虫愈壮。宠遂北征，军败于坛丘，为徐龛所杀④。

【注释】

①东阳：古郡名。三国时吴置，郡治在今浙江金华。

②湖熟：县名。县治在今江苏南京湖熟镇。

③秒（chǎo）：以米麦等炒熟后磨成粉的干粮。

④徐龛：晋太山太守，叛降石勒，后又降晋，被石虎捉拿。

【译文】

东阳人刘宠，字道和，居住在湖熟县。每天夜里，家门口会出现几升血，不知从哪里来的。这种情况出现了三四次。后来刘宠任折冲将军，被派遣去征伐北方。将要出发，做的饭都变成了虫子。他家的人做籸面，也变成了虫子。烧的火越猛，虫子越是肥壮。刘宠就去征伐北方，在坛丘兵败，被徐龛杀了。

卷十

　　本卷所记诸事都与梦有关。在古人看来，梦是鬼神对人的启示，是神人沟通的一种方式，因而通过对梦境的解析以预言休咎，很早就成为一种占卜方式。《周礼·春官》太卜属下设有占梦官，"掌其岁时，观天地之会，辨阴阳之气，以日月星辰占六梦之吉凶"，《汉书·艺文志》也说"众占非一，而梦为大"。因此，各种各样的说梦故事层出不穷，广泛见载于各种史籍。本卷所录数则都是汉代以来的说梦故事，有梦境，有解析，还有最后的验证结果，其初衷或在于申明占梦之道诚信而不诬也。

和熹邓皇后梦

汉和熹邓皇后①，尝梦登梯以扪天②，体荡荡正清滑，有若钟乳状，乃仰嗽饮之。以讯诸占梦，言："尧梦攀天而上，汤梦及天舐之，斯皆圣王之前占也。吉不可言。"

【注释】

①汉和熹邓皇后：东汉和帝皇后邓绥。汉和帝死后，她先后立殇公、安帝，临朝执政，死后谥熹。

②扪（mén）：抚摸。

【译文】

汉和熹邓皇后，曾经梦见登上梯子摸天，天体广大平坦，而且清澈光滑，有像钟乳一样隆起的形状，于是仰起头去吮吸它。她拿这个梦去问占梦的人，占梦的人说："尧梦见自己攀登天梯而上，商汤梦见到天上去舐天，这都是成为圣王的先兆。吉利至极，无法用言语来形容。"

孙坚夫人梦

孙坚夫人吴氏①，孕而梦月入怀，已而生策。及权在孕，又梦日入怀。以告坚曰："妾昔怀策，梦月入怀；今又梦日，何也？"坚曰："日月者，阴阳之精，极贵之象，吾子孙其兴乎？"

【注释】

①孙坚：吴郡富春（今浙江富阳）人，曾任长沙太守，

其子称帝后追尊为武烈皇帝。

【译文】

孙坚的夫人吴氏，怀孕后梦见月亮进入怀中，不久生下了孙策。等到怀着孙权时，又梦见太阳进入怀中。她把这事告诉孙坚说："我过去怀孙策时，梦见月亮进入怀中；现在又梦见太阳，为什么呢？"孙坚说："太阳和月亮，是阴阳二气的精华，是非常高贵的象征，我们的子孙要兴旺发达了吧？"

蔡茂梦

汉蔡茂字子礼，河内怀人也。初在广汉，梦坐大殿，极上有禾三穗。茂取之，得其中穗，辄复失之。以问主簿郭贺。贺曰："大殿者，官府之形象也；极而有禾，人臣之上禄也；取中穗，是中台之象也①。于字，'禾''失'为'秩'，虽曰失之，乃所以禄也。衮职中阙②，君其补之。"旬月而茂征焉。

【注释】

①中台：汉代以来，以三台当三公之位，中台比司徒或司空，后遂成为司徒或司空的代称。

②衮（gǔn）职：古代指三公的职位。亦借指三公。

【译文】

汉代人蔡茂，字子礼，河内怀邑人。起初他任广汉太守时，梦见坐在大殿里，屋梁上有一株禾苗抽出三个禾穗。

蔡茂去拿它，拿到了正中的一个，接着又弄丢了。他拿这个梦去询问主簿郭贺。郭贺说："大殿，是官府的象征；屋梁上有禾苗，这是大臣最高的俸禄；取到中间的一个，这是中台的象征。从字来看，'禾''失'是'秩'，虽说禾失掉了，这是因为俸禄的缘故。三公职位有空缺，您将去补缺。"一个月后蔡茂就得到了征用。

周擥啧梦

周擥啧者^①，贫而好道。夫妇夜耕，困息卧，梦天公过而哀之，敕外有以给与。司命按录籍^②，云："此人相贫，限不过此。惟有张车子，应赐钱千万。车子未生，请以借之。"天公曰："善。"曙觉，言之。于是夫妇戮力，昼夜治生，所为辄得，赀至千万。先时有张妪者，尝往周家佣赁，野合有身，月满当孕，便遣出外，驻车屋下，产得儿。主人往视，哀其孤寒，作粥糜食之^③。问："当名汝儿作何？"妪曰："今在车屋下而生，梦天告之，名为车子。"周乃悟曰："吾昔梦从天换钱，外白以张车子钱贷我，必是子也。财当归之矣。"自是居日衰减，车子长大，富于周家。

【注释】

①擥（lǎn）：一本字作"犟"。

②录籍：记载官俸等级的簿册。

③粥糜：粥。糜，指煮米使糜烂。

　　周擥啧这个人，家境贫困却热爱圣贤之道。他们夫妻夜晚耕地，累了睡在地里休息，梦见天公经过，可怜他，命令下属赐给他东西。司命查看录籍，说："这个人面相贫穷，限度不超过这些。只有张车子，应该赐给钱财一千万。车子还没有出生，请把钱借给他。"天公说："好。"天亮醒来，把这梦告诉妻子。于是夫妇共同努力，日夜治理家业，所做的事情都有收益，资产达到了一千万。先前有一个姓张的妇人，曾经到周家当佣人，没有按礼仪结婚就怀了孩子，孕期满了快要生了，就把她打发到外面，住在放车子的屋子里，生了一个儿子。主人去看她，可怜她孤苦寒冷，煮粥给她吃。问她说："应该给你的孩子取什么名字呢？"张妇人说："现在在车屋子里出生的，梦见天公告诉我，取名车子。"周擥啧于是醒悟，说："我从前梦见从天公那里借钱，他的下属说把张车子的钱借给我，一定是这个孩子。财产该归还给他了。"从此周家家业逐渐衰减，张车子长大后，比周家富有。

张奂妻梦

　　后汉张奂为武威太守，其妻梦带奂印绶①，登楼而歌。觉，以告奂。奂令占之，曰："夫人方生男，后临此郡，命终此楼。"后生子猛。建安中，果为武威太守，杀刺史邯郸商，州兵围急，猛耻见擒，乃登楼自焚而死。

【注释】

①印绶：印信和系印信的丝带。古人印信上系有丝带，佩带在身。

【译文】

后汉张奂任武威太守，他的妻子梦见带着张奂的官印，登上城楼去唱歌。她醒来后，把梦告诉给张奂。张奂让人占卜，占卜的人说："夫人将生一个男孩，日后将管理这个郡，死在这座楼上。"后来生了儿子张猛。汉献帝建安年间，张猛果然出任武威太守，他杀死州刺史邯郸商，州兵猛烈围攻，张猛耻于被俘，就登上城楼自焚而死了。

汉灵帝梦

汉灵帝梦见桓帝怒曰："宋皇后有何罪过①？而听用邪孽，使绝其命。渤海王悝既已自贬，又受诛毙。今宋氏及悝，自诉于天，上帝震怒，罪在难救。"梦殊明察。帝既觉而恐，寻亦崩。

【注释】

①宋皇后：汉灵帝的皇后。中常侍王甫诬杀渤海王刘悝及其妃宋氏，宋氏是宋皇后的姑母，王甫怕宋皇后迁怒于他，诬陷宋皇后在宫廷里挟巫蛊诅咒灵帝。灵帝收回宋皇后玺绶，宋皇后忧虑而死。

【译文】

汉灵帝梦见汉桓帝发怒说："宋皇后有什么罪过？你却听信奸邪小人的话，致使她丧命。渤海王刘悝既然已经被贬，又遭到诛杀。现在宋氏和刘悝各自向天帝申诉，上帝非常愤怒，你的罪难被救赎。"梦境特别清楚。灵帝醒来后感到害怕，不久也死了。

吕石梦

吴时嘉兴徐伯始病，使道士吕石安神座①。石有弟子戴本、王思二人，居住海盐②，伯始迎之以助。石昼卧，梦上天北斗门下，见外鞍马三匹，云："明日当以一迎石，一迎本，一迎思。"石梦觉，语本、思云："如此，死期至。可急还，与家别。"不卒事而去。伯始怪而留之。曰："惧不得见家也。"间一日，三人同时死。

【注释】

①神座：神主牌位。亦指神像坐位。

②海盐：古县名。故地在今浙江平湖东南。

【译文】

三国吴时嘉兴徐伯始生病，请道士吕石来安置神座。吕石有两个弟子戴本和王思，居住在海盐，徐伯始把他们接来帮助吕石。吕石白天睡觉，梦见上天到北斗星神门下，看见门外有三匹备好鞍子的马，说："明天要用一匹马去迎吕石，一匹去迎戴本，一匹去迎王思。"吕石梦醒，告诉戴本、王思说："如果是这样，死期就要到了。得赶紧回家，和家人诀别。"他们没有做完事就离开。徐伯始觉得奇怪，挽留他们。他们说："担心来不及见到家里人了。"隔一天，三个人同时死了。

谢郭同梦

会稽谢奉与永嘉太守郭伯猷善^①，谢忽梦郭与人于浙江上争樗蒲钱^②，因为水神所责，堕水而死；己营理郭凶事。及觉，即往郭许^③，共围棋。良久，谢云："卿知吾来意否？"因说所梦。郭闻之怅然，云："吾昨夜亦梦与人争钱，如卿所梦，何期太的的也^④？"须臾，如厕，便倒气绝。谢为凶具^⑤，一如其梦。

【注释】

①谢奉：字弘道，官至吏部尚书。

②浙江：水名。即钱塘江。樗（chū）蒲：古代一种博戏，后世亦以指赌博。

③许：处，处所。

④的的：明白。

⑤凶具：指棺材等丧葬用具。

【译文】

会稽谢奉和永嘉太守郭伯猷交情很好，谢奉忽然梦见郭伯猷和人在浙江上争夺玩樗蒲的钱，因此被水神谴责，掉进水里淹死；自己操办郭伯猷的丧事。等他醒来，立刻到郭伯猷家，和他一起下围棋。过了很久，谢奉说："你知道我的来意吗？"于是把自己的梦告诉他。郭伯猷听了十分惆怅，说："我昨天晚上也梦见和人争钱，和你梦见的一样。为什么这么清楚呢？"一会儿，郭伯猷上厕所，就倒在地上死了。谢奉给他筹办棺材，和他的梦一模一样。

徐泰梦

嘉兴徐泰，幼丧父母，叔父隗养之，甚于所生。隗病，泰营侍甚勤。是夜三更中，梦二人乘船持箱，上泰床头，发箱，出簿书示曰："汝叔应死。"泰即于梦中叩头祈请。良久，二人曰："汝县有同姓名人否？"泰思得，语二人云："有张隗，不姓徐。"二人云："亦可强逼①。念汝能事叔父，当为汝活之。"遂不复见。泰觉，叔病乃差。

【注释】

①逼：近。

【译文】

嘉兴人徐泰，自幼死了父母，叔父徐隗抚养他，比亲生儿子还好。徐隗生病，徐泰侍候他非常尽心。那天夜里三更时分，徐泰梦见两个人乘船拿着箱子，走到徐泰的床头，打开箱子，拿出录簿说："你的叔叔该死。"徐泰就在梦里叩头祈求。过了很久，那两个人说："你们县里有和你叔叔同姓同名的人吗？"徐泰想到一个人，对那两个人说："有个叫张隗，不姓徐。"那两个人说："也差不多相近。念你能侍奉叔父，我们将为你救活他。"于是就不见了。徐泰醒来，他叔父的病就好了。

卷十一

　　根据荀子的论述，人之所以"最为天下贵"，就在于"人有气有生有知亦且有义"。为人之根本在于"孝"，而在人的基本品质中，最为古人所称颂者，莫过于仁、义、礼、智、信。本卷所录故事的主人公，便是那些具有卓绝之才识、至诚之情义的仁人义士、孝子贤妇。无论是"精诚所至、金石为开"的熊渠、李广，抚弓而猿号的养由基，还是虚弓下鸟的更赢、入水杀鼋的古冶子，他们皆因高超的箭术武艺而流芳百世。替莫邪之子为父报仇的侠客彰示了备受称道的侠义精神，而东方朔的以酒消患，也显露了"博物之士"不俗的才学。谅辅的精诚请雨、何敞的跋涉消灾、王业的大行惠风、葛祚的正德禳木，这些为民除害的仁德之士诠释了"为政以仁"的意义。曾子、周畅、王祥、郭巨、刘殷、王褒等人则为后代的孝子贤孙树立了永久的典范，东海孝妇、犍为孝女，以及乐羊子妻则成为贤妇烈女的榜样。望夫冈的执着等待让人感慨，相思树的永不分离更令人动容；严遵慧眼识破了铁椎疑案，山阳死友诠释了朋友信义。本卷通过这些仁人志士、孝子贤妇的传奇故事，宣扬了以孝为本，仁、义、礼、智、信至上的人伦规范。

熊渠子射虎 <small>附李广射虎</small>

楚熊渠子夜行①，见寝石②，以为伏虎，弯弓射之，没金铩羽③。下视，知其石也。因复射之，矢摧，无迹。

汉世复有李广，为右北平太守，射虎，得石，亦如之。刘向曰："诚之至也，而金石为之开，况于人乎？夫唱而不和，动而不随，中必有不全者也。夫不降席而匡天下者，求之己也。"

【注释】

①熊渠：西周后期楚国的国君。楚国最早立国于荆山一带，在熊渠为国君时，把疆土扩大到了长江中游。

②寝石：横躺着的石头。

③金：指金属做成的箭头。铩（shā）羽：摧落箭尾的羽毛。

【译文】

楚国熊渠子晚上赶路，看见一块横躺的石头，以为是一只伏在地上的老虎，拉开弓箭射它，箭头射进石头里，连箭羽都擦掉了。他走下去看，才知是一块石头。于是他又再次射它，箭折断了，石头上也没有留下痕迹。

汉朝又有个李广，任右北平太守，用箭射老虎，却射在石头上，和熊渠子一样。刘向说："精诚到了极点，连金石都能被打开，更何况于人呢？有人首倡而没有应和，有人行动却没有随从的人，其中必然有不周全的原因。不走下坐席就能匡正天下，要从修养自身去求得。"

养由基射猿 _{附更羸射鸟}

楚王游于苑，白猿在焉。王令善射者射之，矢数发，猿搏矢而笑。乃命由基^①。由基抚弓，猿即抱木而号。

及六国时，更羸谓魏王曰^②："臣能为虚发而下鸟。"魏王曰："然则射可至于此乎？"羸曰："可。"有顷闻雁从东方来，更羸虚发而鸟下焉。

【注释】

①由基：即养由基，著名的神射手，能百步穿杨。

②更羸（léi）：战国时魏国的著名射手。

【译文】

楚王在园林中游猎，在那里有一只白猿。楚王命令好射手射它，射了好几箭，白猿都抓住箭发笑。楚王于是命令养由基射它。养由基拿起弓，白猿就抱着树哭了。

到六国时，更羸对魏王说："我能够虚拉弓不射箭就让鸟掉下来。"魏王说："难道射术可以达到这种程度吗？"更羸说："可以的。"一会儿，听到大雁从东方飞来，更羸虚拉了一下弓，就有一只大雁掉了下来。

古冶子杀鼋

齐景公渡于江、沅之河^①，鼋衔左骖^②，没之。众皆惊惕，古冶子于是拔剑从之^③。邪行五里^④，逆行三里，至于砥柱之下^⑤。杀之，乃鼋也。左手持鼋头，右手拔左骖，燕跃鹄踊而出^⑥，仰天大呼，水为逆流三百步。观者皆以为河伯也。

【注释】

①江、沅之河：指长江、沅江，但齐景公未到过江、
　沅，故说者多据后文的"河伯"认为此事发生在黄河。

②鼋（yuán）：大鳖。俗称癞头鼋。

③古冶子：春秋时齐国的三勇士之一，后被齐相晏婴
　所杀。

④邪：斜。

⑤砥柱：山名。又称底柱山、三门山。在今河南三门
　峡，当黄河中流。以山在激流中矗立如柱，故名。
　今因整治河道，山已炸毁。

⑥燕跃鹄（hú）踊：形容迅捷威猛。

【译文】

齐景公渡黄河，有一只大鼋咬着他的马车的左骖马沉
入河中。大家都惊慌恐惧，古冶子于是拔出宝剑追赶。他
斜着追了五里，又逆水追了三里，来到砥柱山下。杀死它，
才知道是只大鼋。他左手拿着鼋头，右手拉着左骖马，像
燕子、天鹅一样飞跃而出，仰天大叫，河水被震得倒流了
三百步。围观的人都认为他是河伯。

三王墓

　　楚干将、莫邪为楚王作剑①，三年乃成，王怒，
欲杀之。剑有雌雄，其妻重身当产，夫语妻曰："吾
为王作剑，三年乃成；王怒，往，必杀我。汝若生

子，是男，大，告之曰：'出户，望南山，松生石上，剑在其背。'"于是即将雌剑往见楚王。王大怒，使相之。剑有二，一雄，一雌，雌来，雄不来。王怒，即杀之。

【注释】

①干将、莫邪（yé）：春秋时楚国因善于铸剑而著名的一对夫妻，后世人遂以其名命名雄雌二剑。

【译文】

楚国人干将、莫邪给楚王铸剑，三年才铸成，楚王很生气，想杀他们。铸成的宝剑有雌剑和雄剑，干将的妻子莫邪怀孕就要分娩，丈夫对妻子说："我给楚王铸剑，三年才铸成；楚王生气了，我去他一定会杀了我。你如果生了孩子是个男孩，长大了，就告诉他：'出门望着南山，看到松树长在石头上，宝剑藏在树背上。'"于是干将就带上雌剑去见楚王。楚王非常生气，叫人相剑。宝剑共有两把，一把雄剑，一把雌剑，雌剑送来了，雄剑没有送来。楚王很生气，立刻杀了干将。

莫邪子名赤，比后壮，乃问其母曰："吾父所在？"母曰："汝父为楚王作剑，三年乃成，王怒，杀之。去时嘱我：'语汝子，出户，望南山，松生石上，剑在其背。'"于是子出户，南望，不见有山，但睹堂前松柱下石砥之上，即以斧破其背，得剑。日夜思欲报楚王。

【译文】

莫邪的儿子叫赤，等他长大后，就问他的母亲说："我父亲在哪里？"他母亲说："你父亲给楚王铸剑，三年才铸成，楚王生气就杀了他。他走的时候叮嘱我：'告诉我的儿子，出门望着南山，松树长在石头上，宝剑藏在树背上。'"于是他走出门向南望去，不见有山，只看见堂前的松木柱子立在石砥之上，他就用斧子劈破松柱的背，得到了宝剑。他日夜想着要向楚王报仇。

王梦见一儿，眉间广尺，言欲报仇。王即购之千金。儿闻之，亡去。入山，行歌。客有逢者，谓："子年少，何哭之甚悲耶？"曰："吾干将、莫邪子也。楚王杀吾父，吾欲报之。"客曰："闻王购子头千金，将子头与剑来，为子报之。"儿曰："幸甚。"即自刎，两手捧头及剑奉之，立僵。客曰："不负子也。"于是尸乃仆①。客持头往见楚王，王大喜。客曰："此乃勇士头也，当于汤镬煮之②。"王如其言。煮头三日三夕，不烂。头踔出汤中③，瞋目大怒。客曰："此儿头不烂，愿王自往临视之，是必烂也。"王即临之。客以剑拟王，王头随堕汤中。客亦自拟己头，头复堕汤中。三首俱烂，不可识别。乃分其汤肉葬之。故通名三王墓。今在汝南北宜春县界。

【注释】

①仆：倒下。

②汤镬（huò）：煮着沸水的大锅。古代常用作刑具，用来烹煮罪人。

③踔（chuō）：跳跃。

【译文】

楚王梦见一个男孩，两条眉毛之间宽一尺，说要报仇。楚王就用千金悬赏捉拿他。男孩听说这个消息，逃走了。躲进山中，男孩一边走一边唱歌。有一个侠客遇到他，说："你年纪这么小，为什么哭得这么悲伤呢？"男孩说："我是干将、莫邪的儿子。楚王杀了我的父亲，我想报仇。"侠客说："听说楚王悬赏千金要你的脑袋，把你的头和宝剑拿来，我替你报仇。"男孩说："太荣幸了！"立刻自刎，双手捧着头和剑交给侠客，身子僵硬地站着。侠客说："我不会辜负你。"这时男孩的尸体才倒了下去。侠客拿着男孩的头去见楚王，楚王非常高兴。侠客说："这是勇士的头，应当用大锅来煮它。"楚王依照他的话做了。男孩的头煮了三天三夜，没有煮烂。头在汤锅中跳出水面，瞪大了眼睛很愤怒。侠客说："这个孩子的头煮不烂，希望大王亲自到锅边看看它，这样一定就煮烂了。"楚王于是走到锅边。侠客用宝剑挥向楚王，楚王的头跟着掉进了汤锅。侠客也用剑挥向自己的头，头也掉进锅里。三颗人头都煮烂了，不能分辨出是谁。于是只好把肉汤分成三份埋葬，笼统地称为"三王墓"。现在在汝南郡北的宜春县境内。

东方朔消患

汉武帝东游，未出函谷关，有物当道。身长数丈，其状象牛，青眼而曜睛①，四足入土，动而不徙。百官惊骇。东方朔乃请以酒灌之②。灌之数十斛而物消③。帝问其故，答曰："此名为患，忧气之所生也。此必是秦之狱地，不然，则罪人徒作之所聚。夫酒忘忧，故能消之也。"帝曰："吁！博物之士，至于此乎！"

【注释】

①曜（yào）：明亮，光辉。

②东方朔：字曼倩，西汉武帝时的辞赋家，博学多识，言辞敏捷，诙谐滑稽，常在武帝面前谈笑取乐。他虽有志向，也向汉武帝上书言经国治世之事，但武帝始终以俳优视之，未加重用。

③斛（hú）：量器。

【译文】

汉武帝往东方巡游，还没出函谷关，就有一个怪物挡住道路。那怪物身长好几丈，它的形状像头牛，青色的眼睛，眼珠闪着光彩，四只脚陷在土里，脚在动却没有走开。随行百官都感到十分害怕。东方朔于是请求用酒来灌它。灌了几十斛酒，怪物消失了。汉武帝询问原因，东方朔回答说："这个怪物叫做患，是忧郁之气所产生的。这里一定是秦代的监狱，不然，就是罪犯徒役劳作的地方。酒能忘忧，所以能消解它。"汉武帝说："啊！真是知识渊博的人，连这样的事情都知道！"

谅辅祷雨

后汉谅辅，字汉儒，广汉新都人①。少给佐吏②，浆水不交③。为从事④，大小毕举，郡县敛手⑤。时夏枯旱，太守自曝中庭⑥，而雨不降。辅以五官掾出祷山川⑦，自誓曰："辅为郡股肱⑧，不能进谏纳忠，荐贤退恶，和调百姓，至令天地否隔，万物枯焦，百姓喁喁⑨，无所控诉，咎尽在辅。今郡太守内省责己，自曝中庭，使辅谢罪，为民祈福。精诚恳到，未有感彻。辅今敢自誓：若至日中无雨，请以身塞无状⑩。"乃积薪柴，将自焚焉。至日中时，山气转黑，起雷，雨大作，一郡沾润。世以此称其至诚。

【注释】

①广汉新都：广汉郡新都县，其地在今四川新都东。

②佐吏：指古代地方长官的僚属。

③浆水不交：浆水不沾。比喻为官清廉，无取于民。

④从事：官名。汉以后三公及州郡长官都自辟僚属，称为"从事"。

⑤敛手：拱手。表示恭敬。

⑥中庭：古代庙堂前阶下正中部分，为朝会或授爵行礼时臣下站立之处。

⑦五官掾（yuàn）：州郡的属官。

⑧股肱（gōng）：指辅佐大臣。

⑨喁喁（yóng）：仰望期待貌。

⑩无状：指不可言状的罪行。

【译文】

东汉谅辅，字汉儒，是广汉郡新都县人。他年轻的时候供职佐吏，为官清廉，浆水不沾。后来任从事，大小事情都处理得十分妥当，郡县的人都很敬重他。当时夏天干旱，太守亲自站在中庭曝晒祈雨，可是没有下雨。谅辅以五官掾的身份出去向山川之神祷告，他自己发誓说："我谅辅身为郡守的得力属官，不能进谏忠言，举荐贤才斥退恶人，使百姓和睦，致使天地隔绝不通，万物焦枯，百姓仰头望雨，没有地方控诉，罪过都在我谅辅。现在郡太守反省责备自己，在中庭曝晒，让我谅辅来认罪，为百姓求福。他真诚恳切，尚未感动神明。谅辅我现在敢发誓：如果到中午还不下雨，请让我用自己的身体来抵偿罪恶。"于是就堆起木柴，打算自焚。到中午时，山中云气变黑，响起雷声，下起大雨，全郡都得到了滋润。世人因此称赞他是最真诚的人。

何敞消灾

何敞，吴郡人，少好道艺①，隐居。里以大旱，民物憔悴，太守庆洪遣户曹掾致谒，奉印绶，烦守无锡。敞不受。退，叹而言曰："郡界有灾，安能得怀道？"因跋涉之县，驻明星屋中，蝗蝻消死②，敞即遁去。后举方正、博士③，皆不就，卒于家。

【注释】

①道艺：指道士、方士修炼长生之术。

②蝝（yuán）：未生翅的幼蝗。

③方正：原指人行为、品性正直无邪。汉文帝时始作为选贤举荐科目之一。博士：学官名。专名负责经学的传授。

【译文】

何敞是吴郡人，年轻的时候喜欢道术，隐居。乡里因为大旱，老百姓生活困顿，太守庆洪派户曹掾送上名帖，奉持印信绶带，请他出任无锡县令。何敞没有接受。告退后，他叹息说："郡内发生灾荒，我怎能胸怀道术而不用？"于是步行到县里，用法术让太白金星停在屋子里，蝗虫消失死亡后，何敞就离开了。后来举荐他做方正、博士，都没有去任职，老死在家里。

白虎墓

王业字子香，汉和帝时为荆州刺史。每出行部，沐浴斋素，以祈于天地：当启佐愚心，无使有枉百姓。在州七年，惠风大行，苛慝不作，山无豺狼。卒于枝江，有二白虎，低头，曳尾，宿卫其侧。及丧去，虎逾州境，忽然不见。民共为立碑，号曰"枝江白虎墓"。

【译文】

王业字子香，东汉和帝时为荆州刺史。他每次外出巡行部属，都要沐浴斋戒，然后向天地祈祷：请启发帮助我愚昧的心，不要让我做出辜负百姓的事情。在任荆州刺史的七年，广泛推行仁政，暴虐邪恶没有发生，连山中都没有豺狼。他死在枝江，有两只白虎低着头拖着尾巴，卧在他的旁边守卫。等埋葬之后，白虎越过州界，忽然不见了。百姓一起为他竖立墓碑，称为"枝江白虎墓"。

葛祚碑

吴时，葛祚为衡阳太守，郡境有大槎横水①，能为妖怪。百姓为立庙，行旅祷祀，槎乃沉没，不者，槎浮，则船为之破坏。祚将去官，乃大具斧斤，将去民累。明日当至，其夜闻江中汹汹有人声，往视之，槎乃移去，沿流下数里，驻湾中。自此行者无复沉覆之患。衡阳人为祚立碑，曰："正德祈禳，神木为移。"

【注释】

①槎（chá）：树的杈枝。

【译文】

三国吴时，葛祚任衡阳太守，郡境内有一个大树杈横在江上，会兴妖作怪。老百姓给它修了庙，旅行的人去庙里祷祀，大树杈就沉入水中，不然的话，大树杈就浮在水上，行船就会被它撞坏。葛祚将要离任，于是准备好斧斤，要为老百姓去除这个累赘。第二天他们就要去了，当天晚上听到江中有喧哗的人声，前去察看，大树杈竟然移走了，沿着江水流下几里，停在了江湾中。从此行船的人再没有船翻沉没的担心了。衡阳人给葛祚立碑，说："端正德行求福除灾，神木因此移走。"

曾子之孝

曾子从仲尼在楚①，而心动，辞归问母。母曰："思尔，啮指。"孔子曰："曾参之孝，精感万里。"

【注释】

①曾子：曾参，孔子的弟子，以孝著称。

【译文】

曾子跟着孔子在楚国，心有所动，于是告辞孔子回家问候母亲。母亲说："我想你就咬了自己的指头。"孔子说："曾参的孝心，精神能够感应到万里之外。"

周畅立义冢

周畅性仁慈，少至孝，独与母居。每出入，母欲呼之，常自啮其手，畅即觉手痛而至。治中从事未之信。候畅在田，使母啮手，而畅即归。元初二年，为河南尹①，时夏大旱，久祷无应。畅收葬洛阳城旁客死骸骨万余，为立义冢，应时澍雨②。

【注释】

①尹：古代官名。多指主管之官。

②澍（shù）雨：暴雨。

【译文】

周畅生性仁慈，年轻时非常孝顺，一个人和母亲居住。

每次他出门，母亲想呼唤他，经常咬自己的手指，周畅立即感觉到手痛就回来了。郡治中的从事不相信这样的事。等到周畅去打猎，让他的母亲咬手指，周畅果然立刻就回来了。汉安帝元初二年，周畅任河南尹，那年夏天大旱，祷告神灵很久都没有应验。周畅收葬了洛阳城旁一万多具客死的无主骸骨，建立义冢，随即下起了暴雨。

王祥孝母

王祥字休征，琅邪人，性至孝。早丧亲，继母朱氏不慈，数谮之^①，由是失爱于父，每使扫除牛下。父母有疾，衣不解带。母常欲生鱼，时天寒，冰冻，祥解衣将剖冰求之，冰忽自解，双鲤跃出，持之而归。母又思黄雀炙，复有黄雀数十，入其幪^②，复以供母。乡里惊叹，以为孝感所致。

【注释】

①谮（zèn）：诬陷，讲坏话。

②幪（mù）：同"幕"，幕帐。

【译文】

王祥字休征，琅邪人，生性非常孝顺。他早年死了母亲，继母朱氏不慈爱，多次说他的坏话，因此他又失去了父爱，每次都叫他去打扫牛棚。父母生病，他日夜服侍顾不上睡觉。继母想吃活鱼，当时天寒地冻，王祥脱下衣服准备破冰去捉鱼，冰忽然自动破开，跳出两条鲤鱼，王祥拿着它们回家了。继母又想吃烤熟的黄雀肉，又有几十只黄雀飞进他的帐子，他又拿去供奉母亲。同乡人都十分惊叹，认为这是他的孝心感动上天导致的结果。

蛴螬炙

盛彦字翁子，广陵人。母王氏，因疾失明，彦躬自侍养，母食，必自哺之。母疾既久，至于婢使数见捶挞。婢忿恨，闻彦暂行，取蛴螬炙饴之①。母食，以为美，然疑是异物，密藏以示彦。彦见之，抱母恸哭，绝而复苏。母目豁然即开，于此遂愈。

【注释】

①蛴螬（qícáo）：金龟子的幼虫，长寸许，居于土中，以植物根茎等为食。饴（sì）：拿食物给人吃。

【译文】

盛彦字翁子，广陵人。他的母亲王氏，因为生病双目失明，盛彦亲自侍奉她，母亲吃东西，盛彦必定亲自喂她。他母亲生病时日既久，以致对婢女多次打骂。婢女忿恨她，听说盛彦暂时外出，就拿蛴螬烧烤给她吃。盛彦的母亲吃了觉得味道很好，不过怀疑是怪东西，悄悄藏了起来给盛彦看。盛彦看见虫子，抱着母亲痛哭，哭得死去活来。他母亲的眼睛一下子就看得见了，从此就好了。

郭巨埋儿

郭巨，隆虑人也①，一云河内温人。兄弟三人，早丧父，礼毕，二弟求分。以钱二千万，二弟各取千万。巨独与母居客舍，夫妇佣赁以给供养。居有顷，妻产男，巨念与儿妨事亲，一也；老人得食，喜分儿孙，减馔，二也。乃于野凿地，欲埋儿。得石盖，下有黄金一釜^②，中有丹书，曰："孝子郭巨，黄金一釜，以用赐汝。"于是名振天下。

【注释】

①隆虑：古县名。其地在今河南林县。

②釜：古代的一种炊具。

【译文】

郭巨，是隆虑县人，又说是河内郡温县人。兄弟三人，早年丧父，丧礼结束后，两个弟弟要求分家。家产有两千万，两个弟弟各拿走一千万。郭巨独自和母亲居住在客店里，夫妻两人靠给人打工来供养母亲。过了一段时间，他的妻子生下一个男孩，郭巨想到抚养孩子会影响侍奉母亲，这是其一；老人得到食物，喜欢分给孙子，就减少了她的食物，这是其二。于是他到郊野挖土坑，想把儿子埋掉。他挖到一块石头盖板，下面有一釜黄金，罐里有一张朱笔写成的文书，说："孝子郭巨，黄金一釜，拿来赏赐你。"郭巨的名声于是传遍天下。

刘殷居丧

新兴刘殷^①，字长盛，七岁丧父，哀毁过礼^②，服丧三年，未尝见齿。事曾祖母王氏，尝夜梦人谓之曰："西篱下有粟。"寤而掘之，得粟十五钟^③，铭曰："七年粟百石，以赐孝子刘殷。"自是食之，七岁方尽。及王氏卒，夫妇毁瘠，几至灭性。时枢在殡，而西邻失火，风势甚猛，殷夫妇叩殡号哭，火遂灭。后有二白鸠来巢其树庭。

【注释】

①新兴：古郡名。郡治在今湖北江陵东。

②哀毁：指居亲丧悲伤异常而毁损其身。后常作居丧尽礼之辞。

③钟：古代的容量单位。合六斛四斗。之后也有合八斛及十斛的制度。

【译文】

新兴郡人刘殷，字长盛，七岁时丧父，居丧尽礼超过了礼制的规定，服丧三年期间，从没有开口笑过。他服侍曾祖母王氏，有一天晚上梦见有人告诉他说："西边篱笆下面有粮食。"醒来后去挖，挖到了十五钟粮食，有铭文说："七年的粮食一百石，用来赏赐孝子刘殷。"从这时起吃这些粮食，七年才吃完。等曾祖母王氏去世，刘殷夫妇居丧哀伤过度极度瘦弱，几乎危及生命。当时棺材正待下葬，西边的邻居家失火，火势很猛，刘殷夫妇敲着棺材号啕大哭，火于是就熄灭了。后来有两只白色鸠鸟来他家庭院的树上做巢。

玉田

杨公伯雍，雒阳县人也①。本以侩卖为业②，性笃孝。父母亡，葬无终山③，遂家焉。山高八十里，上无水，公汲水，作义浆于坂头，行者皆饮之。三年，有一人就饮，以一斗石子与之，使至高平好地有石处种之，云："玉当生其中。"杨公未娶，又语云："汝后当得好妇。"语毕，不见。乃种其石。数岁，时时往视，见玉子生石上，人莫知也。有徐氏者，右北平著姓，女甚有行，时人求，多不许。公乃试求徐氏，徐氏笑以为狂，因戏云："得白璧一双来，当听为婚。"公至所种玉田中，得白璧五双，以聘。徐氏大惊，遂以女妻公。天子闻而异之，拜为大夫。乃于种玉处，四角作大石柱，各一丈，中央一顷地名曰"玉田"。

【注释】

①雒阳：即洛阳。

②侩（kuài）：牙侩，旧时买卖的中间人。

③无终山：在今河北玉田西北。

【译文】

杨伯雍，是洛阳县人。本来以做中间人介绍买卖为职业，生性十分孝顺。父母死后，埋葬在无终山，于是就在那里结庐为家以守孝。无终山高八十里，山上没有水，杨伯雍到山下打水，在坡头上供应免费茶水，来往的行人都从那里喝水。三年后，有一个人来喝水，给了他一斗石子，让他在高平有石头的好地方种下石子，说："玉会从里面长出来。"杨伯雍还没娶妻，他又告诉杨伯雍说："你日后会娶到好妻子。"话说完就不见了。杨伯雍于是种下了石子。几年中，他经常去看，看见小玉石生在石头上，没有人知道这件事。有一户姓徐的人家，是右北平的名门望族，他家的女儿很有德行，当时很多人求婚，都没有答应。杨伯雍于是试着去徐家求婚，徐家笑他狂妄，于是戏弄他说："你拿得出一对白玉璧，就答应你的求婚。"杨伯雍到他所种的玉田中，取得了五对白玉璧，拿来做聘礼。徐家人大吃一惊，于是就把女儿嫁给了杨伯雍。天子听说这件事感到很惊异，任命他为大夫。就在杨伯雍种玉的地方，四角立起大石柱，每根高一丈，中间那一顷地被命名为"玉田"。

王裒守墓

王裒①，字伟元，城阳营陵人也②。父仪，为文帝所杀③。裒庐于墓侧，旦夕常至墓所拜跪，攀柏悲号，涕泣着树，树为之枯。母性畏雷，母没，每雷，辄到墓曰："裒在此。"

【注释】

①王裒（póu）：王修之孙，其父王仪为司马昭安东司马，后被杀。王裒终身不仕晋。

②城阳：古郡名。郡治在今山东莒县。营陵：古县名。县治在今山东昌乐。

③文帝：即司马昭。司马炎称帝后追尊为晋文帝。

【译文】

王裒字伟元，是城阳郡营陵县人。他的父亲王仪，被晋文帝杀害。王裒在墓旁结庐，早晚经常到墓地拜跪，扶着柏树悲哀哭号，眼泪洒在树上，树因此都枯萎了。他的母亲生性害怕雷声，母亲死后，每次打雷，他总是到墓前说："王裒在这里。"

白鸠郎

郑弘迁临淮太守①。郡民徐宪在丧致哀，有白鸠巢户侧。弘举为孝廉②，朝廷称为"白鸠郎"。

【注释】

①临淮：古郡名。郡治在今江苏盱眙西北。

②孝廉：孝，指孝悌者；廉，清廉之士。分别为统治阶级选拔人才的科目，始于汉代，在东汉尤为求仕者必由之途，后往往合为一科。亦指被推选的士人。

【译文】

郑弘升任临淮太守。郡里有一个老百姓徐宪居丧期间非常悲哀，有白鸠来他家门边做巢。郑弘举荐他为孝廉，朝廷称他为"白鸠郎"。

东海孝妇

汉时，东海孝妇养姑甚谨，姑曰："妇养我勤苦，我已老，何惜余年，久累年少。"遂自缢死。其女告官云："妇杀我母。"官收系之，拷掠毒治。孝妇不堪苦楚，自诬服之。时于公为狱吏①，曰："此妇养姑十余年，以孝闻彻，必不杀也。"太守不听。于公争不得理，抱其狱词哭于府而去。自后郡中枯旱，三年不雨。后太守至，于公曰："孝妇不当死，前太守枉杀之，咎当在此。"太守即时身祭孝妇冢，因表其墓。天立雨，岁大熟。长老传云："孝妇名周青，青将死，车载十丈竹竿，以悬五旛②。立誓于众曰：'青若有罪，愿杀，血当顺下；青若枉死，血当逆流。'既行刑已，其血青黄，缘旛竹而上标，又缘旛而下云。"

【注释】

①于公：汉宣帝时廷尉于定国的父亲。他任县狱吏、郡决曹时，断案十分公正，甚得人心，在他活着的时候百姓就为他立了祠，称为于公祠。

②旛（fān）：长幅下垂的旗。亦泛指旌旗。后作"幡"。

【译文】

汉朝时，东海郡有一个孝顺的媳妇奉养婆婆十分恭谨，婆婆说："媳妇供养我勤劳辛苦，我已经老了，何必吝惜剩下的年月，长久地连累年轻人呢。"于是就上吊自杀了。她的女儿告到官府，说："媳妇杀了我母亲。"官府拘捕了孝妇，严刑拷打，非常狠毒。孝妇忍受不了酷刑，自己无辜而服罪。当时于公任狱吏，说："这个妇女奉养婆婆十多年，因为孝顺而名声传遍四方，必定不会杀害婆婆。"太守不听他的意见。于公争辩没有说服太守，抱着定案的文书，从官府里哭着离开了。从此之后东海郡发生大旱，三年都没有下雨。后任太守到职，于公说："孝妇不应该死，前任太守冤枉杀了她，天灾的原因应该在这里。"太守立刻亲自前往祭奠孝妇的坟墓。天立刻下起雨来，这一年庄稼大丰收。年纪大的人传言说："孝妇名叫周青，周青将被杀的时候，车上拉着十丈长的竹竿，用来悬挂五色幡旗。周青在众人面前立下誓言说：'我周青如果有罪，情愿被杀，血就会顺着竹竿流下来；如果我周青是被冤枉杀死的，我的血会倒流上竹竿。'行刑之后，她的血呈青黄色，沿着旗杆倒流到顶端，又顺着旗幡流了下来。"

犍为孝女

犍为叔先泥和①，其女名雄。永建三年②，泥和为县功曹③，县长赵祉遣泥和拜檄谒巴郡太守④。以十月乘船，于城湍堕水死，尸丧不得。雄哀恸号咷，命不图存，告弟贤及夫人，令勤觅父尸，若求不得，"吾欲自沉觅之"。时雄年二十七，有子男贡，年五岁，贳，年三岁。乃各作绣香囊一枚，盛以金珠环，预婴二子。哀号之声，不绝于口，昆族私忧。至十二月十五日，父丧不得。雄乘小船于父堕处，哭泣数声，竟自投水中，旋流没底。见梦告弟云："至二十一日，与父俱出。"至期，如梦，与父相持并浮出江。县长表言，郡太守肃登承上尚书，乃遣户曹掾为雄立碑，图象其形，令知至孝。

【注释】

①犍（qián）为：古郡名。汉置，治所在今四川宜宾，

②永建：东汉顺帝年号。

③功曹：官名。汉代郡守有功曹史，简称功曹，除掌
人事外，得以参与一郡的政务。

④檄（xí）：文体名。古官府用以征召、晓谕、声讨的
文书。后泛指信函。

【译文】

　　犍为县的叔先泥和，他的女儿叫叔先雄。东汉顺帝永
建三年，叔先泥和任县功曹。县长赵祉派叔先泥和奉送文
书进见巴郡太守。他在十月乘船出发，在城边急流中落水
而死，找不到尸体埋葬。叔先雄悲痛得号咷大哭，自己不
想活了，她告诉弟弟叔先贤和他夫人，让他们尽力寻找父
亲的尸体，如果找不到，"我要自沉水中去寻找"。当时叔
先雄二十七岁，有个儿子叫贡，年龄五岁，一个叫贳，年
仅三岁。她就各做了一个绣花香囊，装上金珠环，先给两
个孩子戴上。她哀哭的声音，一直没有停止，同族的人私
下里都十分担心。到十二月十五日，父亲的尸体仍然没有
找到。叔先雄坐着小船到父亲落水的地方，哭了几声，竟
然自己跳进水里，在回旋的深水中没入水中。她在弟弟的
梦中现身告诉他说："至二十一日，我会和父亲一起浮出水
面。"到了那一天，跟梦中说的一样，她和父亲相互扶持着
一起浮出了江面。县长上表报告此事，郡太守肃登接着上
报尚书，于是派户曹掾给叔先雄立碑，画上她的像，让大
家都知道她非常孝顺。

乐羊子妻

河南乐羊子之妻者，不知何氏之女也。躬勤养姑。尝有他舍鸡谬入园中，姑盗杀而食之。妻对鸡不食而泣。姑怪问其故，妻曰："自伤居贫，使食有他肉。"姑竟弃之。后盗有欲犯之者，乃先劫其姑，妻闻，操刀而出。盗曰："释汝刀。从我者可全，不从我者，则杀汝姑。"妻仰天而叹，刎颈而死。盗亦不杀姑。太守闻之，捕杀盗贼，赐妻缣帛①，以礼葬之。

【注释】

① 缣（jiān）帛：绢类的丝织物。古代多用作赏赐酬谢之物，亦用作货币。

【译文】

河南乐羊子的妻子，不知是谁家的女儿。她亲自操劳奉养婆婆。曾经有别人家的鸡误入她家的园子，她的婆婆偷偷把鸡杀了吃。乐羊子的妻子对着鸡肉不吃而哭。婆婆奇怪地问她原因，她说："我伤心家里穷，致使食物中有别人家的鸡肉。"她的婆婆最终扔掉了鸡肉。后来有个强盗想要凌辱她，就先劫持了她的婆婆，乐羊子的妻子听到响动，拿着刀冲出来。强盗说："你放下刀。听我的话就能保全性命，不听我的话，就杀了你的婆婆。"乐羊子的妻子仰天叹息，割断脖子死了。那强盗也没有杀她的婆婆。太守听说这件事，把强盗抓起来杀了，赏赐给乐羊子的妻子许多丝帛，按照礼仪安葬了她。

庾衮侍兄

庾衮字叔褒。咸宁中大疫①，二兄俱亡，次兄毗复殆。疠气方盛②，父母诸弟皆出次于外，衮独留不去。诸父兄强之，乃曰："衮性不畏病。"遂亲自扶持，昼夜不眠。间复抚枢哀临不辍③。如此十余旬，疫势既退，家人乃返。毗病得差，衮亦无恙。

【注释】

①咸宁：晋武帝的年号。

②疠（lì）：疫病。

③哀临：皇帝死后，集众举哀，谓之哀临。后亦泛指到场为死者举哀。

【译文】

庾衮字叔褒。晋武帝咸宁年间发生大瘟疫，他的两个哥哥都病死了，他的二哥庾毗又病得很厉害。瘟疫正盛行，他的父母和几个弟弟都离家出外居住，庾衮独自留下不离开。父兄们硬要他走，他就说："我生来不害怕病。"于是亲自服侍二哥，白天晚上都不睡觉。这当中又抚着灵枢为哥哥伤心不已。这样过了一百多天，瘟疫过去了，家里的人才回来。庾毗的病好了，庾衮也平安无事。

相思树

宋康王舍人韩凭娶妻何氏①，美，康王夺之。凭怨，王囚之，论为城旦②。妻密遗凭书，缪其辞曰③："其雨淫淫，河大水深，日出当心。"既而王得其书，以示左右，左右莫解其意。臣苏贺对曰：
"其雨淫淫，言愁且思也。河大水深，不得往来也。
日出当心，心有死志也。"俄而凭乃自杀，其妻乃
阴腐其衣。王与之登台，妻遂自投台，左右揽之，
衣不中手而死。遗书于带曰："王利其生，妾利其
死，愿以尸骨，赐凭合葬。"王怒，弗听，使里人
埋之，冢相望也。王曰："尔夫妇相爱不已，若能
使冢合，则吾弗阻也。"宿昔之间④，便有大梓木，
生于二冢之端，旬日而大盈抱，屈体相就，根交于
下，枝错于上。又有鸳鸯，雌雄各一，恒栖树上，
晨夕不去，交颈悲鸣，音声感人。宋人哀之，遂号
其木曰"相思树"。"相思"之名，起于此也。南人
谓此禽即韩凭夫妇之精魂。今睢阳有韩凭城⑤，其
歌谣至今犹存。

【注释】

① 宋康王：战国时宋国的国君。公元前 318—前 286
年在位，因暴虐而被诸侯称为"桀宋"。

② 论：定罪。城旦：古代刑罚名。一种筑城四年的
劳役。

③ 缪其辞：指话说得违背常规。即辞意隐晦。

④ 宿昔：犹旦夕。比喻短时间之内。

⑤ 睢（suī）阳：古县名。县治在今河南商丘南。

【译文】

宋康王舍人韩凭娶了妻子何氏，长很很美，宋康王夺

走了她。韩凭心里怨恨，宋康王囚禁了他，定罪为城旦。韩凭的妻子偷偷给韩凭一封信，不合常规的言辞是："其雨淫淫，河大水深，日出当心。"之后宋康王也见到了这封信，拿给左右的人看，左右侍者没有人懂得它的意思。大臣苏贺回答说："其雨淫淫，是说忧愁而且思念。河大水深，是说不能互相往来。日出当心，是说心里有了死的打算。"不久韩凭就自杀了。他的妻子于是悄悄把自己的衣服弄腐朽。宋康王和她登上高台，韩凭的妻子就自己往台下跳，左右的人拉她，衣服朽了抓不住，就摔死了。她在衣带上留下遗书，说："大王愿意我活着，我愿意自己死掉，希望把我的尸骨，赐给韩凭合葬。"宋康王大怒，没有这样做，让当地人埋葬他们，两个坟头分离相望。宋康王说："你们夫妇两个相爱不绝，如果能让两座坟墓合在一起，那我就不阻拦了。"很短的时间，就有两棵大梓树从两个坟头长出来，十来天就长到一抱粗，树干弯曲互相靠拢，树根在地下纠缠，树枝在天空交错。又有两只鸳鸯，一雌一雄，总是栖息在树上，早晚都不离开，依偎着脖子悲哀地鸣叫，声音令人感动。宋国人同情他们，于是把这两棵树称为"相思树"。"相思"的说法，就是从这里兴起的。南方人说鸳鸯就是韩凭夫妇的精魂。如今睢阳有韩凭城，关于韩凭夫妇的歌谣至今还在流传。

望夫冈

鄱阳西有望夫冈。昔县人陈明与梅氏为婚，未成，而妖魅诈迎妇去。明诣卜者，决云："行西北五十里求之。"明如言，见一大穴，深邃无底。以绳悬入，遂得其妇。乃令妇先出，而明所将邻人秦文，遂不取明。其妇乃自誓执志，登此冈首而望其夫，因以名焉。

【译文】

鄱阳县西边有个望夫冈。从前县里的人陈明和姓梅的女子定婚，还没有成亲，女子就被妖怪诈骗接走了。陈明去找占卜的人，占卦判断说："往西北五十里去找她。"陈明按他的话去找，看见一个很大的洞穴，深不见底。他用绳子系着进去，于是找到了他的妻子。他就让妻子先出来，但陈明领去的邻居秦文，竟然不拉出陈明。陈明的妻子于是自己发誓保持操守，登上这座山冈等待他，于是这座山冈就被称为望夫冈。

邓元义妻更嫁

后汉南康邓元义，父伯考，为尚书仆射①。元义还乡里，妻留事姑，甚谨。姑憎之，幽闭空室，节其饮食，羸露②，日困，终无怨言。时伯考怪而问之，元义子朗，时方数岁，言："母不病，但苦饥耳。"伯考流涕曰："何意亲姑反为此祸！"遣归家，更嫁为华仲妻③。仲为将作大匠④，妻乘朝车出⑤，元义于路旁观之，谓人曰："此我故妇，非有他过，家夫人遇之实酷，本自相贵。"其子朗，时为郎⑥，母与书，皆不答，与衣裳，辄以烧之。母不以介意。母欲见之，乃至亲家李氏堂上，令人以他词请朗。朗至，见母，再拜涕泣，因起出。母追谓之曰："我几死。自为汝家所弃，我何罪过，乃如此耶？"因此遂绝。

【注释】

①仆射（yè）：官名。秦始置，汉以后因之。汉成帝建始四年（前29），初置尚书五人，一人为仆射，位仅次尚书令。

②羸（léi）露：衰弱。

③华仲：即应顺，字华仲。

④将作大匠：官名。秦始置，称将作少府。西汉景帝时，改称将作大匠。掌宫室、宗庙、陵寝等的土木营建。

⑤朝车：古代君臣行朝夕礼及宴饮时出入用车。

⑥郎：官名。有议郎、中郎、侍郎、郎中等，员额无定。均属于郎中令（后改为光禄勋）。其职责原为护卫陪从，随时建议、备顾问及差遣。东汉以尚书台为实际的行政中枢，其分曹任事者为尚书郎，职责范围与过去的郎官不同。后遂以侍郎、郎中、员外郎为各部要职。

【译文】

东汉南康郡的邓元义，他的父亲邓伯考，任尚书仆射。邓元义回家乡，他的妻子留下来侍奉婆婆，十分恭谨。婆婆讨厌她，把她关在空屋子里，限制她的饮食，她身体衰弱，每天困顿不堪，但始终没有怨言。当时邓伯考觉得奇怪去问她，邓元义的儿子邓朗当时才几岁，说："我母亲没有生病，只是苦于饥饿而已。"邓伯考流着眼泪说："哪里想到亲近婆婆反而招来这样的灾祸！"送她回娘家，改嫁给应华仲做妻子。应华仲任将作大匠，他的妻子乘坐着朝车外出，邓元义在路旁看着她，对人说："这个人是我原来的妻子，没有别的过错，我母亲对她太严酷了。她相貌本来就有贵气。"她的儿子邓朗，当时任郎官，母亲给他写信，他都不回信，给他衣裳，他总是把衣服烧掉。母亲没有介意。母亲想见儿子，于是到亲家李氏家，让人用其他托词请邓朗。邓朗来后，看见母亲，哭着拜了两拜，就起身走出去了。母亲追上去对他说："我差点被饿死。自是你家抛弃了我，我做错了什么，让你竟然这样呢？"从此就断了来往。

严遵破案

严遵为扬州刺史，行部，闻道傍女子哭声不哀。问所哭者谁，对云："夫遭烧死。"遵敕吏舁尸到[1]，与语讫，语吏云："死人自道不烧死。"乃摄女，令人守尸，云："当有枉。"吏曰："有蝇聚头所。"遵令披视，得铁锥贯顶。考问，以淫杀夫。

【注释】

①舁（yú）：抬。

【译文】

严遵任扬州刺史，巡行部属，听到路旁有女子的哭声，并不哀伤。严遵问她哭的人是谁，她回答说："丈夫被火烧死。"严遵命令吏卒抬过尸体，和尸体说完话，对吏卒说："死人自己说不是烧死的。"于是拘捕了那个女子，命人看守尸体，说："一定有冤枉。"吏卒说："有苍蝇聚集在尸体头上。"严遵让他们分开头发看，找到一根铁椎从头顶穿下去。审问，那女子因为通奸杀了丈夫。

死友

汉范式，字巨卿，山阳金乡人也，一名氾。与汝南张劭为友，劭字元伯。二人并游太学，后告归乡里，式谓元伯曰："后二年，当还。将过拜尊亲，见孺子焉。"乃共克期日。后期方至，元伯具以白母，请设馔以候之。母曰："二年之别，千里结言，尔何相信之审耶？"曰："巨卿信士，必不乖违。"母曰："若然，当为尔酝酒。"至期，果到。升堂拜饮，尽欢而别。后元伯寝疾，甚笃，同郡郅君章、殷子徵晨夜省视之。元伯临终叹曰："恨不见我死友①。"子徵曰："吾与君章尽心于子，是非死友，复欲谁求？"元伯曰："若二子者，吾生友耳。山阳范巨卿，所谓死友也。"寻而卒。式忽梦见元伯，玄冕垂缨、屣履而呼曰②："巨卿！吾以某日死，当以尔时葬。永归黄泉。子未忘我，岂能相及！"式恍然觉悟，悲叹泣下，便服朋友之服③，投其葬日，驰往赴之。未及到而丧已发引。既至圹④，将窆⑤，而柩不肯进。其母抚之曰："元伯！岂有望耶？"遂停枢。移时，乃见素车白马，号哭而来。其母望之，曰："是必范巨卿也。"既至，叩丧言曰："行矣元伯！死生异路，永从此辞。"会葬者千人，咸为挥涕。式因执绋而引枢，于是乃前。式遂留止冢次，为修坟树，然后乃去。

【译文】

汉代的范式，字巨卿，是山阳县金乡人，又叫范氾。他和汝南人张劭是好朋友，张劭字元伯。他二人一起在太学读书，后来告别回家乡，范式对张元伯说："两年后，我会回来。将去拜访你的父母，看看你的孩子。"于是他们共同约定了会见的日期。后来约定的日期快要到了，张元伯把这件事告诉母亲，请她准备酒食等候范式。他的母亲说："分别两年了，千里之外的口头约定，你怎么相信得这么真呢？"张元伯说："巨卿是讲信义的人，一定不会违背约定的。"他的母亲说："如果是这样，我就为你酿酒。"到了约定的日子，范式果然来了。他登堂拜见张家父母，一起喝酒，尽欢而别。后来张元伯生病卧床，病得很厉害，同郡人郅君章、殷子徵早晚都来看望他。元伯临终前叹息说：

"遗憾不能见到我的死友。"殷子徵说："我和君章尽心对待你，我们如果不是你的死友，你还想见谁呢？"张元伯说："你们两位，是我的生友。山阳的范巨卿，才是我所说的死友。"不久张元伯就死了。范式忽然梦见张元伯，戴着黑帽，帽檐挂着飘带，拖着鞋子匆匆忙忙地喊他说："巨卿！我在某日死了，将在某日埋葬。永远回归黄泉地下。你没有忘记我，怎么能赶得及见上一面。"范式一下子醒过来，悲叹流泪，立刻穿上为朋友奔丧的丧服，赶着张元伯下葬的日子，往他家奔驰而去。范式还没赶到，棺材已经送葬启行。到达墓穴后，准备下葬，棺材却不肯进入墓穴。他的母亲抚摸着棺材说："元伯，难道你还期望什么吗？"于是停下了棺材。过了一会儿，就看见一辆白马驾着的白车，车上有人号啕大哭着赶来。张元伯的母亲远远望见，说："这个人一定是范巨卿。"范式到来后，吊丧说道："你走了元伯！生死不同路，从此永别了。"送葬的人有一千人，都为之流下了眼泪。范式于是拿起绳子来牵引棺材，棺材这时才往前移。范式于是留在坟旁，修好坟种上树，然后才离去。

卷十二

　　古人认为，宇宙万物是由木、金、水、火、土五种元气变化生成的。和气所成即为圣人，浊气所成即为怪物。元气的性质决定了事物的属性，元气的流动变化必然带来事物属性的改变。本卷所收录的都是因元气的变化感应而发生的种种奇异故事，其中既有各种精怪如贲羊、犀犬、倏囊、庆忌，也有能夜间飞头的落头民、可化为虎的貙人、专抢美女的猳国马化、人鸟之间变化的越祝之祖，还有能致人毙命的刀劳鬼、鬼弹及各种蛊毒。面对种种奇异的事物，古人处之泰然："此物之自然，无谓鬼神而怪之。""天地鬼神，与我并生者也。"所谓"见怪不怪，其怪自败"，说的就是这个道理。

论五气变化

天有五气，万物化成。木清则仁，火清则礼，金清则义，水清则智，土清则思：五气尽纯，圣德备也。木浊则弱，火浊则淫，金浊则暴，水浊则贪，土浊则顽：五气尽浊，民之下也。中土多圣人，和气所交也。绝域多怪物，异气所产也。苟禀此气，必有此形；苟有此形，必生此性。故食谷者智慧而文，食草者多力而愚，食桑者有丝而蛾，食肉者勇憨而悍，食土者无心而不息，食气者神明而长寿，不食者不死而神。大腰无雄①，细腰无雌；无雄外接，无雌外育。三化之虫②，先孕后交；兼爱之兽③，自为牝牡；寄生因夫高木④，女萝托乎茯苓⑤；木株于土，萍植于水；鸟排虚而飞，兽跖实而走⑥；虫土闭而蛰，鱼渊潜而处。本乎天者亲上，本乎地者亲下，本乎时者亲旁：各从其类也。千岁之雉，入海为蜃；百年之雀，入海为蛤；千岁龟鼋，能与人语；千岁之狐，起为美女；千岁之蛇，断而复续；百年之鼠，而能相卜：数之至也。春分之日，鹰变为鸠；秋分之日，鸠变为鹰：时之化也。故腐草之为萤也，朽苇之为蛬也⑦，稻之为蚤也⑧，麦之为蝴蝶也；羽翼生焉，眼目成焉，心智在焉：此自无知化为有知而气易也。鹤之为獐也，蛬之为虾也：不失其血气，而形性变也。若此之类，不可胜论。应变而动，是为顺常；苟错其方，则为妖眚。故下体生于上，上体生于下：气之反者也。人生兽，兽生人：气之乱者也。男化为女，女化为男：气之贸者也。鲁牛哀得疾，七日化而为虎，形体变易，爪牙施张。其兄启户而入，搏而食之。方其为人，不知其将为虎也；方有为虎，不知其常为人也。故晋太康中，陈留阮士瑀伤于虺⑨，不忍其痛，数嗅其疮，已而双虺成于鼻中。元康中，历阳纪元载客食道龟⑩，已而成瘕⑪，医以药攻之，下龟子数升，大如小钱，头足壳备，文甲皆具，惟中药已死。夫妻非化育之气，鼻非胎孕之所，享道非下物之具。从此观之，万物之生死也，与其变化也，非通神之思，虽求诸己，恶识所自来？然朽草之为萤，由乎腐也；麦之为蝴蝶，由乎湿也。尔则万物之变，皆有由也。农夫止麦之化者，沤之以灰⑫；圣人理万物之化者，济之以道：其与不然乎？

【注释】

①大腰：指龟鳖一类的动物。下文的"细腰"指蜂类昆虫。

②三化：变化三次。"三化之虫"这里指蚕。

③兼爱之兽：《山海经》中记载的一种叫"类"的兽，一身而具备雌雄二性，吃了它就不会妒忌，故称"兼爱之兽"。有人说即香狸。

④寄生：指芝菌一类依附于树木而生长的植物。

⑤女萝：植物名。即松萝。多附生在松树上，成丝状

下垂。茯苓：寄生在松树根上的菌类植物，形状像甘薯，外皮黑褐色，里面白色或粉红色。中医用以入药，有利尿、镇静等作用。

⑥跖（zhí）：脚掌。

⑦蛩（qióng）：蟋蟀。

⑧蛪（jiā）：米中的小黑虫。

⑨虺（huǐ）：古称蝮蛇一类的毒蛇。通常指土虺蛇，色如泥土。借指土灰色。

⑩客食道龟：客食一般指寄食，即依附别人生活。这里似应指做客时吃了有神性的龟。

⑪瘕（jiǎ）：腹中结块的病。也特指由寄生虫引起的腹中结块的病。

⑫沤（òu）：壅埋堆积。

【译文】

天有木、火、金、水、土五行元气，万物由此生成。木气清纯就生成仁爱，火气清纯就生成礼仪，金气清纯就生成正义，水气清纯就生成智慧，土气清纯就生成聪明：五种元气都清纯，圣人的品德就具备了。木气混浊就生成虚弱，火气混浊就生成淫乱，金气混浊就生成暴虐，水气混浊就生成贪婪，土气混浊就生成愚顽：五种元气都混浊，就成为平民中的下等人。中原地区多出圣人，这是因为中和之气相交融。边远地区多有怪物，这是由怪异之气所产生。如果禀受某种元气，必定会具有某种形状；如果有某种形状，必定产生某种性质。所以吃粮食的聪明而且有才华，吃草的力大而且愚蠢，吃桑叶的吐丝而变成蛾，吃肉的勇猛而强悍，吃土的没有心智而不休息，吃元气的神明而且长寿，不吃东西的不死而成神。龟鳖类动物没有雄性，蜂类昆虫没有雌性；没有雄性的与其他动物交配，没有雌性的由其他动物孕育。蚕类虫子，先产卵后交配；香狸类动物，自身具备雌雄二性；寄生依附于高木，女萝托身于茯苓；树木长在土里，浮萍生在水中；鸟翅凌空能飞翔，兽脚厚实能奔跑；虫子隐蔽在土里冬眠，鱼潜藏在深渊中居住。来源于天的亲附天，来源于地的亲附地，来源于时令的亲附傍依之物：这是各自以类相从。千年的雉，进入海中变化成蜃；百年的雀，进入海中变化成蛤；千年的龟鼋，能和人说话；千年的狐狸，能变成美女；千年的蛇，身子断了能再接上；百年的老鼠，能够占卜吉凶；这是气数到了。春分的时候，鹰变成鸠；秋分的时候，鸠变成鹰；这是时令的变化。所以腐烂的草变成萤火虫，朽坏的芦苇变成蟋蟀，稻子变成蛩，麦子变成蝴蝶；生出羽翼，长出眼睛，有了心智：这是无知之物变成有知之物而元气变化了。鹤变成獐，蛵变成虾：没有失去它的血气而形体性质变化了。像这一类的事物，多得说不完。根据变化来行动，这是顺应常规；如果违背了它的规律，就会出现灾异。因此下身长在上面，上身长在下面：是元气逆反的表现。人生出兽，兽生出人：这是元气混乱的表现。男人变成女人，女人变成男人，这是元气变换的表现。鲁国人公牛哀生病，七天后变成老虎，形体发生变化，长出了虎爪虎牙。他的哥哥开门进去，被他抓住吃掉了。当他还是人时，不知道他将会变成老虎；当他变成老虎的时候，不知道他曾经是人。因此晋武帝太康年间，陈留人阮士瑀被土虺咬伤，忍受不了伤口的疼痛，经常用鼻子闻疮口，后来鼻子里长出了两条土虺。晋惠帝元康年间，历阳人纪元载做客吃了得道的乌龟，后来得了瘕病，医生用药来治病，排泄出几升小乌龟，像小铜钱那么大，头、脚、龟壳都齐备，龟壳上都有了花纹，只是中了药性都死了。夫妻不是化育的元气，鼻子不是怀胎受孕的地方，肠道不是生产动物的工具。由此来看，万物的生死和变化，如果不是通于神灵的非凡思虑，即使从它自身去追究，怎么知道它是怎么来的呢？然而朽草变成萤火虫，是由于草腐烂；麦子变成蝴蝶，是由于潮湿。那么万物的变化，都是有原因的。农夫制止麦子的变化，用灰去沤；圣人治理万物的变化，用道来调剂：难道不是这样吗？

土中贲羊

季桓子穿井^①，获如土缶，其中有羊焉。使问之仲尼，曰："吾穿井而获狗，何耶？"仲尼曰："以丘所闻，羊也。丘闻之：木石之怪夔、魍魉^②，水中之怪龙、罔象^③，土中之怪曰贲羊^④。"《夏鼎志》曰^⑤："罔象如三岁儿，赤目，黑色，大耳，长臂，赤爪。索缚，则可得食。"王子曰："木精为游光，金精为清明也。"

【注释】

①季桓子：即春秋末年鲁国大夫季孙氏，执掌鲁国政权。

②夔（kuí）：山林中的精怪。又传说是一种像龙的一足怪物。魍魉（wǎngliǎng）：古代传说中的山川精怪，鬼怪。

③罔象：古代传说中的水怪。

④贲（fén）羊：又作"羵羊"、"坟羊"、"獖羊"。传说中的土中怪兽。

⑤《夏鼎志》：应是解释夏鼎所铸怪物图的书籍。

【译文】

季桓子挖井，得到一件像土缶一样的东西，里面有一只羊。他派人去问孔子，说："我打井得到了一只狗，为什么呢？"孔子说："根据我听说过的事情，是一只羊。我听说过：木石的精怪是夔、魍魉，水中的精怪是龙、罔象，土中的精怪叫做贲羊。"《夏鼎志》说："罔象像三岁的孩子，红眼睛，黑脸色，大耳朵，长胳膊，红爪子。用绳子捆住，就可以拿来吃。"王子说："木精叫游光，金精叫清明。"

地中犀犬

晋惠帝元康中，吴郡娄县怀瑶家忽闻地中有犬声隐隐。视声发处，上有小窍，大如蟮穴。瑶以杖刺之，入数尺，觉有物。乃掘视之，得犬子，雌雄各一，目犹未开，形大于常犬。哺之，而食。左右咸往观焉。长老或云："此名犀犬，得之者，令家富昌，宜当养之。"以目未开，还置窍中，覆以磨砻①。宿昔发视，左右无孔，遂失所在。瑶家积年无他祸福。

【注释】

①磨砻（lóng）：磨石。

【译文】

晋惠帝元康年间，吴郡娄县怀瑶家忽然听见地下有隐隐约约的狗叫声。查看声音发出的地方，地上有一个小孔，就像蚯蚓的洞穴那么大。怀瑶用木棍插进小孔，插入好几尺，感觉有东西，于是挖开来看，得到了小狗，雌雄各一只。眼睛还没有睁开，体型比平常家犬要大。喂它东西它吃。左右邻居都来观看。年纪大的人说："这狗叫犀犬，得到它的，会让家里富裕昌盛，最好把它养起来。"因为小狗眼睛还没睁开，怀瑶把它们送回到洞里，在洞口盖上磨石。过了不久打开看，到处都没有洞穴，于是就找不到在哪里了。怀瑶家多年也没有什么灾祸。

至太兴中，吴郡太守张懋，闻斋内床下犬声。求而不得。既而地坼，有二犬子，取而养之，皆死。其后懋为吴兴兵沈充所杀。《尸子》曰①："地中有犬，名曰地狼；有人，名曰无伤。"《夏鼎志》曰："掘地而得狗，名曰贾；掘地而得豚，名曰邪；掘地而得人，名曰聚。"聚，无伤也。此物之自然，无谓鬼神而怪之。然则"贾"与"地狼"名异，其实一物也。《淮南万毕》曰②："千岁羊肝，化为地宰；蟾蜍得苽③，卒时为鹑。"此皆因气化以相感而成也。

①《尸子》：书名。战国时楚人尸佼所著。

②《淮南万毕》：书名。即《淮南万毕术》。该书由西
　　汉淮南王刘安招集的淮南学派所作。万毕，即"万
　　法毕于此"之意。

③芢（gū）：同"菰"，一种菌类植物。

【译文】

　　到东晋元帝太兴年间，吴郡太守张懋听见屋子床下有
狗叫声。到处寻找没有找到。后来地面裂开，有两只小狗，
他取出小狗喂养，都死掉了。后来张懋就被吴兴叛军沈充
所杀。《尸子》说："地下有狗，名叫地狼；地下有人，名叫
无伤。"《夏鼎志》说："挖地得到狗，名叫贾；挖地得到猪，
名叫邪；挖地得到人，名叫聚。"聚，就是无伤。这是事
物的自然存在，不要说它们是鬼神而感到奇怪。虽然"贾"
和"地狼"名称不同，它们实际上是同一种事物。《淮南万
毕术》说："千年的羊肝，变成了地神；蟾蜍得到菰，最终
变成鹌鹑。"这都是由于元气变化相互感应而形成的。

山精傁囊

　　吴诸葛恪为丹阳太守，尝出猎，两山之间，有
物如小儿，伸手欲引人。恪令伸之，乃引去故地。
去故地，即死。既而参佐问其故，以为神明。恪
曰："此事在《白泽图》内，曰：'两山之间，其精
如小儿，见人，则伸手欲引人，名曰傁囊。引去故
地，则死。'无谓神明而异之，诸君偶未见耳。"

【译文】

三国时东吴诸葛恪任丹阳太守，曾经出外打猎，在两座山之间，有个怪物像小孩子，伸手想拉人。诸葛恪让人伸手给它，于是拉着它离开原来的地方。一离开原来的地方，它就死了。后来参佐问这个事情的原因，认为是神明。诸葛恪说："这事记载在《白泽图》中，说：'两山之间，那里的精怪像小孩子，看见人，就伸手想拉人，名叫倐囊。拉着它离开原来的地方，它就死了。'不要说它是神明而感到奇怪，诸位只是偶尔没有见到过罢了。"

池阳小人庆忌

王莽建国四年，池阳有小人景，长一尺余，或乘车，或步行，操持万物，大小各自相称，三日乃止。莽甚恶之。自后盗贼日甚，莽竟被杀。《管子》曰："涸泽数百岁，谷之不徙，水之不绝者，生'庆忌'。'庆忌'者，其状若人，其长四寸，衣黄衣，冠黄冠，戴黄盖，乘小马，好疾驰，以其名呼之，可使千里外一日反报。"然池阳之景者，或庆忌也乎？又曰："涸小水精生蚔。蚔者，一头而两身，其状若蛇，长八尺，以其名呼之，可使取鱼鳖。"

【译文】

王莽建国四年，池阳宫中出现了小人的影子，长一尺多，有的乘车，有的步行，拿着各种各样的东西，大小和他们的身体相称，三天之后才消失。王莽十分厌恶这件事。

从此之后盗贼一天比一天厉害，王莽最后被杀死了。《管子》说："水泽干涸几百年，山谷不迁徙，水源不断绝的，就会产生'庆忌'。'庆忌'，它的模样像人，身长四寸，穿着黄衣，戴着黄帽，举着黄盖骑着小马，喜欢飞快奔驰，用它的名字喊它，可以派它去千里之外，一天就回来报告消息。"那么池阳宫中的小人影，或者就是庆忌吧？《管子》又说："干涸的水泽小，水精就生成蚳。蚳，一个头有两个身子，它的形状像蛇，长八尺，用它的名字喊它，可让它潜入水中捕取鱼鳖。"

霹雳落地

晋扶风杨道和，夏于田中，值雨，至桑树下，霹雳下击之，道和以锄格，折其股，遂落地，不得去。唇如丹，目如镜，毛角长三寸，余状似六畜，头似猕猴。

【译文】

晋代扶风人杨道和，夏天在田中干活，碰上下雨，到桑树下避雨，霹雳下地来雷击他，杨道和用锄头格斗，打断了它的腿，于是就落在地上，不能回到天上去了。霹雳的嘴唇和朱丹一样红，眼睛像镜子一样亮，长着毛角长三寸，身子的形状就像家畜，头像猕猴。

落头民

秦时，南方有落头民，其头能飞。其种人部有祭祀，号曰"虫落"，故因取名焉。吴时，将军朱桓得一婢，每夜卧后，头辄飞去。或从狗窦，或从天窗中出入，以耳为翼。将晓，复还。数数如此，傍人怪之，夜中照视，唯有身无头，其体微冷，气息裁属①。乃蒙之以被。至晓，头还，碍被不得安，两三度堕地，噫咤甚愁②，体气甚急，状若将死。乃去被，头复起傅颈。有顷，和平。桓以为大怪，畏不敢畜，乃放遣之。既而详之，乃知天性也。时南征大将，亦往往得之。又尝有覆以铜盘者，头不得进，遂死。

【注释】

①裁属：指呼吸勉强接上。形容气息极其微弱。

②噫咤：叹息。

【译文】

秦代时南方有落头民，他们的头能飞起来。这种人的部落中有一种祭祀，叫做"虫落"，所以由此取名。三国东吴时，将军朱桓得到一个婢女，每天晚上睡下后，头总是飞出去。或者从狗洞，或者从天窗中出入，用耳朵当翅膀。天快亮时，头又回来了。经常这样，旁边的人觉得奇怪，夜里点灯照明去看，只有身子没有头，她的身体稍微有点凉，呼吸很微弱。于是他们用被子把婢女的身体盖上。到天亮时头回来，由于被子阻挡不能回到身体上，两三次掉在地上，很忧愁地叹息，身体的气息也十分急促，那样子好像要死了一样。人们于是拿掉被子，婢女的头又飞起来附接在脖子上。过了一会儿，气息就和顺平稳了。朱桓认为太怪异了，害怕得不敢收留她，于是就把她打发走了。后来仔细了解，才知这是她的天性。当时到南方征伐的大将，也经常得到这种人。又曾经有个被人用铜盘覆盖在身体上的，头回来不能进去，就死掉了。

貙人化虎

江汉之域，有貙人①。其先，禀君之苗裔也②。能化为虎。长沙所属蛮县东高居民，曾作槛捕虎，槛发，明日众人共往格之，见一亭长，赤帻③，大冠，在槛中坐。因问："君何以入此中？"亭长大怒曰："昨忽被县召，夜避雨，遂误入此中。急出我。"曰："君见召，不当有文书耶？"即出怀中召文书。于是即出之。寻视，乃化为虎，上山走。或云："貙虎化为人，好着紫葛衣，其足无踵。虎有五指者，皆是貙。"

【注释】

①貙（chū）人：古代散居长江、汉水一带的部族。俗传其人能化形为虎。

②禀君：巴人的始祖。

③帻（zé）：古代包扎发髻的巾。

【译文】

江汉流域有一种貙人。他们祖先，是禀君的后代。貙人能够变化成虎。长沙郡所属的蛮县东高口居民，曾经制作木笼捕捉老虎，机关被触发，第二天大家一起去打老虎，却看见一个亭长，包着红色的头巾，戴着大帽子，坐在木笼里。便问他："你怎么落到这里面了呢？"亭长很生气地说："昨天忽然被县里召唤，晚上避雨，就错进了这笼子。赶紧把我放出来。"大家说："你被召见，不是应该有文书吗？"立刻从怀里拿出召见文书。于是就把他放了出来。随后再看他，竟然变成老虎，上山跑了。有人说："貙虎变成人，喜欢穿紫色的葛衣，他的脚没有后脚跟，老虎中有五个脚趾的，都是貙虎。"

猳国马化

蜀中西南高山之上，有物与猴相类，长七尺，能作人行，善走逐人，名曰猳国①，一名马化，或曰玃猿。伺道行妇女有美者，辄盗取将去，人不得知。若有行人经过其旁，皆以长绳相引，犹故不免。此物能别男女气臭，故取女，男不取也。若取得人女，则为家室，其无子者，终身不得还。十年之后，形皆类之，意亦迷惑，不复思归。若有子者，辄抱送还其家，产子，皆如人形。有不养者，其母辄死；故惧怕之，无敢不养。及长，与人不异。皆以杨为姓。故今蜀中西南多诸杨，率皆是"猳国""马化"之子孙也。

【注释】

①猳（jiā）国：一种猴类动物。

蜀地西南的高山上，有一种怪物和猴子相像，身长七尺，能像人一样走路，善于跑动追人，名叫猳国，又叫马化，也有人说是玃猿。它看到路上走的妇女有长得漂亮的，就抢去带走，不会被人发现。如果有其他行人从她旁边经过，都用长绳去拉她，仍然避免不了。这种怪物能分辨男女的气味，所以只抢取女人，不抢男人。如果抢到了人家的女儿，就拿去做妻子，那些不生子女的，终身不能回来。十年以后，抢去的女人形体都和它们相似了，心意也被迷惑，不再想着回家，如果生了孩子，就送她抱着孩子回家。生下的孩子都跟人一样。有不收养孩子的，做母亲的就会死掉。所以人都害怕她们死，没有敢不收养的。等孩子长大了，与人没有两样。他们都用"杨"作为姓氏。因此现在蜀地西南有很多姓杨的人，大概都是猳国马化的子孙。

刀劳鬼

临川间诸山有妖物①，来常因大风雨，有声如啸，能射人。其所著者，有顷便肿，大毒。有雌雄，雄急而雌缓。急者不过半日间，缓者经宿。其旁人常有以救之，救之少迟，则死。俗名曰刀劳鬼。故外书云②："鬼神者，其祸福发扬之验于世者也。"《老子》曰："昔之得一者③：天得一以清，地得一以宁，神得一以灵，谷得一以盈，侯王得一以为天下贞④。"然则天地鬼神，与我并生者也。气分则性异，域别则形殊，莫能相兼也。生者主阳，死者主阴，性之所托，各安其生。太阴之中，怪物存焉。

【注释】

①临川：古郡名。郡治在今江西南城东南。

②外书：佛教徒称佛经以外的书籍为外书。

③得一：《老子》哲学体系中的专名，指通过"无为"而获得的一种稳定状态。也可解释为得道。

④贞：首领，君长。

【译文】

临川郡的很多山上有怪物，经常趁着大风雨出现，发出的声音像呼啸，能够射伤人。被射中的人，一会儿身体就肿了，毒性很大。怪物有雌雄分别，雄的毒性急，雌的毒性缓。毒性急的不超过半天，毒性较缓的能过一天。那附近的人常常有办法救治伤者，但救治稍迟，就会死掉。它的俗名叫"刀劳鬼"。因此外书上说："所谓鬼神，是那些祸福发生后能在人世间得到验证的事物。"《老子》说："从前得道的：天得道因而清明，地得道因而安宁，神得道因而灵验，谷得道因而充盈，侯王得道因而成为天下的首领。"那么天地鬼神就是和我一并存在的事物。气质有别禀性就不同，地域有别形体就不同，没有能兼具的。活的主体是阳气，死的主体是阴气，禀性各有所托，各自安守其存在状态。纯阴的地方，有怪物存在。

冶鸟

越地深山中有鸟，大如鸠，青色，名曰冶鸟。

穿大树，作巢，如五六升器，户口径数寸；周饰以土垭①，赤白相分，状如射侯。伐木者见此树，即避之去。或夜冥不见鸟，鸟亦知人不见，便鸣唤曰："咄，咄，上去！"明日便宜急上；"咄，咄，下去！"明日便宜急下；若不使去，但言笑而不已者，人可止伐也；若有秽恶及其所止者，则有虎通夕来守，人不去，便伤害人。此鸟，白日见其形，是鸟也；夜听其鸣，亦鸟也；时有观乐者，便作人形，长三尺，至涧中取石蟹②；就火炙之，人不可犯也。越人谓此鸟是越祝之祖也。

【注释】

①垭（è）：通"垩"，白色泥土。

②石蟹：溪蟹的俗称。产溪涧石穴中，体小壳坚。

【译文】

越地的深山中有一种鸟，像鸠鸟大，青色羽毛，名叫"冶鸟"。它凿穿大树做窝，像五六升的器皿，出口处直径几寸；周围用白色泥土装饰，红白相间，形状像箭靶。伐木的人看见这样的树，立刻避开它走了。有时天黑看不见鸟，鸟也知道人看不见，就鸣叫着说："咄，咄，上去！"第二天就应该赶紧上山；鸣叫着说："咄，咄，下去！"第二天就应该赶紧下山去；如果不让人离去，只是说笑个不停，人就可以留下来伐木；如果有污秽之言以及它让停止的，就会有老虎通宵来看守，伐木的人不离开，老虎就会伤害人。这种鸟，白天看见它的形状，是鸟；晚上听它的鸣叫，也是鸟；有时观赏玩乐，就变成人的样子，身长三尺，到水涧中捕捉石蟹，放在火上烧烤，人不能侵扰。越地的人说这种鸟是越地巫祝的祖先。

鬼弹

汉永昌郡不韦县有禁水①，水有毒气，唯十一月、十二月差可渡涉，自正月至十月不可渡，渡辄病，杀人。其气中有恶物，不见其形，其作有声，如有所投击。中木则折，中人则害。土俗号为鬼弹。故郡有罪人，徙之禁旁，不过十日皆死。

【注释】

①永昌郡：汉明帝时所置。不韦县：古县名。县治在今云南保山隆阳区金鸡镇。

【译文】

汉代永昌郡不韦县有条河叫禁水，水中有毒气，只有十一月、十二月勉强可以渡河，从正月到十月都不能过河，如果过河就会生病，死人。这条河的水气中有凶恶的怪物，看不见它的形状，但它一动作就发出声音，好像在投击什么东西。击中树木，树就折断，击中人，人就被杀害。当地土人称之为鬼弹。所以郡内有犯罪的人，就把他们送到禁水旁，不超过十天都死了。

蘘荷根攻蛊

余外姊夫蒋士，有佣客得疾下血。医以中蛊①，乃密以蘘荷根布席下②，不使知。乃狂言曰③："食我蛊者，乃张小小也。"乃呼："小小亡去。"今世攻蛊，多用蘘荷根，往往验。蘘荷，或谓嘉草。

【译文】
　　我妻子的姐夫蒋士，有个佣人生病泻血。医生认为是中了蛊毒，就悄悄把蘘荷根铺在席子下，不让病人知道。病人胡言乱语说："让我中蛊毒的，是张小小。"于是就呼唤说："小小离去。"如今攻治蛊毒，多用蘘荷根，往往很灵验。蘘荷，有人叫做嘉草。

蛇蛊

　　营阳郡有一家①，姓廖，累世为蛊，以此致富。后取新妇，不以此语之。遇家人咸出，唯此妇守舍。忽见屋中有大缸，妇试发之，见有大蛇，妇乃作汤灌杀之。及家人归，妇具白其事，举家惊惋。未几，其家疾疫，死亡略尽。

【注释】

①营阳郡：三国时吴始置，郡治在今湖南永州道县。

【译文】

营阳郡有一家人，姓廖，几代人养蛊，靠此致富。后来他家娶了一个媳妇，没有把养蛊的事告诉她。有一次家里人都出去了，只有这个媳妇看家。媳妇忽然看见屋子里有一口大缸，她试着打开它，看见有一条大蛇，媳妇于是烧了开水灌进缸里烫死了大蛇。等到家里人回来，媳妇把这件事全部告诉他们，全家人都感到吃惊惋惜。没过多久，他家人都患上瘟疫，基本死光了。

卷十三

　　本卷所记主要是具有灵性的奇异物产。有的侧重记述奇物与人的神奇感应，如泰山澧泉需取饮者"洗心志，跪而挹之"，孔窦于祭时"洒扫以告，辄有清泉自石间出"、樊山"以火烧山，即至大雨"，霍山镬"至祭时，水辄自满，用之足了，事毕即空"；有的侧重讲述事物神奇的来历，如二华之山上河神巨灵的手迹脚迹、昆明湖的黑灰、龟化城与马邑的修筑以及火浣布、焦尾琴的制作；有的侧重记述奇人异事的特异表现，如能使人长寿的丹砂、能使钱飞还的青蚨，化育螟蛉之子的果蠃等。因奇而异，因异而神，正是这些事物不同寻常的奇异物性，才造就了它们不同寻常的神性。

澧泉

泰山之东有澧泉，其形如井，本体是石也。欲取饮者，皆洗心志①，跪而挹之，则泉出如飞，多少足用。若或污漫，则泉止焉。盖神明之尝志者也。

【注释】

①洗心志：洗涤心胸志意。比喻除去恶念或杂念。

【译文】

泰山的东边有个澧泉，它的形状像井，本身是石头的。想取泉水喝的人，都要排除杂念，跪着去舀水，那么泉水就像飞一样地涌出来，喝多少都足够。如果行为卑污，那么泉水就不流了。大概是神灵在检验人的心志吧。

巨灵劈华山

二华之山①，本一山也。当河，河水过之而曲行。河神巨灵，以手擘开其上②，以足蹈离其下，中分为两，以利河流。今观手迹于华岳上，指掌之形具在；脚迹在首阳山下③，至今犹存。故张衡作《西京赋》所称"巨灵赑屃④，高掌远迹，以流河曲"是也。

【注释】

①二华之山：指太华山、少华山。在今陕西华阴。太华山即今所称华山，少华山在其西面。

②擘（bò）：砍，劈击。

③首阳山：又称雷首山，相传为伯夷、叔齐采薇隐居
　处。在今山西永济南。

④赑屃（bìxì）：壮猛有力。

【译文】

太华山、少华山本来是一座山。它正对着黄河，河水
流过这里要绕个弯。河神巨灵用手劈开山的上部，用脚蹬
开山的下部，把山从中间分成两部分，以方便河水流过。
现在到西岳华山上看手印，手指手掌的形状都在；脚印在
首阳山下，到现在还存在。过去张衡作《西京赋》所说的
"巨灵壮猛有力，高山上留下手印，远方留下脚印，使弯弯
的河水顺畅流过"，就是这里。

霍山镶

汉武徙南岳之祭于庐江潜县霍山之上^①，无水。
庙有四镶^②，可受四十斛。至祭时，水辄自满，用
之足了，事毕即空。尘土树叶，莫之污也。积五十
岁，岁作四祭。后但作三祭，一镶自败。

【注释】

①潜（qián）县：古县名。汉置，县治在今安徽霍山
　东北。霍山：又名天柱山，在霍山西北。

②镶：无足鼎。古时煮肉及鱼、腊之器。

【译文】

汉武帝把南岳衡山的祭祀迁到了庐江潜县的霍山上，
山上没有水。庙里有四只镶，可以盛四十斛水。到祭祀的

时候，镬总是自己装满水，足够祭祀用，祭祀结束镬就空了。尘土树叶没有什么能弄脏它。祭祀一共进行了五十年，每年祭四次。后来只祭三次，一只镬就自己坏掉了。

樊山火

樊口之东有樊山^①，若天旱，以火烧山，即至大雨。今往往有验。

【注释】

①樊口：地名。在湖北鄂城西北。因当樊港入江之口，故名。

【译文】

樊口之东有座樊山，如果天旱，用火烧山，立刻就会下大雨。现在往往还有灵验。

孔窦泉

空桑之地^①，今名为孔窦，在鲁南山之穴。外有双石，如桓楹起立^②，高数丈。鲁人弦歌祭祀。穴中无水，每当祭时，洒扫以告，辄有清泉自石间出，足以周事。既已，泉亦止。其验至今存焉。

【注释】

①空桑：又称"穷桑"，相传为孔子出生的地方。

②桓楹（yíng）：宋以后称为华表。指设在桥梁、宫殿、城垣或陵墓等前兼作装饰用的巨大柱子。一般

为石造，柱身往往雕有纹饰。

【译文】

空桑这个地方，现在叫做孔窦，在鲁国南山的洞穴中。洞穴外有一对山石，像桓楹一样竖立着，高好几丈。鲁国人在这里歌舞祭祀。洞穴中没有水，每当祭祀的时候，洒水扫地后祷告，就有清澈的泉水从石缝中流出，足够用来完成祭祀。祭祀结束，泉水也就停了。这种灵验现在都存在。

龟化城

秦惠王二十七年，使张仪筑成都城，屡颓。忽有大龟浮于江，至东子城东南隅而毙。仪以问巫。巫曰："依龟筑之。"便就，故名龟化城。

【译文】

秦惠王二十七年，派张仪修筑成都城，修了几次都塌了。忽然有一只大龟浮出江面，到东面子城的东南角时死了。张仪拿这事去问巫师，巫师说："依照龟的轮廓来筑城。"于是就筑好了。所以这座城被称为龟化城。

城沦为湖

由拳县，秦时长水县也。始皇时童谣曰："城门有血，城当陷没为湖。"有妪闻之，朝朝往窥。门将欲缚之，妪言其故。后门将以犬血涂门，妪见血，便走去。忽有大水欲没县。主簿令干入白令①。令曰："何忽作鱼？"干曰："明府亦作鱼。"遂沦为湖。

【注释】

①干：主管。

【译文】

由拳县，是秦朝时的长水县。秦始皇时有童谣说："城门有血，城将陷没为湖。"有个老妇人听到歌谣，天天早晨去城门那里偷看。守卫城门的将领想抓她，老妇人就说出了她来偷看的原因。后来守门将领拿狗血涂在了城门上，老妇人看见血，立刻跑着离开了。忽然涨起大水要淹没县城。主簿派主管府吏进去报告县令。县令说："你怎么忽然变成鱼的模样呢？"主管说："县令您也变成鱼了。"于是县城就沦陷成湖了。

马邑

秦时，筑城于武周塞内①，以备胡，城将成而崩者数焉。有马驰走，周旋反复。父老异之，因依马迹以筑城，城乃不崩。遂名马邑。其故城今在朔州②。

【注释】

①武周塞：古代的军事要塞。在今山西大同西。

②朔州：即今山西朔县。

【译文】

秦代时，在武周塞里面筑城，用来防御胡人，多次城快筑成时又塌了。有一匹马奔跑，反复绕圈子。人们觉得惊异，于是依照马跑的印迹来筑城，城竟然没有崩塌。于是把城叫作马邑。它的故城在今天的朔州。

天地劫灰

汉武帝凿昆明池[①]，极深，悉是灰墨，无复土。举朝不解，以问东方朔。朔曰："臣愚不足以知之。可试问西域人。"帝以朔不知，难以移问。至后汉明帝时，西域道人入来洛阳，时有忆方朔言者，乃试以武帝时灰墨问之。道人云："经云：'天地大劫将尽，则劫烧。'此劫烧之余也。"乃知朔言有旨。

【注释】

①昆明池：湖沼名。汉武帝元狩三年（前120）在长安西南郊野凿出用以练习水战。池周围四十里，广三百三十二顷。宋以后湮没。

【译文】

汉武帝开凿昆明池，挖得非常深，挖出的都是黑灰，不再有土。满朝大臣都不明白，去问东方朔。东方朔说："我愚钝不能够知道这件事。可以试着去问问西域人。"汉武帝认为东方朔不知道，就很难改问其他人了。到东汉明帝时，西域道人来到洛阳，当时有人想起东方朔的话，就试着用武帝时黑灰的事情问他。道人说："佛经上说：'天地大劫将结束，就有劫火焚烧。'这黑灰是劫火焚烧留下的。"人们这才知道东方朔的话有深意。

丹砂井

临沅县有廖氏，世老寿。后移居，子孙辄残折。他人居其故宅，复累世寿。乃知是宅所为，不知何故。疑井水赤，乃掘井左右，得古人埋丹砂数十斛；丹汁入井，是以饮水而得寿。

【译文】

临沅县有一户姓廖的人家，世代长寿。后来他家移居到别的地方，子孙总是夭折。别人住到他家的旧房子里，又世代长寿。这才知道是住宅的缘故，但不知是什么原因。怀疑井水是红色的，就挖掘井的两边，得到古人埋藏的丹砂几十斛；丹砂的汁液渗入井水，所以喝了井水就长寿了。

青蚨还钱

南方有虫，名蟜蝎，一名蝍蠋，又名青蚨①。形似蝉而稍大，味辛美，可食。生子必依草叶，大如蚕子，取其子，母即飞来，不以远近。虽潜取其子，母必知处。以母血涂钱八十一文，以子血涂钱八十一文。每市物，或先用母钱，或先用子钱，皆复飞归，轮转无已。故《淮南子术》以之还钱②，名曰"青蚨"。

【注释】

①蟜蝎（dūnyú）、蝍蠋（zéizhú）、青蚨（fú）：均指一种传说中的虫子，又叫鱼伯。

②《淮南子术》：即《淮南万毕术》。

【译文】

南方有一种虫，名叫蟪蛄，也叫蜥蜴，又叫青蚨。形状像蝉而比蝉稍大，味道辛辣鲜美，可以吃。它产子一定依附在草叶上，像蚕子那么大，如果捉了青蚨子，母青蚨不论远近就会飞来。即使偷偷捉取青蚨子，母青蚨也一定会知道它在哪里。用母青蚨的血涂八十一文铜钱，用青蚨子的血也涂八十一文铜钱。每次买东西，或者先用母青蚨血涂的钱，或者先用青蚨子血涂的钱，钱都会再飞回来，轮流用不完。所以《淮南子术》用这种方式收回钱，称它为"青蚨"。

蜾蠃育子

土蜂名曰蜾蠃，今世谓蜿蟮，细腰之类。其为物纯雄而无雌，不交不产，常取桑虫或阜螽子育之①，则皆化成己子。亦或谓之螟蛉②。《诗》曰："螟蛉有子，果蠃负之。"是也。

【注释】

①桑虫：一种桑树上的小青虫，也称"桑蛊"。又有人认为桑虫即螟蛉的别名。阜螽（zhōng）：蝗虫的幼虫。

②螟蛉（mínglíng）：螟蛾的幼虫。蜾蠃常捕螟蛉喂它的幼虫，古人误认为蜾蠃养螟蛉为己子。后因以为养子的代称。

【译文】

有一种叫蜾蠃的土蜂，今世称之为蚭螉，是细腰蜂一类。这种昆虫只有雄蜂而没有雌蜂，不交配不产子，经常把桑虫或者阜螽的幼虫取来养育，它们都会变成自己的幼虫。也有人称之为螟蛉。《诗经》上说："螟蛉有子，果蠃负之。"就是这回事。

火浣布

崑峇之墟①，地首也。是惟帝之下都，故其外绝以弱水之深，又环以炎火之山。山上有鸟兽草木，皆生育滋长于炎火之中，故有火浣布②。非此山草木之皮枲③，则其鸟兽之毛也。汉世西域旧献此布，中间久绝。至魏初时，人疑其无有。文帝以为火性酷裂，无含生之气，著之《典论》④，明其不然之事，绝智者之听。及明帝立，诏三公曰："先帝昔著《典论》，不朽之格言，其刊石于庙门之外及太学，与石经并以永示来世⑤。"至是，西域使人献火浣布袈裟，于是刊灭此论，而天下笑之。

【注释】

①崑峇：传说中西方的仙山。

②火浣布：石棉布。传说将这种布置于火中即可浣洗干净。

③枲（xǐ）：大麻的雄株。只开雄花，不结子，纤维可织麻布。亦泛指麻。

④《典论》：书名。曹丕所著，原书五卷，已佚，今仅
存《典文》一篇。

⑤石经：刻在石上的经典。

【译文】

　　崑苍山是大地的端首。这里有上帝在人间的都城，所以它的外围用深不能渡的弱水隔绝，又用火山来环绕四周。火山上有鸟兽草木，都在炎火中繁育生长，因此有火浣布。这种布不是这火山上草木的纤维织成，而是火山上鸟兽的羽毛制成的。汉朝的时候，西域人曾经贡献过这种布，之后很久不再进贡。到魏初时，人们都怀疑没有这种布。魏文帝认为火性残暴，不会含有生命的元气，他在《典论》中进行论述，说明火浣布是不可能存在的事，以此来杜绝有见识的人的传闻。等到魏明帝即位，下诏书给三公说："先帝过去著述《典论》，这是不朽的格言。可刻在石碑上立到太庙的门外和太学里，和石经一起永远地教导后人。"在这个时候，西域派人进献火浣布做的袈裟，于是削除了《典论》中关于火浣布不存在的论述，遭到天下人的嘲笑。

焦尾琴

　　汉灵帝时，陈留蔡邕以数上书陈奏①，忤上旨意，又内宠恶之，虑不免，乃亡命江海，远迹吴会②。至吴，吴人有烧桐以爨者③，邕闻火烈声，曰："此良材也。"因请之，削以为琴，果有美音。而其尾焦，因名焦尾琴。

【注释】

①蔡邕：东汉末年著名文学家。好辞赋，精通音律、书法。著作有《琴操》、《独断》等。

②吴会：东汉分会稽郡为吴、会稽二郡，并称吴会。后亦泛称此两郡故地为吴会。

③爨（cuàn）：烧火做饭。

【译文】

东汉灵帝时，陈留人蔡邕因为多次上书奏事，违背皇帝的旨意，加上遭到得宠宦官的憎恶，担心无法幸免，于是逃亡江湖，远远跑到了吴会地区。到了吴地，有一个吴人烧桐木来做饭，蔡邕听到桐木在火中爆裂的响声，说："这是块好木材。"于是讨来桐木，砍削制作成一张琴，果然弹出了美妙的音乐。由于琴的尾部烧焦了，所以取名叫焦尾琴。

卷十四

　　本卷收录的故事内容比较复杂。既有"蒙双氏"、"狗祖盘瓠"这样的推原神话，又有"夫馀王"、"鹄苍衔卵"等感生神话；既有动物喂养人类之子的"谷乌菟"、"齐顷公无野"，也有人类生养异物的"窦氏蛇"、"金龙池"；既有转述古老神话的"马皮蚕女"、"嫦娥奔月"，也有记述当代异事的"羽衣女"。人称"物老而为怪"，又说"老而不死是为妖"。"黄母化鼋"、"宋母化鳖"以及"老翁作怪"等故事，从一个十分特殊的角度，阐述了人类对于生命规律的认识。

蒙双氏

昔高阳氏①，有同产而为夫妇，帝放之于崆峒之野。相抱而死。神鸟以不死草覆之，七年，男女同体而生。二头，四手足，是为蒙双氏。

【注释】

①高阳氏：即颛顼，传说中的上古帝王，"五帝"之一。相传为黄帝之孙、昌意之子，生于若水，居于帝丘。

【译文】

从前高阳氏的时候，有一母同生的人结为夫妇，帝颛顼把他们流放到崆峒山的荒野中。这两个人相互拥抱着死去。神鸟用不死草盖住他们，七年之后，男女连成一体活了。两个头，四只手四只脚，这就是蒙双氏。

狗祖盘瓠

高辛氏有老妇人，居于王宫，得耳疾历时。医为挑治，出顶虫①，大如茧。妇人去后，置以瓠篱②，覆之以盘，俄尔顶虫乃化为犬，其文五色，因名盘瓠，遂畜之。时戎吴强盛③，数侵边境，遣将征讨，不能擒胜。乃募天下有能得戎吴将军首者，购金千斤，封邑万户，又赐以少女。后盘瓠衔得一头，将造王阙。王诊视之，即是戎吴。为之奈何？群臣皆曰："盘瓠是畜，不可官秩，又不可妻。虽有功，无施也。"少女闻之，启王曰："大王既以我许天下矣。盘瓠衔首而来，为国除害，此天命使然，岂狗之智力哉？王者重言，伯者重信，不可以女子微躯，而负明约于天下，国之祸也。"王惧而从之，令少女从盘瓠。盘瓠将女上南山，草木茂盛，无人行迹。于是女解去衣裳，为仆竖之结④，着独力之衣，随盘瓠升山，入谷，止于石室之中。王悲思之，遣往视觅，天辄风雨，岭震云晦，往者莫至。盖经三年，产六男六女。盘瓠死后，自相配偶，因为夫妇。织绩木皮，染以草实。好五色衣服，裁制皆有尾形。后母归，以语王，王遣使迎诸男女，天不复雨。衣服褊褳⑤，言语侏僚⑥，饮食蹲踞，好山恶都。王顺其意，赐以名山广泽，号曰蛮夷。蛮夷者，外痴内黠，安土重旧。以其受异气于天命，故待以不常之律。田作贾贩，无关缯、符传、租税之赋⑦，有邑君长皆赐印绶。冠用獭皮，取其游食于水。今即梁、汉、巴、蜀、武陵、长沙、庐江郡夷是也。用糁杂鱼肉⑧，叩槽而号，以祭盘瓠，其俗至今。故世称："赤髀横裙⑨，盘瓠子孙。"

【注释】

①顶虫：古代传说中生于头颅的虫。

②瓠篱（hùlí）：疑为葫芦做成的器皿。

③戎吴：应是戎族的一个部落。

④结：通"髻"。

⑤褊褳（biǎnlián）：《后汉书·南蛮传》作"斑兰"，

即"斑斓"。指色彩错杂灿烂。

⑥侏僸：亦作"侏离"。形容方言、少数民族或外国的语言文字怪异，难以理解。

⑦关缛（rú）：出入关隘的帛制凭证。符传：古代符信之一。用于出入门关。

⑧糁（sǎn）：米饭。

⑨髀（bì）：大腿。

【译文】

高辛氏时有个老妇人，居住在王宫里，得耳病有一段时间了。医生给她挑治耳朵，挑出一条顶虫，像蚕茧那么大。老妇人离开以后，把虫放在葫芦瓢中，用盘子盖上，不久顶虫就变成了一只狗，身上有五彩的花纹，于是叫它盘瓠，就饲养起来。当时戎吴很强盛，多次侵犯边境，帝王派遣将领去征讨，不能获胜。于是他征募天下能取来戎吴将军首级的人，悬赏千金，封食邑万户，并且允诺把小女儿嫁给他。后来盘瓠衔得一颗人头，送到王宫。帝王仔细查看，就是戎吴首级。这事怎么办呢？群臣都说："盘瓠是畜生，不能封官给俸禄，又不能娶人为妻。即使有功，也不用赏赐。"帝王的小女儿听了，禀告帝王说："大王已经拿我向天下许诺了。盘瓠衔来了首级，为国除了大害，这是天命让它这样的，哪里是一只狗的智慧力量呢？称王的人看重诺言，称霸的人看重信用，不能因为女儿轻微的身躯，在天下人面前背弃诺言。这会给国家招来灾难。"帝王感到畏惧，就听从了女儿的话，让小女儿跟着盘瓠。盘瓠带着帝王的小女儿上了南山，那里草木茂盛，没有人的行迹。于是小女儿脱下衣裳，扎起了奴仆的发髻，穿上了干活的衣服，跟着盘瓠爬上山，进入山谷，居住在石室之中。帝王悲伤地思念小女儿，派人去看望寻找，但总是刮风下雨，山摇地动，乌云密布，去的人没有谁能到达。大概过了三年，他们生下了六个男孩六个女孩。盘瓠死后，儿女自相婚配，结成夫妻。他们用树皮织布，用草料染色。他们喜欢五颜六色的衣服，裁制的衣服都有尾巴的形状。后来，他们的母亲回到王宫，把情况告诉给帝王，帝王派人去迎接那些男女，天不再下雨。他们的衣服色彩斑斓，言语怪异难懂，吃饭蹲在地上，喜欢山林厌恶都邑。帝王顺从他们的意愿，赐给他们名山大川，称他们为蛮夷。所谓蛮夷，表面愚笨内心狡黠，安于乡土，重视旧俗。因为他们领受了上天赋予的奇异气质，所以用特殊的法律来对待他们。他们耕田贩卖，没有关卡凭证和租税赋贡，部落的首领都赐给官印绶带。他们的帽子用獭皮做成，取獭在水中取食的意思。现在梁州、汉中、巴、蜀、武陵、长沙、庐江等郡的蛮夷就是这样。他们用米饭掺杂鱼肉，敲着木槽呼喊，来祭祀盘瓠，这种风俗流传到现在。所以人们说："光着大腿，系着横裙，是盘瓠的子孙。"

夫馀王

　　槁离国王侍婢有娠①，王欲杀之。婢曰："有气如鸡子，从天来下，故我有娠。"后生子，捐之猪圈中，猪以喙嘘之；徙至马枥中②，马复以气嘘之，故得不死。王疑以为天子也，乃令其母收畜之，名

曰东明。常令牧马。东明善射，王恐其夺己国也，
欲杀之。东明走，南至掩施水^③，以弓击水，鱼鳖
浮为桥，东明得渡。鱼鳖解散，追兵不得渡。因都
王夫馀^④。

【注释】

①槁离：北夷国名。

②马枥（lì）：马槽。亦指关牲畜的地方。

③掩施：水名。字又从"掩淲"。

④夫（fú）馀：古国名。在今东北地区。

【译文】

槁离国王的侍婢有了身孕，国王想杀了她。婢女说：
"有一团气像鸡蛋，从天上下来落在我身上，所以我有了身
孕。"后来她生下孩子，把他扔到猪圈里，猪用嘴给他嘘
气；又把他扔到马厩里，马又给他嘘气，所以没有死。槁
离国王怀疑他是天帝之子，于是命令他母亲收养他，取名
叫东明。常常叫他去放马。东明擅长射术，槁离王担心他
夺取自己的国家，想杀死他。东明逃走，往南来到掩施水
边，他拿弓击水，水里的鱼鳖就浮起来架成桥，东明得以
过河。鱼鳖散去，追兵无法过河。于是东明就在夫馀建都
称王。

鹄苍衔卵

古徐国宫人娠而生卵，以为不祥，弃之水滨。
有犬，名鹄苍，衔卵以归，遂生儿，为徐嗣君。后

鹄苍临死，生角而九尾，实黄龙也。葬之徐里中。见有狗垄在焉。

【译文】

古代徐国有一个宫女怀孕生下了一个蛋，认为是不祥之兆，就把它扔到了河边。有一只狗名叫鹄苍，把蛋衔回来，于是从蛋里生出一个小孩，成为徐国嗣位的国君。后来鹄苍快死的时候，生出角，长出了九条尾巴，实际上是一条黄龙。把它埋葬在徐国乡间。现在还有一座狗墓在那里。

谷乌菟

斗伯比父早亡[1]，随母归在舅姑之家[2]，后长大，乃奸妘子之女[3]，生子文。其妘子妻耻女不嫁而生子，乃弃于山中。妘子游猎，见虎乳一小儿，归与妻言。妻曰："此是我女与伯比私通生此小儿。我耻之，送于山中。"妘子乃迎归养之，配其女与伯比。楚人因呼子文为谷乌菟，仕至楚相也。

【注释】

①斗伯比：春秋时楚人，楚君若敖之子。
②舅姑：称妻之父母。
③妘子：即妘国国君。

【译文】

斗伯比的父亲早死，他随母亲回到舅姑家，长大后，和妘国国君的女儿私通，生下了子文。那妘国国君的妻子认为女儿没有出嫁就生下孩子十分耻辱，就把孩子扔到了山里。䢵国国君去打猎，看见老虎在给一个孩子喂奶，回家后告诉妻子。妻子说："这是我们的女儿和伯比私通生下的孩子。我觉得耻辱，就把他送到山里去了。"䢵国国君于是把孩子接回来抚养，把他的女儿嫁给了斗伯比。楚国人于是称呼子文为谷乌菟，后来官做到了楚国的国相。

齐顷公无野

齐惠公之妾萧同叔子见御有身^①，以其贱，不敢言也。取薪而生顷公于野，又不敢举也。有狸乳而鹯覆之^②。人见而收，因名曰无野，是为顷公。

【注释】

①齐惠公：春秋时齐国国君。齐桓公的儿子。

②鹯（zhān）：猛禽名。又名晨风。似鹞，羽色青黄，以鸠鸽燕雀为食。

【译文】

齐惠公的侍妾萧同叔子侍奉齐惠公有了身孕，她因为出身低贱，不敢说出来。她在野外打柴时生下齐顷公，又不敢抚养他。有一只狸猫给他喂奶，一只鹯鸟遮盖他。有人看见，就收养了他，于是取名叫无野，这就是齐顷公。

窦氏蛇

后汉定襄太守窦奉妻生子武，并生一蛇。奉送蛇于野中。及武长大，有海内俊名。母死，将葬，未窆，宾客聚集。有大蛇从林草中出，径来棺下，委地俯仰①，以头击棺，血涕并流，状若哀恸，有顷而去。时人知为窦氏之祥。

【注释】

①俯仰：抬头低头。

【译文】

东汉定襄太守窦奉的妻子生下窦武，同时还生了一只蛇。窦奉把蛇送到了田野里。等窦武长大后，在国内有美名。他的母亲死后，将要埋葬，棺材还没有落入墓坑，宾客聚集在一起。有一条大蛇从树林草丛中出来，径直来到棺材下，伏在地上头一上一下像是磕头，它用头碰棺材，血泪一起流下来，那样子好像很悲痛，过了一会儿才离开。当时人知道这是窦家的吉兆。

金龙池

晋怀帝永嘉中，有韩媪者，于野中见巨卵。持归育之，得婴儿，字曰撅儿。方四岁，刘渊筑平阳城，不就，募能城者。撅儿应募。因变为蛇，令媪遗灰志其后，谓媪曰："凭灰筑城，城可立就。"竟如所言。渊怪之，遂投入山穴间，露尾数寸。使者斩之，忽有泉出穴中，汇为池，因名金龙池。

【译文】

晋怀帝永嘉年间，有一个姓韩的老妇人，在野外看见一个巨大的蛋。拿回来孵化，得到一个婴儿，取名字叫撅儿。撅儿刚四岁的时候，刘渊修筑平阳城没有成功，于是招募能够筑城的人。撅儿应募。他就变成一条蛇，让韩老妇人在它的后面撒上灰线做标志，他对韩老妇人说："根据灰线来筑城，城可以很快筑成。"结果和他说的一样。刘渊觉得奇怪，于是把他扔到了山洞里，蛇尾露出几寸。派去的人斩断蛇尾，忽然有泉水从山洞中流出，汇集成一个池塘，于是取名叫金龙池。

马皮蚕女

旧说太古之时，有大人远征，家无余人，唯有一女。牡马一匹，女亲养之。穷居幽处，思念其父，乃戏马曰："尔能为我迎得父还，吾将嫁汝。"马既承此言，乃绝缰而去。径至父所。父见马，惊喜，因取而乘之。马望所自来，悲鸣不已。父曰："此马无事如此，我家得无有故乎？"亟乘以归。为畜生有非常之情，故厚加刍养。马不肯食，每见女出入，辄喜怒奋击。如此非一。父怪之，密以问女，女具以告父，必为是故。父曰："勿言，恐辱家门。且莫出入。"于是伏弩射杀之，暴皮于庭。父行，女与邻女于皮所戏，以足蹙之曰①："汝是畜生，而欲取人为妇耶？招此屠剥，如何自苦？"言未及竟，马皮蹶然而起，卷女以行。邻女忙怕，不敢救之，走告其父。父还求索，已出失之。后经数日，得于大树枝间，女及马皮，尽化为蚕，而绩于树上。其蚕纶理厚大②，异于常蚕。邻妇取而养之，其收数倍。因名其树曰桑。桑者，丧也。由斯百姓竞种之，今世所养是也。言桑蚕者，是古蚕之余类也。案《天官》③，辰为马星④。《蚕书》曰⑤："月当大火，则浴其种。"是蚕与马同气也。《周礼》马质职掌"禁原蚕者"注云⑥："物莫能两大，禁原蚕者，为其伤马也。"汉礼，皇后亲采桑，祀蚕神，曰"菀窳妇人，寓氏公主"⑦。公主者，女之尊称也。菀窳妇人，先蚕者也。故今世或谓蚕为女儿者，是古之遗言也。

【注释】

①蹙（cù）：通"蹴"，踢，踏。

②茧（jiǎn）：同"茧"。

③《天官》：指《周礼·天官》。

④辰：星宿名。指二十八宿之一的心宿。心宿为东方苍龙七宿中的第五宿。苍龙第四宿为房宿，古时以为房星主车马，故称之为天驷、房驷，又称辰星。所以这里说"辰为马星"。

⑤《蚕书》：论述养蚕的书。也称《蚕经》。

⑥马质：周代官名。掌管买马并评定马的优劣及价值等。原蚕：二蚕，即夏秋第二次孵化的蚕。

⑦菀窳（wǎnyǔ）妇人，寓氏公主：汉代对蚕神的称呼。

【译文】

过去传说在很早的时候，有一个家长出征远方，家里没有别的人，只有一个女儿。有一匹公马，女儿亲自饲养它。她隐居在偏僻的地方，思念她的父亲，于是跟马开玩笑说："你如果能为我迎接父亲回来，我就嫁给你。"马听了这句话，就挣断缰绳离开家，径直到父亲远征的地方。父亲看见马，非常惊喜，于是拉过去骑它。马望着它所来的那个方向，不停地悲嘶。父亲说："这匹马无缘无故这个样子，是不是我家里有什么事呢？"于是骑着它赶紧回家了。因为这匹马是畜生却有非同寻常的感情，所以用非常优厚的草料饲养它。马不肯吃草料，它每次看见女儿进出，总是高兴或者发怒地奋力跳跃。这样不只一次。父亲觉得奇怪，私下里询问女儿，女儿把开玩笑的事情全部告诉父亲，一定是这个缘故。父亲说："不要说出去，恐怕会辱及家庭的名声。你暂且不要进出。"于是设置暗箭射杀了这匹马，把马皮晒在院子里。父亲外出时，女儿和邻家女在晒马皮的地方玩，她用脚踢着马皮说："你是畜生，还想娶人做妻子吗！招致屠杀剥皮之祸，为何要自讨苦吃？"话还没有说完，马皮突然飞起，卷起女儿飞走了。邻家女慌乱害怕，不敢上前救她，跑去告诉她的父亲。父亲回来到处寻找，已经飞出去失踪了。后来过了几天，在一棵大树枝上找到了，女儿和马皮，都变成了蚕，在树上吐丝做茧。那茧丝纹又厚又大，和普通蚕茧不同。邻居妇女取来饲养，收到了好几倍的蚕茧。于是把那棵树取名叫桑。桑，就是丧失的意思。从此百姓争着种这种树，就是现在用来养蚕的树。现在被称为桑蚕的，是古蚕遗留下来的种类。根据《天官》，辰宿是马星。《蚕书》说："月亮运行至大火星时，就清洗蚕子。"因为蚕和马气质相同。《周礼》马质职掌"禁止饲养二次孵化的蚕"注说："事物没有能两个同时增大的，禁止饲养二次孵化的蚕，是因为它会损伤马。"汉代的礼制，皇后亲自采桑祭祀蚕神时说"菀窳妇人，寓氏公主"。公主，是对那个女儿的尊称。菀窳妇人，是最先教民养蚕的人。所以现在有人说蚕是女儿，这是古代流传下来的说法。

嫦娥奔月

羿请无死之药于西王母①，嫦娥窃之以奔月。将往，枚筮之于有黄②。有黄占之曰："吉。翩翩归妹，独将西行。逢天晦芒，毋恐毋惊，后且大昌。"嫦娥遂托身于月，是为蟾蜍③。

【注释】

①羿（yì）：古代神话传说中善射的人，相传尧时十日作怪，羿射九日。嫦娥是他的妻子，又称姮娥。西王母：古代神话中的女仙人，被认为是长生不老的象征。

②枚筮（shì）：古代一种不告何事而占卜吉凶的方法。有黄：人名。

③蟾蜍（chú）：即蟾蜍。古人因为这个传说，也用蟾蜍指代月亮。

【译文】

羿向西王母求得不死药，嫦娥偷吃了药飞往月宫。她动身之前，找有黄占卜。有黄给她占卜说："吉利。行动轻快的归妹，独自将往西行。遇上天色昏暗，不要惊慌害怕，以后将非常昌盛。"嫦娥于是托身于月宫，这就是月宫里的蟾蜍。

羽衣女

豫章新喻县男子，见田中有六七女，皆衣毛衣，不知是鸟。匍匐往，得其一女所解毛衣，取藏之。即往就诸鸟。诸鸟各飞去，一鸟独不得去。男子取以为妇，生三女。其母后使女问父，知衣在积稻下，得之，衣而飞去。后复以迎三女，女亦得飞去。

【译文】

豫章郡新喻县有一个男子，看见田里有六七个女孩，都穿着羽毛的衣服，不知道她们是鸟。他伏在地上悄悄爬过去，拿到了其中一个女子脱下来的羽毛衣服，藏了起来，然后去接近那些鸟。那些鸟各自飞走了，只有一只鸟不能飞走。男子就娶她为妻，生下了三个女儿。她们的母亲后来派女儿去问父亲，知道羽衣藏在稻谷堆下，找到后，穿上衣服飞走了。后来她又来接三个女儿，女儿也跟着飞走了。

黄母化鼋

汉灵帝时，江夏黄氏之母浴盘水中①，久而不起，变为鼋矣。婢惊走告。比家人来，鼋转入深渊。其后时时出见。初浴，簪一银钗，犹在其首。

于是黄氏累世不敢食鼋肉。

【注释】
①盘水：水名。在湖北房县南，神农架林区。

【译文】
　　汉灵帝时，江夏郡一户黄姓人家的母亲到盘水中洗澡，洗了很久没有起身，变成了一只鼋。她的婢女惊慌地跑回去报告。等家里人赶来，这只鼋已经转入了深潭。那以后还经常出现。在当初洗澡时黄母插戴着一只银钗，还在鼋的头上。从此以后黄家的人世代都不敢吃鼋肉。

宋母化鳖

　　魏黄初中，清河宋士宗母，夏天于浴室里浴，遣家中大小悉出，独在室中。良久，家人不解其意，于壁穿中窥之。不见人体，见盆水中有一大鳖。遂开户，大小悉入，了不与人相承。尝先着银钗，犹在头上。相与守之啼泣，无可奈何。意欲求去，永不可留。视之积日，转懒。自捉出户外①。其去甚驶，逐之不及，遂便入水。后数日，忽还，巡行宅舍如平生，了无所言而去。时人谓士宗应行丧治服，士宗以母形虽变，而生理尚存，竟不治丧。此与江夏黄母相似。

【注释】
①捉：同"促"，迫近。

【译文】

魏黄初年间，清河人宋士宗的母亲，夏天在浴室里洗澡，把家里大大小小的人都打发出去，独自一个人呆在屋里。过了很多，家人不明白她的意思，从墙壁的洞穴中偷看。看不见人的身体，只看见澡盆的水里有一只大鳖。于是打开门，一家大小都进去了，那鳖与人完全不能沟通。宋母先前插戴的银钗，还在鳖头上。一家人守着鳖哭泣，却没有什么办法。鳖想离去，永不留下。家人看守了多天，注意力渐渐松懈下来。鳖自己突然跑出门外。它离去的速度很快，追赶不及就跑进河里去了。几天之后，宋母突然回来了，像平常一样在住宅四周巡行，然后一句话没说就走了。当时有人说宋士宗应该给母亲办丧事穿丧服，宋士宗认为母亲的形貌虽然发生了改变，但生命仍然存在，最终没有办理丧事。这事和江夏郡黄母的事相类。

老翁作怪

汉献帝建安中，东郡民家有怪。无故，瓮器自发訇訇作声，若有人击。盘案在前①，忽然便失。鸡生子，辄失去。如是数岁，人甚恶之。乃多作美食，覆盖，著一室中，阴藏户间窥伺之。果复重来，发声如前。闻，便闭户，周旋室中，了无所见。乃暗以杖挝之②。良久，于室隅间有所中，便闻呻吟之声，曰："哊③！哊！宜死。"开户视之，得一老翁，可百余岁，言语了不相当，貌状颇类于兽。遂行推问，乃于数里外得其家，云："失来十余年。"得之哀喜。后岁余，复失之。闻陈留界复有怪如此，时人咸以为此翁。

【译文】

汉献帝建安年间，东郡一户人家发生怪事。无缘无故，坛子罐子就自己打开盖，发出"訇訇"的声音，好像有人敲击。盘案放在面前，忽然就不见了。鸡下了蛋，总是丢失。像这样好几年，家里人非常厌恶。于是做了许多好吃的，用东西盖起来，放在一间屋子里，悄悄地藏在门后偷看。果然又来了，发出声音像先前一样。听到声音，就关起门来，在屋里转来转去，什么也没有看见。于是在昏暗中用棍子敲打。过了很久，在屋子角落中有东西被击中，就听到呻吟的声音："唷！唷！该死。"打开门看，抓到一个老头子，大约一百多岁，言语完全不能相通，面貌很像野兽。于是进行讯问，才在几里外找到他的家，说："走失已经十多年了。"见到他又悲又喜。后来过了一年多，又找不到他了。听说陈留郡境内又出现了一个这样的怪物，当时人都认为就是这个老头子。

卷十五

　　人类大概自从知道了生死，就有了长生不老的愿望。但是，除了那些传说中的神仙之外，无论是帝王将相还是平头百姓，都难逃死亡的结局。于是，在追求长生不老的同时，人类又有了死而复生的企盼。本卷故事中的主人公，便是那些得以跨越生死界限，能够死而复生的传奇人物。见于本卷的王道平不仅以其深情唤出了"乖隔幽途"的父喻的神灵，还因"精诚贯于天地"而使其得以再生。自古有言"生死异路"，如何才能让死者复生？"精诚之至，感于天地"，人与人之间至诚的感情成为唤醒死者的有效方式。从这两个故事中，我们能够看到古人对情的认识与态度。另外，贾文合、李娥、贺瑀、柳荣等人复活后对其死后经历的口述，以及史姁、戴洋复活后所具有的神通，则展示了人们对另一个世界的遐想。而从同时收入本卷的"广陵大冢"的记载中，我们能够较为清晰地了解古代诸侯之家的墓葬习俗。

王道平妻

秦始皇时，有王道平，长安人也。少时，与同村人唐叔偕女，小名父喻，容色俱美，誓为夫妇。寻王道平被差征伐，落堕南国，九年不归。父母见女长成，即聘与刘祥为妻。女与道平，言誓甚重，不肯改事。父母逼迫，不免出嫁刘祥。经三年，忽忽不乐，常思道平，忿怨之深，悒悒而死。死经三年，平还家，乃诘邻人："此女安在？"邻人云："此女意在于君，被父母凌逼，嫁与刘祥，今已死矣。"平问："墓在何处？"邻人引往墓所，平悲号哽咽，三呼女名，绕墓悲苦，不能自止。平乃祝曰："我与汝立誓天地，保其终身。岂料官有牵缠，致令乖隔，使汝父母与刘祥。既不契于初心，生死永诀。然汝有灵圣，使我见汝生平之面。若无神灵，从兹而别。"言讫，又复哀泣。逡巡，其女魂自墓出，问平："何处而来？良久契阔①。与君誓为夫妇，以结终身。父母强逼，乃出聘刘祥。已经三年，日夕忆君，结恨致死，乖隔幽途。然念君宿念不忘，再求相慰，妾身未损，可以再生，还为夫妇。且速开冢破棺，出我即活。"平审言，乃启墓门，扪看其女，果活。乃结束随平还家。其夫刘祥闻之，惊怪，申诉于州县。检律断之，无条，乃录状奏王。王断归道平为妻。寿一百三十岁。实谓精诚贯于天地，而获感应如此。

【注释】

①契阔：久别。

【译文】

　　秦始皇时，有个王道平，是长安人。他年少的时候，和同村人唐叔偕的女儿，一个小名叫父喻、容貌姿色都很美的女孩发誓结为夫妇。不久王道平被征召去打仗，流落南方，九年没有回来。父喻的父母见女儿长大成人，就把她许配给刘祥做妻子。女儿和王道平立下的誓言很重，不肯改嫁他人。父母逼迫，不能逃避出嫁给了刘祥。过了三年，她失意不乐，经常思念王道平，心里积怨很深，忧郁而死。她死后三年，王道平回家来，就去问邻居："这个姑娘哪里去了？"邻居说："这个姑娘心意在你，被父母逼迫，嫁给了刘祥，现在已经死了。"王道平问："她的墓在哪里？"邻人领着他到墓地，王道平悲伤哭泣，再三喊着父喻的名字，绕着坟墓悲哀痛苦，不能自控。王道平祝祷说："我和你对天地发誓，终身相守。哪里想到官事牵缠，致使我们长久分离，让你的父母把你嫁给了刘祥。已经不能实现当初的心愿，生死永别。如果你有神灵，就让我见一见你生前的面容。如果没有神灵，从此就永别了。"说完，又再次痛哭。转瞬之间，父喻的魂灵从墓中出来，问王道平："你从哪里来？我们分别很久了。我和你发誓结为夫妇，了此一生。父母强迫，才出嫁给刘祥。已经过了三年，日夜想念你，怨恨郁结而死，隔绝在阴间。不过感念你不忘旧情，一再要求相互安慰，我的身体还没有损坏，可以复活，还和你做夫妇。要赶快挖开坟墓，打开棺材，取出我来就活了。"王道平仔细想了想她的话，于是打开墓门，抚摸察看父喻，果然活了。于是她整理装束跟着王道平回了家。她的丈夫刘祥听说后，很吃惊，向州县申诉。州县府衙查检法律来断案，没有相关条文，于是记录案情上奏给国王。国王判决父喻做王道平的妻子。他们活了一百三十岁。这实在是精诚贯通天地，才能得到这样的感应啊。

贾偶

汉献帝建安中，南阳贾偶，字文合，得病而亡。时有吏将诣太山司命①，阅簿，谓吏曰："当召某郡文合，何以召此人？可速遣之。"时日暮，遂至郭外树下宿，见一年少女独行。合问曰："子类衣冠②，何乃徒步？姓字为谁？"女曰："某，三河人，父见为弋阳令。昨被召来，今却得还。遇日暮，惧获瓜田李下之讥，望君之容，必是贤者，是以停留，依凭左右。"文合曰："悦子之心，愿交欢于今夕。"女曰："闻之诸姑，女子以贞专为德，洁白为称。"文合反复与言，终无动志。天明，各去。文合卒已再宿，停丧将殓，视其面，有色，扪心下，稍温。少顷，却苏。后文合欲验其实，遂至弋阳，修刺谒令③，因问曰："君女宁卒而却苏耶？"具说女子姿质服色、言语相反复本末。令入问女，所言皆同。乃大惊叹，竟以此女配文合焉。

【注释】

①太山司命：泰山府君属下掌管人间生死的官吏。

②衣冠：代指缙绅、士大夫。

③修刺：置备名帖，作通报姓名之用。

【译文】

汉献帝建安年间，南阳人贾偶，字文合，得病死了。当时有个鬼吏带他到泰山司命那里，司命查看生死簿后，对鬼吏说："应该召另一郡的文合，为什么召这个人呢？赶快打发他回去。"这时天已经黑了，贾文合于是到城外树下住宿，看见一个年轻女子独自赶路。贾文合问道："你像是官宦人家的姑娘，为什么步行呢？你姓什么叫什么？"女子说："我是三河人，父亲现在是弋阳县令。昨天被召来，今天却被放回去。赶上天黑，担心招致瓜田李下的嫌疑。看你的样子，一定是个贤士，因此停下来，依靠在你旁边。"文合说："我喜欢你的心意，希望今晚就结为夫妻。"女子说："听姑姑们说过，女子把纯贞专一当成美德，把洁身自爱视为美名。"贾文合反复和她说话，她的心志始终没有动摇。天亮后，各自离去。贾文合死亡已经两天了，停丧将要殓尸，看他的脸，有血色，摸他的心窝，有一点温热。过了一会儿，就苏醒了。后来贾文合想验证这件事，于是到弋阳，写下名帖拜见县令，于是问他说："您家的女儿果真是死了又再苏醒的吗？"他详细叙说了所见女子的姿态模样衣服颜色，以及谈话的前前后后。县令进去询问女儿，女儿说的和贾文合说的完全相同。县令于是非常惊叹，最后把女儿许配给了贾文合。

李娥

汉建安四年二月，武陵充县妇人李娥①，年六十岁，病卒，埋于城外，已十四日。娥比舍有蔡仲，闻娥富，谓殡当有金宝，乃盗发冢求金。以斧剖棺，斧数下，娥于棺中言曰："蔡仲，汝护我头。"仲惊，遽便出走，会为县吏所见，遂收治。依法当弃市②。娥儿闻母活，来迎出，将娥回去。武陵太守闻娥死复生，召见，问事状。娥对曰："闻谬为司命所召，到时，得遣出，过西门外，适见外兄刘伯文，惊相劳问，涕泣悲哀。娥语曰：'伯文！我一日误为所召，今得遣归，既不知道，不能独行，为我得一伴否？又我见召在此，已十余日，形体又为家人所葬埋，归，当那得自出？'伯文曰：'当为问之。'即遣门卒与户曹相问：'司命一日误召武陵女子李娥，今得遣还，娥在此积日，尸丧又当殡殓，当作何等得出？又女弱，独行，岂当有伴耶？是吾外妹，幸为便安之。'答曰：'今武陵西界，有男子李黑，亦得遣还，便可为伴。兼敕黑过娥比舍蔡仲，发出娥也。'于是娥遂得出。与伯文别，伯文曰：'书一封，以与儿佗。'娥遂与黑俱归。事状如此。"太守闻之，慨然叹曰："天下事真不可知也。"乃表，以为："蔡仲虽发冢，为鬼神所使；虽欲无发，势不得已，宜加宽宥。"诏书报可。太守欲验语虚实，即遣马吏于西界，推问李黑，得之，与黑语协。乃致伯文书与佗，佗识其纸，乃是父亡时送箱中文书也③。表文字犹在也，而书不可晓。乃请费长房读之④，曰："告佗：我当从府君出案行部，当以八月八日日中时，武陵城南沟水畔顿。汝是时必往。"到期，悉将大小于城南待之，须臾果至。但闻人马隐隐之声，诣沟水，便闻有呼声曰："佗来！汝得我所寄李娥书不耶？"曰："即得之，故来至此。"伯文以次呼家中大小问之，悲伤断绝，曰："死生异路，不能数得汝消息，吾亡后，儿孙乃尔许大！"良久，谓佗曰："来春大病，与此一丸药，以涂门户，则辟来年妖疠矣。"言讫，忽去，竟不得见其形。至来春，武陵果大病，白日皆见鬼，唯伯文之家，鬼不敢向。费长房视药丸，曰："此方相脑也⑤。"

【注释】

①充县：古县名。在今湖南桑植。

②弃市：本指受刑罚的人在街头示众，民众共同鄙弃之，后来用"弃市"专指死刑。

③送箱：随从死者送入坟墓陪葬的箱子。

④费长房：东汉方士。相传他学仙未成，但得神符可以驱役百鬼，后失神符，被众鬼所杀。

⑤方相：上古传说中驱除疫鬼和山川精怪的神灵。

【译文】

汉献帝建安四年二月，武陵郡充县妇女李娥，年纪六十岁，病死了，埋在城外，已经十四天了。李娥的邻居有个叫蔡仲的，听说李娥富有，认为会有金银珠宝陪葬，于是偷偷挖开坟墓找金子。他用斧子劈棺材，劈了几下，李娥在棺材中说："蔡仲，你小心我的头。"蔡仲受到惊吓，慌忙跑了出来，恰好被县吏看到，于是拘捕了他。按照法律当处死陈尸示众。李娥的儿子听说母亲活着，来接母亲出坟墓，带她回家。武陵太守听说李娥死而复生，召见她，询问事情的原委。李娥回答说："听说是被司命错召，到那里时得遣放出来。经过西门外，正好碰到表兄刘伯文，惊讶地互相问候，悲哀流泪。我说：'伯文，我一时被错召，现在被遣回家，我既不知道路，又不能独自行走，能给我找一个同伴吗？另外我被召到这里，已经十多天了，身体又被家人埋了，回去后，自己应该从哪里出去？'伯文说：'可以给你问一下。'他立即派门卒去询问户曹：'司命一时误召武陵郡女子李娥，今天得以遣还。李娥在这里好些天了，尸体该被埋葬，当怎样才能从坟墓中出去？另外，女子体弱，独自远行，应该有个同伴吧？她是我的表妹，请行个方便安排她。'户曹回答说：'现在武陵郡西边的一个男子李黑，也当放了回去，可以做伴。同时叫李黑拜访李娥的隔壁邻居蔡仲，让他去挖开坟墓放出李娥。'于是我就出来了。和伯文告别，伯文说：'我写了一封信，捎给我的儿子刘佗。'我就和李黑一起回来了。事情的经过就是这样的。"太守听了，感慨地说："天下的事情真的是难以理解。"于是向朝廷上表，认为："蔡仲虽然挖了坟，但这是受鬼神的差使；即使不想挖，情势也是不得已，应该加以赦免。"皇上诏书说可以。太守想验证李娥话的真假，就派马吏去郡西部询问李黑，得到回答，李娥的话与李黑说的一样。于是把刘伯文的信捎给刘佗，刘佗认识信纸，那是父亲死时陪葬在箱子中的文书。文书上表彰的文字还在，但信却读不懂。于是请费长房来读信，信上说："告诉佗儿：我要随从府君外出巡行办案，会在八月八日正午时，在武陵城南面的水沟边上稍作停留。那个时候你一定要前往。"到了那一天，刘佗带着全家大小在城南等待，一会儿果然来了。只听到人马隐隐约约的声音。来到沟水边，就听到有人喊到："佗儿过来！你收到我托李娥寄的信了吗？"刘佗说："正是收到信，才来到这里的。"刘伯文按次序呼唤家中大人小孩询问他们，都沉浸在悲伤欲绝的气氛中。他说："生死不同路，不能经常得到你们的消息，我死之后，儿孙竟然长这么大了！"过了很久，他对刘佗说："明年春天会有大瘟疫，给你这一丸药，拿来涂在家门上，就能避免明年怪异的瘟疫了。"说完后忽然就离开了，始终没有看见他的身形。到了第二年，武陵郡果然流行瘟疫，白天都看到鬼，只有刘伯文的家，鬼不敢去。费长房看了药丸，说："这是方相的脑髓。"

史姁

汉陈留考城史姁①，字威明，年少时，尝病，临死，谓母曰："我死当复生。埋我，以竹杖柱于瘗上②，若杖折，掘出我。"及死，埋之，柱如其言。七日，往视，杖果折。即掘出之，已活。走至井上，浴，平复如故。后与邻船至下邳卖锄，不时售，云："欲归。"人不信之，曰："何有千里暂得归耶？"答曰："一宿便还。"即书，取报以为验实。一宿便还，果得报。考城令江夏鄳贾和姊病，在乡里，欲急知消息，请往省之。路遥三千，再宿还报。

【注释】

①史姁（xǔ）：人名。

②瘗（yì）：埋。

【译文】

汉朝时陈留考城的史姁，字威明，他年轻的时候，曾经得病，临死时，对他的母亲说："我死了还会复活。埋我后，把竹杖竖在坟头，如果竹杖折断，把我挖出来。"等他死后，埋葬时，照他的话竖了竹杖。第七天去看，竹杖果然折了，立即挖开坟抬出他，已经活了。到井边，洗澡，恢复得和平常一样。后来他和邻居乘船到下邳郡卖锄头，没有如期卖完，他说："想回趟家。"邻人不相信他，说："哪里有千里之外一下子就能回去的呢？"他回答说："一夜就能回来。"邻人就写了封信，要求回信作为验证。一夜就回来了，果然得到了回信。考城县令江夏鄳县人贾和的姐姐病了，在家乡，他急于想知道消息，请史姁前去探望。路远三千里，两夜就回来报告了情况。

贺瑀

会稽贺瑀，字彦琚，曾得疾，不知人，惟心下温，死三日，复苏。云："吏人将上天，见官府，入曲房，房中有层架，其上层有印，中层有剑，使瑀惟意所取。而短不及上层，取剑以出门。吏问：'何得？'云：'得剑。'曰：'恨不得印，可策百神，剑惟得使社公耳。'"疾愈，果有鬼来，称社公。

【译文】

会稽人贺瑀，字彦琚，曾经得病，不省人事，只有心窝是温的，死了三天，又复活了。他说："有鬼吏带他上天，拜见官府，进入一间密室，密室里有一层层的架子，架子的上层有印，中屋有剑，让我随意取一件。我个子矮够不到上层，就取了剑出来。鬼吏问：'得到什么？'我说：'得到一把剑。'鬼吏说：'可惜你没有取到印，那可以驱使百神，剑只能役使社公而已。'"贺瑀的病好了，果然有鬼来，自称社公。

戴洋

戴洋，字国流，吴兴长城人①。年十二，病死，五日而苏。说死时，天使其为酒藏吏②，授符箓，给吏从幡麾，将上蓬莱、昆峇、积石、太室、庐、衡等山③，既而遣归。妙解占候，知吴将亡，托病不仕，还乡里。行至濑乡，经老子祠，皆是洋昔死时所见使处，但不复见昔物耳。因问守藏应凤曰："去二十余年，尝有人乘马东行，经老君祠而不下马，未达桥，坠马死者否？"凤言有之。所问之事，多与洋同。

【注释】

①长城：古县名。县治在今浙江长兴东。

②酒藏吏：古时专门为朝廷掌管酿造、藏酒职事的官吏。

③积石：山名。即阿尼玛卿山。在青海东南部，延伸
　　至甘肃省南部边境，为昆仑山脉中支。太室：山
　　名。即嵩山，在今河南登封北。

【译文】

戴洋字国流，是吴兴郡长城县人。十二岁的时候得病死了，五天后复活。说死了的时候，上天让他做了酒藏吏，授予符节簿箓，派给随从旗帜，行进经过蓬莱山、崑苍山、积石山、太室山、庐山、衡山等处，然后就遣送回来了。戴洋精通占候之术，知道吴国将灭亡，托病不做官，返回家乡。走到濑乡，经过老子祠，都是戴洋从前死去时所出使的地方，只是不能再看见过去的那些东西罢了。于是询问守藏应凤说："距今二十多年前，有没有一个人曾经骑着马往东走，经过老君祠庙时没有下马，还没有走到桥上，就坠下马来摔死呢？"应凤说有这回事。所询问的事情，多数和戴洋经历的相同。

柳荣张悌

吴临海松阳人柳荣，从吴相张悌至扬州。荣病死船中二日，军士已上岸，无有埋之者。忽然大叫，言："人缚军师！人缚军师！"声甚激扬，遂

活。人问之。荣曰："上天北斗门下，卒见人缚张悌，意中大愕，不觉大叫言：'何以缚军师？'门下人怒荣，叱逐使去。荣便怖惧，口余声发扬耳。"其日，悌即死战。荣至晋元帝时犹存。

【译文】

东吴临海郡松阳县人柳荣，跟着吴丞相张悌到扬州。柳荣生病死在船上两天了，兵士们都已经上岸，没有人埋葬他。他忽然大叫，说："有人捆绑军师！有人捆绑军师！"声音非常激烈，于是活了过来。人们询问他怎么回事。柳荣说："我上天走到北斗星门下，后来看见有人捆绑张悌，心里很吃惊，不知不觉就大声喊了起来：'为什么捆绑军师？'门下人对我很生气，怒叱驱逐让我离开。我感到很害怕，嘴里喊出了没说完的话。"那一天，张悌就战死了。柳荣到晋元帝的时候还活着。

颜畿

晋咸宁二年十二月，琅邪颜畿，字世都，得病，就医张瑳使治，死于张家。棺敛已久，家人迎丧，旐每绕树木而不可解①。人咸为之感伤。引丧者忽颠仆，称畿言曰："我寿命未应死，但服药太多，伤我五脏耳。今当复活，慎无葬也。"其父拊而祝之，曰："若尔有命，当复更生，岂非骨肉所愿？今但欲还家，不尔葬也。"旐乃解。及还家，其妇梦之曰："吾当复生，可急开棺。"妇便说之。其夕，母及家人又梦之。即欲开棺，而父不听。其弟含，时尚少，乃慨然曰："非常之事，自古有之；今灵异至此，开棺之痛，孰与不开相负？"父母从之，乃共发棺，果有生验。以手刮棺，指爪尽伤，然气息甚微，存亡不分矣。于是急以绵饮沥口②，能咽，遂与出之。将护累月，饮食稍多，能开目视瞻，屈伸手足，不与人相当，不能言语，饮食所须，托之以梦。如此者十余年，家人疲于供护，不复得操事，含乃弃绝人事，躬亲侍养，以知名州党。后更衰劣，卒复还死焉。

【注释】

① 旐（zhào）：丧事用的一种魂幡。

② 绵饮沥口：应是指以丝绵蘸水往嘴里滴。现在民间仍有以此法给昏迷的病人喂水的。

【译文】

晋武帝咸宁二年十二月，琅邪人颜畿，字世都，生了病，到医生张瑳家请他医治，死在了张家。用棺材装殓已经很久，颜家的人去迎丧，魂幡老是缠在树木上难以解开。人都为他感叹伤悲。引丧的人忽然跌倒在地上，自称是颜畿说："我的寿命不该死，但是吃的药太多，伤害了我的五脏。现在能够复活，小心不要埋葬我。"他的父亲抚摸着他祝祷说："如果你还有寿命，能够再活，难道不是亲人所期望的吗？今天只是想接你回家，不埋葬你。"魂幡这才解开。等回到家中，他的妻子梦见他说："我要复活，应该赶紧打开棺材。"他的妻子就给家人说了。那天晚上，他的母亲和家里人又梦见他这么说。立刻想打开棺材，但他的父亲不同意。他的弟弟颜含当时年纪还小，却慨然说道："不平常的事情，自古就有。如今已经这样灵异，打开棺材和不开棺材，哪一个更让人痛苦呢？"父母听从了他的话，于是一起打开棺材，颜畿果然有活的迹象。他用手刮棺材，连手指都刮破了，只是他的气息十分微弱，是死是活分不清楚。于是家人急忙用丝绵蘸水往他嘴里滴，他能吞咽，于是就把他搬出棺材。护理了几个月，饮食稍微增加了一些，能睁开眼睛看，能屈伸手脚，但不能与人沟通，不能说话，需要的饮食，就托梦告诉家人。像这样过了十多年，家里人为护理他十分疲惫，不能再做这件事情，颜含于是放弃了其他的事情，亲自侍候哥哥，因此在州人中出了名。后来颜畿身体越来越衰弱，终于又死去了。

羊祜

羊祜年五岁时①，令乳母取所弄金镮，乳母曰："汝先无此物。"祜即诣邻人李氏东垣桑树中探得之。主人惊曰："此吾亡儿所失物也，云何持去？"乳母具言之，李氏悲惋。时人异之。

【注释】

①羊祜（hù）：东晋名将。

【译文】

羊祜年纪五岁的时候，让乳母去拿他玩的金镮来。乳母说："你先前没有这件东西。"羊祜马上到邻居李家东墙边的桑树中摸来了金镮。主人吃惊地说："这是我死去的儿子所丢失的东西，你为什么拿去？"乳母一一说来，李家人听了悲哀叹息。当时人都觉得这件事很奇异。

西汉宫人

汉末，关中大乱，有发前汉宫人冢者，宫人犹活，既出，平复如旧。魏郭后爱念之，录置宫内，常在左右。问汉时宫中事，说之了了，皆有次绪。郭后崩，哭泣过哀，遂死。

【译文】

汉代末年，关中地区大乱，有人挖掘了西汉时宫女的坟墓，那宫女还活着。她出了坟墓，恢复得和原先一样。魏文帝的郭皇后喜欢她，收留在宫内，让她留在自己身边。问起西汉时宫中的事情，她说得清清楚楚，都很有头绪。郭皇后死后，她哭泣悲哀过度，就死了。

棺中活妇

魏时太原发冢，破棺，棺中有一生妇人。将出，与语，生人也。送之京师，问其本事，不知也。视其冢上树木，可三十岁。不知此妇人三十岁常生于地中耶？将一朝欻生①，偶与发冢者会也？

【注释】

①欻（xū）：忽然。

【译文】

三国魏时，太原郡挖掘坟墓，打破棺材，棺材中有一个活着的妇女。把她扶出来和她说话，是活人。送她到京城，问她原来的旧事，她不知道。看她坟上的树木，大约有三十年。不知道这个妇人是三十年来一直活在地下呢？还是一时忽然活过来，恰好和挖掘坟墓的人相遇呢？

杜锡婢

晋世杜锡，字世嘏，家葬而婢误不得出。后十余年，开冢祔葬①，而婢尚生。云："其始如瞑目，有顷，渐觉。"问之，自谓："当一再宿耳。"初婢埋时，年十五六，及开冢后，姿质如故。更生十五六年，嫁之，有子。

【注释】

①祔（fù）葬：合葬。也指葬于先祖坟旁。

【译文】

晋世杜锡，字世嘏，家里丧葬时有个婢女误留墓中没有出来。过了十多年后，打开坟墓祔葬时，那个婢女还活着。她说："刚开始的时候就像闭上眼睛睡觉，过了一会儿慢慢醒了。"问她，她自己说："大概一两个晚上的时间而已。"当初那个婢女被埋时，年纪十五六岁，到掘开坟墓时，形貌如故。再过了十五六年，她出嫁生了孩子。

广陵大冢

吴孙休时，戍将于广陵掘诸冢，取版以治城，所坏甚多。复发一大冢，内有重阁，户扇皆枢转可开闭，四周为徼道^①，通车，其高可以乘马。又铸铜人数十，长五尺，皆大冠，朱衣，执剑，侍列灵坐。皆刻铜人背后面壁，言殿中将军，或言侍郎、常侍，似公侯之冢。破其棺，棺中有人，发已班白，衣冠鲜明，面体如生人。棺中云母，厚尺许，以白玉璧三十枚藉尸。兵人辈共举出死人，以倚冢壁。有一玉，长尺许，形似冬瓜，从死人怀中透出，堕地。两耳及孔鼻中，皆有黄金，如枣许大。

【注释】

① 徼（jiào）道：巡逻警戒的道路。

【译文】

三国吴景帝孙休时，戍卫的将士在广陵郡挖了很多坟墓，取棺材板做夹板来修筑守城，损坏的坟墓很多。又挖开一座大坟，里面有层层叠叠的楼阁，门扇都有转轴可以开关，四周是巡逻警戒的道路，可以通马车，墓道的高度足够骑马。还铸有几十个铜人，身长五尺，都头戴大帽，身穿红服，手拿宝剑，侍卫排列在灵座两旁。铜人的背后朝向墙壁处都刻有字，有的是殿中将军，有的是侍郎、常侍，像公侯的坟墓。打开墓中的棺材，棺材里有人，头发已经花白，衣帽的颜色十分鲜亮，面容身体就像活人一样。棺材中的云母，有一尺来厚，用三十枚白玉璧垫在尸体下面。兵士们一起抬出尸体，把他靠在墓壁上。有一块玉，长一尺多，形状像冬瓜，从死人怀里露出来掉在地上。尸体的两只耳朵及鼻孔中，都塞有黄金，像枣子那么大。

栾书冢

汉广川王好发冢。发栾书冢①，其棺柩盟器，悉毁烂无余；唯有一白狐，见人惊走。左右逐之，不得，戟伤其左足。是夕，王梦一丈夫，须眉尽白，来谓王曰："何故伤吾左足？"乃以杖叩王左足。王觉，肿痛，即生疮，至死不差②。

【注释】

①栾书：春秋中期晋国的名将，死后谥为栾武子。

②差（chài）：病愈。

【译文】

汉代广川王喜欢挖掘坟墓。他挖了栾书的坟墓，栾书的棺柩和殉葬器物都完全毁烂了，只有一只白狐，看见人惊慌地逃跑。广川王左右的人追捕，没有抓住，用戟刺伤了它的左脚。这天晚上，广川王梦见一个男子，胡须眉毛全白了，来对广川王说："为什么要打伤我的左脚？"于是他用木杖敲打广川王的左脚。广川王醒来后，左脚肿痛，立刻长了疮，一直到死都没有痊愈。

卷十六

　　在魏晋时代,"无鬼论"思潮曾经十分盛行,有鬼论者与无鬼论者之间也常常展开论争。而干宝自己,也是从无鬼论者最后变成有鬼论者并作此书以"明神道之不诬"的。本卷所收录的,便都是因鬼而起的故事。其中"阮瞻见鬼客"、"黑衣白袷鬼",以鬼现身与人辩论的方式,表明了"有鬼"的立场。人既生而有死,死而成鬼,生死两途的阴阳界限就不能完全隔断人与鬼之间复杂的关系。文中的蒋济亡儿、温序、鹄奔亭女鬼以及那个赵人的鬼魂,都通过托梦或现身的方式来向生人求助;杨度、秦巨伯以及宋定伯遇鬼的故事,表现的是人与鬼之间的矛盾、冲突与斗争;而韩重与紫玉、辛道度与秦女、谈生与睢阳王女、卢充与崔氏女温休之间的人鬼未了情,则以更为传奇的方式,表达了人类沟通阴阳两界的愿望。

三疫鬼

昔颛顼氏有三子，死而为疫鬼：一居江水，为疟鬼；一居若水，为魍魉鬼；一居人宫室，善惊人小儿，为小鬼。于是正岁命方相氏帅肆傩以驱疫鬼①。

【注释】

①正岁：指古历夏历正月。也泛指农历正月。方相氏：官名。夏官司马的属官，由武夫充任，职掌驱除疫鬼和山川精怪。傩（nuó）：古代一种迎神以驱疫鬼的风俗。

【译文】

从前颛顼氏有三个儿子，死后变成了疫鬼：一个居住在长江里，是疟鬼；一个居住在若水里，是魍魉鬼；一个居住在人家的房子里，喜欢惊吓人家的小孩，是小鬼。于是在正月命令方相氏率人举行傩礼来驱逐疫鬼。

挽歌

挽歌者，丧家之乐，执绋者相和之声也①。挽歌辞有《薤露》、《蒿里》二章②，汉田横门人作③。横自杀，门人伤之，悲歌言：人如薤上露，易晞灭④；亦谓人死，精魂归于蒿里⑤。故有二章。

【注释】

①绋（fú）：通"綍"，下葬时，引棺柩入穴的绳索。

②《薤（xiè）露》、《蒿里》：汉代挽歌名，最早应为同一首歌谣，分"薤露"、"蒿里"二章，至汉武帝时，协律督尉李延年改二章为二曲，以《薤露》送王公贵人，《蒿里》送士大夫庶人。薤，一种多年生草木植物。

③田横：战国末年齐国贵族，在陈胜、吴广起义时，随其兄田儋起兵反秦，重建齐国。汉高祖统一天下后，田横不愿称臣于汉，在被汉高祖召往洛阳途中自杀。

④晞（xī）：干。

⑤蒿里：本为山名，相传在泰山之南，为死者葬所。因以泛指墓地、阴间。

【译文】

挽歌，是居丧人家的哀乐，是拉引棺绳的人相互应和的声音。挽歌的歌辞有《薤露》、《蒿里》两章，是汉代田横的门人所作。田横自杀而死，门人感到哀伤，悲痛地歌唱说：人就像薤叶上的露水，容易干燥消失；又说人死之后，精魂要回归阴间。所以有这二章。

阮瞻见鬼客

阮瞻，字千里，素执无鬼论，物莫能难。每自谓，此理足以辨正幽明。忽有客通名诣瞻，寒温毕①，聊谈名理。客甚有才辨，瞻与之言良久，及鬼神之事，反复甚苦。客遂屈，乃作色曰："鬼神，古今圣贤所共传，君何得独言无？即仆便是鬼②。"

于是变为异形，须臾消灭。瞻默然，意色太恶。岁余，病卒。

　　阮瞻字千里，向来主张无鬼论，没有谁能反驳他。他总是自认为这套道理足以辨明生死之事。忽然有一位客人通报名姓来拜访他，寒暄之后，谈论起了名理之学。来客很有辩才，阮瞻和他说了很久，说到了鬼神的事情，反复辩论非常激烈。客人终于理屈，于是变了脸色说到："鬼神是古今圣贤共同传信的，你为什么偏偏说没有？而我就是鬼。"于是客人变成了奇怪的形状，一会儿就消失了。阮瞻没有说话，神色非常难看。过了一年多，他就病死了。

黑衣白袷鬼

　　吴兴施续为寻阳督，能言论。有门生亦有理意，常秉无鬼论。忽有一黑衣白袷客来①，与共语，遂及鬼神。移日，客辞屈，乃曰："君辞巧，理不足。仆即是鬼，何以云无？"问："鬼何以来？"答曰："受使来取君。期尽明日食时。"门生请乞，酸苦。鬼问："有人似君者否？"门生云："施续帐下都督，与仆相似。"便与俱往，与都督对坐。鬼手中出一铁凿，可尺余，安着都督头，便举椎打之。

都督云：“头觉微痛。”向来转剧，食顷便亡。

【注释】

①袷（jiá）：古时交叠于胸前的衣领。

【译文】

吴兴郡施续任寻阳督军，善于言说议论。他有个门生也有一些见解，向来主张无鬼论。忽然有一个黑衣白领的客人来，和他一起谈论，就谈到了鬼神。辩论了很久，来客理屈词穷，于是说：“你的言辞巧辩，但道理不足，我就是鬼，为什么说没有鬼呢？”这个门生问道：“鬼为什么要来这里？”鬼回答说：“受派遣来取你的性命。死期是明天吃饭的时候。”门生请求活命，十分凄苦。鬼问：“这里有没有长得像你的人呢？”门生说：“施续帐下都督，和我长得相似。”于是鬼和这个门生一起前往，和都督相对而坐。鬼手中拿出一把铁凿，大约一尺长，放在都督头上，就举起椎敲打。都督说：“头觉得有点痛。”后来越来越厉害，吃饭的时候就死了。

蒋济亡儿

蒋济，字子通，楚国平阿人也①，仕魏，为领军将军②。其妇梦见亡儿涕泣曰：“死生异路。我生时为卿相子孙，今在地下为泰山伍伯③，憔悴困苦，不可复言。今太庙西讴士孙阿见召为泰山令④，愿母为白侯⑤，属阿令转我得乐处。”言讫，母忽然惊寤。明日以白济。济曰：“梦为虚耳，不足怪也。”

日暮，复梦曰："我来迎新君，止在庙下。未发之顷，暂得来归。新君明日日中当发。临发多事，不复得归。永辞于此。侯气强难感悟，故自诉于母，愿重启侯：何惜不一试验之？"遂道阿之形状言甚备悉。天明，母重启济："虽云梦不足怪，此何太适适⑥？亦何惜不一验之？"济乃遣人诣太庙下推问孙阿，果得之，形状证验，悉如儿言。济涕泣曰："几负吾儿。"于是乃见孙阿，具语其事。阿不惧当死，而喜得为泰山令，惟恐济言不信也，曰："若如节下言⑦，阿之愿也。不知贤子欲得何职？"济曰："随地下乐者与之。"阿曰："辄当奉教。"乃厚赏之。言讫，遣还。济欲速知其验，从领军门至庙下，十步安一人以传消息。辰时，传阿心痛；巳时，传阿剧；日中，传阿亡。济曰："虽哀吾儿之不幸，且喜亡者有知。"后月余，儿复来，语母曰："已得转为录事矣⑧。"

【注释】

①楚国：三国时曹操儿子曹彪的封国。平阿：古县名。在今安徽怀远西南。

②领军将军：官名。东汉末曹操为丞相时设领军，为相府属官，后更名中领军，至魏晋时改称领军将军，统率禁军。

③伍伯：役卒。多为舆卫前导或执杖行刑。

④太庙：帝王的祖庙。讴士：唱赞的人。

⑤侯：指他的父亲蒋济，蒋济当时为昌陵亭侯。

⑥谪谪（dí）：明白，清楚。谪，通"的"。

⑦节下：对将领的敬称。古代授节予将帅以加重职权，故敬称将领为节下。后对使臣或地方疆吏亦称节下。

⑧录事：掌管文书的职官。

【译文】

蒋济字子通，是楚国平阿县人，在魏国做官，任领军将军。他的妻子梦见死去的儿子哭着说："生死不同路。我活着的时候是卿相的子孙，如今在地下是泰山府君的役卒，生活困苦，不能再说。现在太庙西边那个唱赞颂的孙阿被召为泰山令，希望母亲替我禀告父亲，让他嘱咐孙阿把我调到舒服的地方。"话说完，他母亲忽然惊醒。第二天把这件事告诉蒋济。蒋济说："梦是虚假的，不值得奇怪。"到了晚上，她又梦见儿子说："我来迎接新府君，在太庙下停留。尚未出发的时候，暂时得以回家。新府君明天中午出发。出发的时候事情很多，就不能再回来了。在此与母亲永诀。父亲气太强盛难以感应使之明白，希望母亲再次禀告父亲，为什么不顾惜我试验一下呢？"于是详细描述了孙阿的模样。天亮后，母亲再次告诉蒋济："虽然说梦不值得奇怪，这个梦为什么这么清楚明白呢？又为什么不顾惜儿子去试一试呢？"蒋济于是派人到太庙查找孙阿，果然找到了，他的形状特征，和儿子说的一模一样。蒋济流着眼泪说："差点辜负了我儿子的托付。"于是就召见孙阿，把这件事一一告诉他。孙阿不怕死，反而很高兴能够做泰山令，只担心蒋济的话不可信，他说："如果真的像您说的那样，正是我所希望的。不知您的儿子想担任什么职务？"
蒋济说："按照阴间快乐的事情给他做。"孙阿说："立刻就
会按您的意思办。"蒋济于是给了孙阿丰厚的赏赐。事情
说完后，打发他回去。蒋济想尽快知道这件事的验证，从
领军门到太庙下，每十步远就设置一人来传递消息。上午
辰时，传来消息说孙阿心口痛。到巳时，传来消息说孙阿
痛得厉害。到了正午，传来消息说孙阿死了。蒋济说："虽
然悲伤我儿子不幸死去，又高兴他死后的事情我们能够知
道。"后来过了一个多月，儿子又回来，对母亲说："我已
经被调任录事了。"

孤竹君棺

汉令支县有孤竹城①，古孤竹君之国也。灵帝
光和元年，辽西人见辽水中有浮棺，欲斫破之，棺
中人语曰："我是伯夷之弟，孤竹君也。海水坏我
棺椁②，是以漂流。汝斫我何为？"人惧，不敢斫。
因为立庙祠祀。吏民有欲发视者，皆无病而死。

【注释】
①令支：古县名。又作"离支"。故城在河北迁安西。
②棺椁（guǒ）：套于棺材外的大棺。
【译文】
汉代令支县有座孤竹城，是古代孤竹君的国都。东汉
灵帝光和元年，辽西人看见辽水中有一漂浮的棺材，想砍
破它，棺材中的人说："我是伯夷的弟弟，孤竹国的国君。

海水冲坏了我的外棺，所以随水漂流。你砍我做什么？"人们感到恐惧，不敢砍了。于是为它建立祠庙来祭祀。官吏百姓有想打开棺材来看的人，都会无病而死。

温序死节

温序字公次，太原祁人也。任护军校尉，行部至陇西，为隗嚣将所劫①，欲生降之。序大怒，以节挝杀人。贼趋，欲杀序，苟宇止之曰②："义士欲死节。"赐剑，令自裁。序受剑，衔须着口中，叹曰："无令须污土。"遂伏剑死。世祖怜之，送葬到洛阳城旁，为筑冢。长子寿，为印平侯，梦序告之曰："久客思乡。"寿即弃官，上书乞骸骨归葬。帝许之。

【注释】

①隗嚣：西汉末天水人，王莽篡汉时，在众人响应刘玄更始政权，兴汉灭莽时，隗嚣乘机起兵，被拥立为上将军，割据一方。光武帝建武九年（33），隗嚣病故，陇右隗氏归降汉廷。

②苟宇：隗嚣的部将。

【译文】

温序字公次，太原郡祁县人。担任护军校尉，巡行部属到陇西，被隗嚣的部将劫持，想要活捉他。温序大怒，用符节打死敌人。贼人追上来想杀温序，苟宇制止他们说："义士要守节操而死。"赐给温序宝剑，让他自杀。温序接过剑，把胡须咬在口中，叹息说："不要让胡须沾上泥土。"于是伏剑而死。世祖皇帝怜惜他，把他送到洛阳城边埋葬，为他修筑了坟墓。温序的长子温寿，被封为印平侯，他梦见父亲温序给他说："长久客居思念家乡。"温寿就辞官，上书乞请把父亲的骸骨送回家乡安葬。皇帝答应了他。

文颖移棺

汉南阳文颖，字叔良，建安中为甘陵府丞①，过界止宿。夜三鼓时，梦见一人跪前曰："昔我先人，葬我于此，水来淹墓，棺木溺，渍水处半，然无以自温。闻君在此，故来相依，欲屈明日暂住须臾，幸为相迁高燥处。"鬼披衣示颖，而皆沾湿。颖心怆然，即寤。语诸左右，曰："梦为虚耳，亦何足怪？"颖乃还眠。向晨复梦见，谓颖曰："我以穷苦告君，奈何不相愍悼乎？"颖梦中问曰："子为谁？"对曰："吾本赵人，今属汪芒氏之神②。"颖曰："子棺今何所在？"对曰："近在君帐北十数步水侧枯杨树下，即是吾也。天将明，不复得见，君必念之。"颖答曰："喏！"忽然便寤。天明，可发。颖曰："虽曰梦不足怪，此何太适。"左右曰："亦何惜须臾，不验之耶？"颖即起，率十数人将导顺水上，果得一枯杨，曰："是矣。"掘其下，未几，果得棺。棺甚朽坏，半没水中。颖谓左右曰："向闻于人，谓之虚矣；世俗所传，不可无验。"为移其棺，葬之而去。

【注释】

①甘陵：故城在今山东清河清平镇南。府丞：太守的
　属官。

②汪芒：古国名。故地在今浙江德清武康镇。

【译文】

东汉南阳人文颖，字叔良，汉献帝建安年间任甘陵郡府丞，他过了甘陵境界，晚上留下来住宿。半夜三更时分，梦见一个人跪在面前说："从前我的父亲把我埋葬在这里，水流来得急促冲刷坟墓，棺材被淹没，一半浸泡在水里，然而我没有办法让自己温暖。听说您在这里，因此来依托您。想委屈您明天停留一会儿，请把我迁移到地势高干燥的地方。"这个鬼披开衣服给文颖看，衣服都沾湿了。文颖心里很悲伤，就醒过来。给左右的人说了，左右的人说："梦是虚幻的，又有什么值得奇怪的呢？"文颖于是回去睡觉。快到早晨时又梦见那个鬼，他对文颖说："我把自己的困苦告诉您，您怎么不哀怜我呢？"文颖在梦中问他说："你是谁？"鬼回答说："我本来是赵国人，现在属于汪芒氏的神祇。"文颖说："你的棺材现在哪里？"他回答说："近在您营帐北面十多步，水边枯杨树下面，那就是我。天快要亮了，不能再见到您，您一定要想着我。"文颖回答说："好！"忽然就醒了。天亮了，可以出发了。文颖说："虽然说梦不足为怪，这也太清楚了。"左右侍卫说："又何必舍不得花一点时间，不就可以验证了吗？"文颖马上起身，领着十多人顺水而上，果然找到一棵枯杨树，文颖说："是这里了。"挖掘树下，没多久，果然挖出一副棺材。棺材很

朽烂，一半淹在水中。文颖对左右侍卫说："以前听人说，认为是虚假的；世俗所传说的事情，不能不加以验证。"给那棺材移了地方，埋葬之后就离开了。

鹄奔亭女鬼

汉九江何敞为交趾刺史①，行部到苍梧郡高要县②，暮宿鹄奔亭。夜犹未半，有一女从楼下出，呼曰："妾姓苏，名娥，字始珠，本居广信县③，修里人。早失父母，又无兄弟，嫁与同县施氏，薄命夫死，有杂缯帛百二十疋④，及婢一人，名致富。妾孤穷羸弱，不能自振，欲之傍县卖缯。从同县男子王伯赁牛车一乘，直钱万二千，载妾并缯，令致富执辔，乃以前年四月十日到此亭外。于时日已向暮，行人断绝，不敢复进，因即留止。致富暴得腹痛，妾之亭长舍乞浆，取火。亭长龚寿，操戈持戟，来至车旁，问妾曰：'夫人从何所来？车上所载何物？丈夫安在？何故独行？'妾应曰：'何劳问之？'寿因持妾臂曰：'少年爱有色，冀可乐也。'妾惧怖不从，寿即持刀刺胁下，一创立死。又刺致富，亦死。寿掘楼下，合埋妾在下，婢在上。取财物去，杀牛，烧车，车釭及牛骨⑤，贮亭东空井中。妾既冤死，痛感皇天，无所告诉，故来自归于明使君。"敞曰："今欲发出汝尸，以何为验？"女曰："妾上下着白衣，青丝履，犹未朽也。愿访乡里，以骸骨归死夫。"掘之，果然。敞乃驰还，遣吏捕捉，拷问，具服。下广信县验问，与娥语合。寿父母兄弟，悉捕系狱。敞表寿："常律杀人不至族诛，然寿为恶首，隐密数年，王法自所不免。令鬼神诉者，千载无一。请皆斩之，以明鬼神，以助阴诛⑥。"上报听之。

【注释】

①交趾：原为古地区名，泛指五岭以南。汉武帝时为所置十三刺史部之一，辖境相当今广东、广西大部和越南的北部、中部。东汉末改为交州。越南于十世纪独立建国后，宋亦称其国为交趾。

②高要：古县名。即今广东肇庆。

③广信县：苍梧郡治所，今广西梧州。

④缯（zēng）：古代丝织品的总称。

⑤釭（gāng）：车轮的车毂内外口的铁圈，用以穿轴。

⑥阴诛：冥冥之中受到诛罚。

【译文】

汉代九江郡的何敞任交趾刺史，巡行部属到苍梧郡高要县，晚上住在鹄奔亭。还没到半夜，有一个女子从楼下走出来，呼喊着说："我姓苏，名娥，字始珠，原来居住在广信县，是修里人。早年丧失父母，又没有兄弟，嫁给同县施家，命不好丈夫死了，留下各种丝帛一百二十匹，还有一个婢女，名叫致富。我孤苦穷困，身体瘦弱，不能独自谋生，想到邻县去卖丝帛，从同县男子王伯那里租了一辆牛车，租金一万二千文，载上我和丝帛，让致富赶车，就在前年四月十日到这个亭外。那时天色已晚，路上没有行人，不敢再往前走，于是就在这里留宿。致富突然腹疼，我到亭长家去讨点汤水和火种。亭长龚寿拿着戈戟，来到车旁，问我说：'夫人从哪里来？车上装着什么？你丈夫在哪里？为什么独自出门？'我回答说：'为什么要问这些？'龚寿于是抓住我的胳膊说：'年轻人喜欢漂亮的女人，是希望得到快乐。'我感到害怕没有依从，龚寿就操刀刺我的胁下，一刀就刺死了我。他又刺致富，也把她刺死了。龚寿在楼下挖坑，把我们埋了，我埋在下面，婢女埋在上面。他拿去了财物，杀了牛，烧了车，车钉和牛骨藏在亭东边的空井里。我含冤而死，痛苦感动皇天，没有地方申诉，所以自己来投奔贤明的使君。"何敞说："我现在要是挖你的尸体，拿什么来验证呢？"女子说："我上下穿的是白衣，青丝鞋，还没有腐烂。希望您寻访我的家乡，把我的骸骨和丈夫葬在一起。"挖掘楼下，果然是那样。何敞于是赶回府衙，派吏卒抓捕罪犯，拷问，都一一服罪。发文书到广信县验证，和苏娥说的相合。龚寿的父母兄弟，全部被逮捕入狱。何敞上报龚寿一案的表文说："通常法律规定杀人不至于灭族，可是龚寿是犯罪首恶，隐藏多年，王法自然不能容忍。让鬼神申诉，这是千载难有的事情。请求斩首其全家，以显示鬼神的灵验，以助成冥冥之中的诛罚。"朝廷答复同意何敞的意见。

杨度遇鬼

吴赤乌三年，句章民杨度[①]，至余姚。夜行，有一年少，持琵琶，求寄载。度受之。鼓琵琶数十曲，曲毕，乃吐舌，擘目，以怖度而去。复行二十里许，又见一老父，自云姓王名戒。因复载之。谓曰："鬼工鼓琵琶，甚哀。"戒曰："我亦能鼓。"即是向鬼。复擘眼吐舌，度怖几死。

【注释】

①句（gōu）章：古县名。县治在今浙江余姚东南。

【译文】

吴大帝孙权赤乌三年，句章县百姓杨度到余姚去。晚上赶路，有一个年轻人，拿着琵琶，请求搭车。杨度答应了他。年轻人弹琵琶弹了几十支曲子，曲子弹完，就吐出舌头，裂开眼睛，吓唬杨度，然后离去。又走了二十多里，又看见一个老头，自称姓王名戒。于是又让他搭了车。杨度对他说："鬼擅长弹琵琶，曲调很悲哀。"王戒说："我也能弹。"原来他就是那个鬼。又裂开眼睛吐出舌头，杨度吓得几乎死去。

秦巨伯斗鬼

琅琊秦巨伯，年六十，尝夜行饮酒，道经蓬山庙，忽见其两孙迎之。扶持百余步，便捉伯颈着地，骂："老奴！汝某日捶我，我今当杀汝。"伯思惟某时信捶此孙。伯乃佯死，乃置伯去。伯归家，欲治两孙，两孙惊愠，叩头言："为子孙宁可有此？恐是鬼魅，乞更试之。"伯意悟。数日，乃诈醉，行此庙间，复见两孙来扶持伯。伯乃急持，鬼动作不得。达家，乃是两偶人也。伯着火炙之，腹背俱焦坼。出着庭中，夜皆亡去，伯恨不得杀之。后月余，又佯酒醉夜行，怀刃以去，家不知也，极夜不还，其孙恐又为此鬼所困，乃俱往迎伯。伯竟刺杀之。

【译文】

琅琊人秦巨伯，年纪六十岁，曾经夜里出去喝酒，路过蓬山庙，忽然看见他的两个孙子来迎接他。扶着他走了一百多步，就捏着他的脖子压到地上，骂道："老奴才，你某一天打我，我今天要杀了你。"秦巨伯回想那天确实打过这个孙子。他于是装死，他们就丢下他走了。秦巨伯回到家，要惩罚两个孙子，两个孙子又惊讶又难过，磕头说："做子孙的怎么会有这种事情呢？恐怕是鬼魅，求您再试试。"秦巨伯心里明白了。过了几天，于是装醉，来到这座祠庙，又看见两个孙子来扶他。秦巨伯于是赶紧抓住他们，鬼不能动弹。回到家，竟是两个木偶人。秦巨伯用火烧，腹部背部都烧焦裂开。把它们扔到院子里，半夜都逃走了。秦巨伯遗憾没有杀了他们。后来过了一个多月，秦巨伯又假装醉酒夜行，怀里藏着刀去的，家里人不知道，他彻夜未回，两个孙子担心他又被那鬼魅困住，便都去迎接他。秦巨伯竟然把他们当成鬼杀了。

宋定伯卖鬼

南阳宋定伯年少时，夜行逢鬼，问之，鬼言：

"我是鬼。"鬼问："汝复谁？"定伯诳之，言："我亦鬼。"鬼问："欲至何所？"答曰："欲至宛市。"鬼言："我亦欲至宛市。"遂行数里。鬼言："步行太迟，可共递相担，何如？"定伯曰："大善。"鬼便先担定伯数里。鬼言："卿太重，将非鬼也。"定伯言："我新鬼，故身重耳。"定伯因复担鬼，鬼略无重。如是再三。定伯复言："我新鬼，不知有何所畏忌？"鬼答言："惟不喜人唾。"于是共行。道遇水，定伯令鬼先渡，听之，了然无声音。定伯自渡，漕漼作声①。鬼复言："何以有声？"定伯曰："新死，不习渡水故耳。勿怪吾也。"行欲至宛市，定伯便担鬼，着肩上，急执之。鬼大呼，声咋咋然，索下，不复听之。径至宛市中，下着地，化为一羊，便卖之。恐其变化，唾之，得钱千五百乃去。当时石崇有言："定伯卖鬼，得钱千五。"

【注释】

①漕漼（cuǐ）：象声词，形容水声。

【译文】

南阳郡人宋定伯年轻的时候，晚上赶路碰到一个鬼，问他是谁。鬼说："我是鬼。"鬼问道："你又是谁？"宋定伯骗他说："我也是鬼。"鬼问道："你要到哪里去？"宋定伯回答说："要到宛县的集市。"鬼说："我也要到宛县的集市。"于是一起走了几里。鬼说："步行太慢，我们可以相互替换着背着走，怎么样？"宋定伯说："太好了。"鬼就先背了宋定伯几里。鬼说："你身子太重，也许不是鬼吧？"宋定伯说："我是新鬼，所以身子重。"宋定伯于是又背鬼，鬼没有一点重量。这样轮换着背了好几次。宋定伯又说："我是新鬼，不知道鬼都怕什么？"鬼回答说："只是不喜欢人吐口水。"于是又一起赶路。路上遇到河，宋定伯让鬼先过，听它过河，没有一点声音。宋定伯自己过时，发出哗哗的响声。鬼又说："为什么会弄出声音？"宋定伯说："因为我刚死，不习惯过河。请不要责怪我。"快走到宛县集市时，宋定伯便把鬼扛到肩上，迅速捉住它。鬼大声叫喊，发出咋咋的叫声，要求下来，宋定伯不再听它的。一直走到宛县的集市中，放到地上，鬼变成一只羊，就把它卖了。担心它再变化，向它吐了口水，卖得一千五百文钱才离开。当时石崇说过一句话："定伯卖鬼，得钱千五。"

紫玉与韩重

　　吴王夫差小女名曰紫玉，年十八，才貌俱美。童子韩重，年十九，有道术。女悦之，私交信问，许为之妻。重学于齐、鲁之间，临去，属其父母使求婚。王怒，不与女。玉结气死，葬阊门之外①。三年，重归，诘其父母；父母曰："王大怒，玉结气死，已葬矣。"重哭泣哀恸，具牲币往吊于墓前。玉魂从墓出，见重流涕，谓曰："昔尔行之后，令二亲从王相求，度必克从大愿；不图别后遭命，奈何？"玉乃左顾宛颈而歌曰："南山有鸟，北山张罗；鸟既高飞，罗将奈何！意欲从君，谗言孔多②。

悲结生疾,没命黄垆③。命之不造,冤如之何！羽族之长,名为凤凰；一日失雄,三年感伤；虽有众鸟,不为匹双。故见鄙姿,逢君辉光。身远心近,何当暂忘？"歌毕,歔欷流涕,要重还冢。重曰："死生异路,惧有尤愆④,不敢承命。"玉曰："死生异路,吾亦知之。然今一别,永无后期。子将畏我为鬼而祸子乎？欲诚所奉,宁不相信？"重感其言,送之还冢。玉与之饮燕⑤,留三日三夜,尽夫妇之礼。临出,取径寸明珠以送重曰："既毁其名,又绝其愿,复何言哉！时节自爱。若至吾家,致敬大王。"重既出,遂诣王,自说其事。王大怒曰："吾女既死,而重造讹言,以玷秽亡灵。此不过发冢取物,托以鬼神。"趣收重⑥。重走脱,至玉墓所,诉之。玉曰："无忧。今归白王。"王妆梳,忽见玉,惊愕悲喜,问曰："尔缘何生？"玉跪而言曰："昔诸生韩重来求玉,大王不许,玉名毁,义绝,自致身亡。重从远还,闻玉已死,故赍牲币⑦,诣冢吊唁。感其笃终⑧,辄与相见,因以珠遗之。不为发冢,愿勿推治。"夫人闻之,出而抱之,玉如烟然。

【注释】

①阊门：城门名。在江苏苏州城西。

②孔：很,甚。

③黄垆：即黄泉。

④尤愆：罪过。

⑤饮燕：即饮晏。燕，通"宴"。

⑥趣（cù）：赶快。

⑦牲币：牺牲和币帛。古代用以祀日月星辰、社稷、五岳等。后泛指一般祭祀供品。

⑧笃终：古代送葬的礼制。

【译文】

吴王夫差的小女儿名叫紫玉，十八岁，才艺容貌都很美。未成年男子韩重，十九岁，有道术。紫玉喜欢他，私下和他书信往来，答应做他的妻子。韩重到齐、鲁之地去求学，临走时，嘱托他的父母去求婚。吴王大怒，不把女儿嫁给韩重。紫玉怨气郁结而死，埋在了阊门之外。三年后，韩重归来，问他的父母。父母说："吴王大怒，紫玉怨气郁结而死，已经埋了。"韩重悲伤地痛哭。准备好牺牲去紫玉墓前凭吊。紫玉的鬼魂从墓中出来，看见韩重流泪，对他说："过去你走之后，让二老向父王求婚，原以为一定能顺从我们的心望。想不到分别后遭到这样的命运，有什么办法呢？"紫玉于是扭过头歪着脖子唱道："南山有乌鹊，北山张罗网；乌鹊已高飞，罗网怎么办！心想跟随你，流言实在多。悲伤终成病，命丧在黄泉。命运太不幸，冤屈又如何！百鸟之王，名叫凤凰。一旦失掉雄凤，三年仍感伤悲。即使众鸟多，不能配成双。为此显身形，逢君放光辉。身远心相近，何日才相忘？"唱完歌，抽泣流泪，邀请韩重和她回到坟墓。韩重说："死生不同路，恐怕这样会招来灾祸，不敢答应你的邀请。"紫玉说："死生不同路，我也是知道的。但今天一别，永远没有重逢的机会。你难道害怕我是鬼会害你吗？我想奉上自己的一片诚心，难道你不相信吗？"韩重被她的话感动，便送她回坟墓。紫玉和他一起饮酒、吃饭，留他一起住了三天三夜，行夫妇之礼。韩重临出坟墓时，紫玉拿出一颗直径一寸的明珠送给韩重，说："我既毁坏了名声，又断绝了希望，还有什么可说的呢！请随时保重身体。如果到了我家，向父王致以敬意。"韩重从坟墓中出来，就去拜见吴王，自己陈述了所发生的事情。吴王大怒，说："我的女儿已经死了，可韩重编造谎言来玷污死者的灵魂。这不过是掘墓盗物，却假托鬼神。"下令立即逮捕韩重。韩重逃出来，到紫玉墓地诉说这件事。紫玉说："不要担忧。我现在回家去告诉父王。"吴王正在梳妆，忽然看见紫玉，悲喜交集，问道："你怎么又活了？"紫玉跪下说到："从前书生韩重来求婚娶我，大王不同意，我名誉已毁，情义已绝，自丧其身以致死亡。韩重从远方回来，听说我已经死了，特地带上供品，到墓地凭吊。我感激他行笃终之礼，就和他见了面，于是把明珠送给他。这不是掘墓所得，希望不要追究。"吴王夫人听说紫玉回来，出来就抱她，紫玉像烟一样消逝了。

驸马都尉

陇西辛道度者，游学至雍州城四五里，比见一大宅，有青衣女子在门。度诣门下求飧①。女子入告秦女，女命召入。度趋入阁中②，秦女于西榻而坐。度称姓名，叙起居，既毕，命东榻而坐，即治饮馔③。食讫，女谓度曰："我秦闵王女，出聘曹国，不幸无夫而亡。亡来已二十三年，独居此宅。今日君来，愿为夫妇。"经三宿三日后，女即自言曰："君是生人，我鬼也，共君宿契，此会可三宵，不可久居，当有祸矣。然兹信宿，未悉绸缪④，既已分飞，将何表信于郎？"即命取床后盒子开之，取金枕一枚，与度为信。乃分袂泣别，即遣青衣送出门外。未逾数步，不见舍宇，惟有一冢。度当时荒忙出走，视其金枕在怀，乃无异变。寻至秦国，以枕于市货之，恰遇秦妃东游，亲见度卖金枕，疑而索看，诘度何处得来，度具以告。妃闻，悲泣不能自胜。然尚疑耳，乃遣人发冢启柩视之，原葬悉在，唯不见枕。解体看之，交情宛若。秦妃始信之。叹曰："我女大圣，死经二十三年，犹能与生人交往。此是我真女婿也。"遂封度为驸马都尉⑤，赐金帛车马，令还本国。因此以来，后人名女婿为"驸马"。今之国婿，亦为"驸马"矣。

【注释】

①飧（sūn）：同"飱"，泛指食物。

②趋：古代的一种礼节，以碎步疾行表示敬意。

③馔（zhuàn）：饭食。

④绸缪（chóumóu）：形容缠绵不解的男女恋情。

⑤驸马都尉：近侍官的一种，汉武帝时置。魏何晏始以公主丈夫拜此职，后世帝王女婿照此加此称号，故后世成为帝王女婿的专称。

【译文】

　　陇西郡有一个叫辛道度的人，游学来到雍州城外四五里的地方，看见一座大宅院，有一个穿青衣的女子站在门口。辛道度往门口去请求施舍饭食。青衣女子进屋禀告秦女，秦女命她召辛道度进屋。辛道度走进阁楼，见秦女坐在西边的榻上。辛道度自报姓名，致以问候。之后，秦女让他坐在东榻，马上准备了饭菜。吃完后，秦女对辛道度说："我是秦闵王的女儿，许配给曹国，不幸还没出嫁就死了。我已经死了二十三年，独自一个人住在这个宅院里。今天你来到这里，希望能与你结成夫妻。"过了三天三夜后，秦女自己说道："你是活人，我是鬼。与你前世有缘，这次相会可以过三个晚上，不能长久停留，不然会有灾祸。不过这两三日，不能尽相亲相爱的情意，就要分别了，拿什么给你做信物呢？"她便叫人取床后的盒子，打开取出一枚金枕，送给辛道度做信物。然后才哭着分别，派青衣女子送辛道度出门。没有走出门几步，房屋就不见了，只有一座坟墓。辛道度赶紧慌忙跑出墓地，看那只金枕在怀里却没有什么变化。不久后辛道度来到秦国，拿着金枕到集市出售，恰好遇到秦王夫人到东边游玩，她亲眼看见辛道度叫卖金枕，心中怀疑索来细看，问辛道度是从哪里得到的，辛道度一一说明，秦王夫人听了，伤心地哭了，无法自持。但还是有些怀疑，于是派人挖开坟墓打开棺材察看，原来的葬物都还在，只是不见了金枕。解开秦女的衣服看她，仿佛夫妻行礼的情状。秦妃这才相信了。她感叹说："我的女儿真有神通，死了二十三年了，还能和活人交往。这个人是我的真女婿。"于是封辛道度为驸马都尉，赏赐给他金帛车马，让他回本乡去。从此以后，人们称女婿为"驸马"。如今帝王的女婿，也称"驸马"了。

谈生妻鬼

汉谈生者，年四十，无妇，常感激读《诗经》。夜半，有女子，年可十五六，姿颜服饰天下无双，来就生为夫妇。乃言曰："我与人不同，勿以火照我也，三年之后，方可照耳。"与为夫妇，生一儿。已二岁，不能忍，夜伺其寝后，盗照视之。其腰已上生肉，如人，腰已下，但有枯骨。妇觉，遂言曰："君负我。我垂生矣，何不能忍一岁，而竟相照也？"生辞谢。涕泣不可复止，云："与君虽大义永离，然顾念我儿，若贫不能自偕活者，暂随我去，方遗君物。"生随之去，入华堂，室宇器物不凡。以一珠袍与之，曰："可以自给。"裂取生衣裾留之而去。后生持袍诣市，睢阳王家买之，得钱千万。王识之曰："是我女袍，那得在市？此必发冢。"乃取拷之，生具以实对。王犹不信，乃视女冢，冢完如故。发视之，棺盖下果得衣裾，呼其儿视，正类王女。王乃信之，即召谈生，复赐遗之，以为女婿。表其儿为郎中。

【译文】

汉代有个谈生，四十岁，没有妻子，常常感情激扬地诵读《诗经》。有一天半夜，有一个女子，大约十五六岁，容貌服饰天下无双，来接近谈生，和他做夫妻。并对谈生说："我和常人不同，不要用灯火照我，三年之后才能照。"他们做了夫妻，生了一个儿子。已经过了两年，谈生忍不住了，夜里等着她睡下后，偷偷用灯火照着看她。她的腰以上已经长出了肉，和人一样，腰以下，只有枯骨。妻子醒过来，就说："你辜负了我，我快要复活了，为什么不能再忍一年，竟然现在用火照我？"谈生赔礼道歉。妻子哭得停不下来，说："跟你虽然永远断绝了夫妻关系，但我顾念我的儿子，你穷得不能自己带着孩子生活，暂时跟我去一下，我将送你一件东西。"谈生跟她去，进入一座华丽的房子里，屋子以及各种器物都不同凡响。妻子取出一件缀有珠宝的袍子送给谈生，说："可以满足生活需要。"撕下谈生的一片衣襟留下就让他走了。后来谈生拿着袍子到集市上去卖，睢阳王家买走了，谈生卖到一千万钱。睢阳王认识那件袍子，说："这是我女儿的袍子，哪里能在集市上出现？这必定是盗墓。"于是逮捕谈生拷问他。谈生一一如实回答。睢阳王还是不相信，于是察看女儿的坟墓，坟墓完好如故。打开后看，棺盖下果然找到了谈生的衣襟。叫谈生的儿子来看，长得正像睢阳王的女儿。睢阳王这才相信，立刻召见谈生，又赐给他财物，把他当女婿看待。又上奏章给皇帝，封谈生的儿子为郎中。

卢充幽婚

卢充者，范阳人，家西三十里，有崔少府墓①。

充年二十，先冬至一日，出宅西猎戏，见一獐，举弓而射，中之，獐倒，复起。充因逐之，不觉远。忽见道北一里许，高门瓦屋，四周有如府舍，不复见獐。门中一铃下唱："客前。"充曰："此何府也？"答曰："少府府也。"充曰："我衣恶，那得见少府？"即有一人提一襆新衣②，曰："府君以此遗郎。"充便着讫，进见少府，展姓名。酒炙数行③。谓充曰："尊府君不以仆门鄙陋，近得书，为君索小女婚，故相迎耳。"便以书示充。充父亡时虽小，然已识父手迹，即欷歔，无复辞免。便敕内："卢郎已来，可令女郎妆严④。"且语充云："君可就东廊。"及至黄昏，内曰："女郎妆严已毕。"充既至东廊，女已下车，立席头，却共拜。时为三日给食。三日毕，崔谓充曰："君可归矣。女有娠相，若生男，当以相还，无相疑。生女，当留自养。"敕外严车送客。充便辞出。崔送至中门，执手涕零。出门，见一犊车，驾青牛。又见本所着衣及弓箭，故在门外。寻传教将一人提襆衣与充，相问曰："姻援始尔，别甚怅恨。今复致衣一袭，被褥自副。"充上车，去如电逝，须臾至家。家人相见悲喜。推问，知崔是亡人，而入其墓。追以懊惋。

【注释】

①少府：官名。秦汉沿置，为九卿之一。掌山海地泽收入和皇室手工业制造，是皇帝的私府。唐代以

后，少府成为县尉的别称。

②襆（fú）：布袱。

③酒炙：酒和肉。亦泛指菜肴。

④妆（zhuāng）严：梳妆，打扮。

【译文】

卢充是范阳郡人。他家西边三十里，有崔少府的墓。卢充二十岁那年，冬至前一天，出门到他家院子的西边去打猎玩，看见一只獐子，他举弓射箭，射中了它。獐子倒在地上，又站起来跑。卢充于是追赶它，不知不觉追了很远。忽然看见路北一里左右的地方，有一幢高门大瓦房，四周好像是官府的房子，不再看见那只獐子。门前有一个门卒高声呼唤："客人请进！"卢充说："这是谁家的府第？"门卒回答说："是少府的府第。"卢充说："我衣服太脏，哪里能去见少府？"立刻有一个人提来一包新衣服，说："府君把这个送给你。"卢充就换好了衣服，进去拜见少府，陈报了自己的姓名。喝了几巡酒，少府对卢充说："令尊大人不嫌我门第卑下，最近得到他的信，为你向我女儿求婚，因此去接你来。"于是拿出书信给卢充看。卢充在父亲死的时候年纪虽然还小，但已经认得父亲的手迹，看到书信就哭了，不再推辞婚事。少府于是吩咐内室："卢郎已经来了，可以让女儿梳妆。"同时对卢充说："请你到东厢房歇息。"到了黄昏，内室的人说："女儿梳妆完毕。"卢充到了东厢房，女儿已经下车，站在垫席前，于是一起拜堂。婚后三日宴请宾客。三天结束后，崔少府对卢充说："你可以回家了。我女儿有了怀孕的迹象，如果生了男孩，会送回给你，不必疑心。如果生了女孩，要留下来她自己抚养。"命令外面的人准备车子送客。卢充于是告辞出门，崔少府送他到中门，拉着他的手流下了眼泪。卢充出门后，看见一辆牛车，套着青牛。又看见自己原来穿的衣服及弓箭，还在门外。随即又派一个人提着一包衣服给卢充，安慰他说："姻缘才开始，离别十分惆怅。现在再送来衣服一套，配有被褥。"卢充坐上车，车像闪电一样离去，一会儿就回到家了。家人见到他，又悲又喜。经过查问，才知崔少府是死了的人，卢充进了他的坟墓，想起来就懊恼怅恨。

别后四年，三月三日，充临水戏，忽见水旁有二犊车，乍沉乍浮。既而近岸，同坐皆见。而充往开车后户，见崔氏女与三岁男共载。充见之忻然①，欲捉其手，女举手指后车曰："府君见人。"即见少府。充往问讯，女抱儿还充，又与金碗②，并赠诗曰："煌煌灵芝质，光丽何猗猗！华艳当时显，嘉异表神奇。含英未及秀，中夏罹霜萎。荣耀长幽灭，世路永无施。不悟阴阳运，哲人忽来仪。会浅离别速，皆由灵与祇。何以赠余亲，金碗可颐儿。恩爱从此别，断肠伤肝脾。"充取儿、碗及诗，忽然不见二车处。充将儿还，四坐谓是鬼魅，金遥唾之③，形如故。问儿："谁是汝父？"儿径就充怀。众初怪恶，传省其诗，慨然叹死生之玄通也。充后乘车入市卖碗，高举其价，不欲速售，冀有识。欻有一老婢识此④，还白大家曰⑤："市中见一人，乘车，卖崔氏女郎棺中锒。"大家，即崔氏亲姨母也，遣儿视之，果如其婢言。上车，叙姓名，语充曰："昔我姨嫁少府，生女，未出而亡。家亲痛之，赠一金锒，着棺中。可说得锒本末。"充以事对。此儿亦为之悲咽，赍还白母。母即令诣充家，迎儿视之。诸亲悉集。儿有崔氏之状，又复似充貌。儿、锒俱验。姨母曰："我外甥三月末间产。父曰：'春，暖温也。愿休强也⑥。'即字温休。温休者，盖幽婚也，其兆先彰矣。"儿遂成令器，历郡守二千石，子孙冠盖相承至今。其后植，字子幹，有名天下。

【注释】

①忻（xīn）然：喜悦、高兴的样子。

②锒：同"碗"。

③佥（qiān）：都。

④欻（xū）：忽然。

⑤大家：奴仆对主人的称呼。

⑥休：美好。

【译文】

分别后四年，三月三日，卢充到水边嬉戏，被除不祥，忽然看见水边有两辆牛车，时沉时浮。然后靠近岸边，和卢充一起坐的人都看见了。卢充过去打开车后面的门，看见崔氏女儿和一个三岁的男孩坐在一起。卢充见了很高兴，想去拉她的手，女儿抬手指指后车说："府君看见你了。"便看见了崔少府。卢充前去问候，女儿抱着儿子交给卢充，又给他一只金碗，并且赠给他一首诗说："像灵芝般光彩的姿质，是何等的华美茂盛！华贵鲜艳在当时显露，美好特异表现得十分神奇。含苞的花朵未及开放，在盛夏时节遭遇严霜而枯萎。光彩荣耀永远湮灭，人间的道路再不能前行。想不到阴阳两世的运转，智慧卓越的人忽然光临。相会短暂离别匆匆，这都是神灵的安排。拿什么赠给我的亲人，金碗可以养育我的儿子。夫妻的恩爱从此断绝，悲伤让人断肠伤肝脾。"卢充接过儿子、碗和诗，两辆牛车忽然不见了。卢充抱着儿子回到岸上，周围的人认为是鬼魅，都远远地向他吐口水，孩子的模样不变。有人问孩子："谁是你父亲？"孩子径直扑到卢充怀里。大家开始都觉得奇怪厌恶，传阅那首诗，都感叹生死之间玄妙的交通。卢充后来乘车到集市去卖碗，故意把价抬得很高，不想很快卖掉，希望能有人认识它。忽然有一个老女仆认识这只碗，回去禀告家主母说："在集市上看见一个人，乘着车，卖崔家女郎棺材中的碗。"家主母就是崔氏女郎的亲姨母，她派儿子去看，果然和那女仆说的一样。他登上车，报了自己的姓名，对卢充说："从前我姨嫁给少府，生了女儿，没有出嫁就死了。我母亲痛惜她，赠给她一个金碗，放在她的棺材里。你说说这金碗的原委。"卢充把事情的经过告诉他。这个姨母的儿子也为之悲伤抽泣，他带着碗回家禀告母亲。他母亲立刻派人来到卢家，接小孩去看。众亲戚都赶来聚在一起。孩子有崔氏女郎的模样，又有些像卢充的样子。孩子、金碗都得到验证。姨母说："我外甥女是三月末出生的，他的父亲说：'春天很温暖，希望她美好健康。'

于是起名叫温休。温休，就有幽婚，这个预兆早就显现出来了。"卢充的儿子后来长成优秀的人材，担任过俸禄二千石的郡守，子孙也世代做官直到今世。他的后代卢植，字子幹，天下闻名。

卷十七

在古人看来，人可修仙得道而成神，死而成鬼，自然界的各种动植物，也会因精气的流转附着而变成精怪。本卷所收录的就是发生在人与各种精怪之间的一些有趣故事。如扮成张汉直、范丹、费季等人鬼魂而假传消息、捉弄其家人的鬼物，跑到倪彦思家到处捣乱的狸怪，惊吓、捉弄顿丘人的兔精，化为人形、与人妻调笑而被射伤的鸣蝉，不为其家人所知而赌气离去的筋竹长人，因得罪曹操而最终毙命的度朔君等等。当然，这其中还包括能给人带来灾难的釜中白头公。

鬼扮张汉直

陈国张汉直到南阳从京兆尹延叔坚学《左氏传》①。行后数月，鬼物持其妹，为之扬言曰："我病死，丧在陌上，常苦饥寒。操二三量不借挂屋后楮上②，傅子方送我五百钱，在北墉下，皆忘取之。又买李幼一头牛，本券在书箧中③。"往索取之，悉如其言。妇尚不知有此，妹新从婿家来，非其所及。家人哀伤，益以为审。父母诸弟衰绖到来迎丧④，去舍数里，遇汉直与诸生十余人相追。汉直顾见家人，怪其如此。家见汉直，谓其鬼也。怅惘良久，汉直乃前为父拜，说其本末，且悲且喜。凡所闻见，若此非一，得知妖物之为。

【注释】

①陈国：春秋时诸侯国名。后为楚国所灭。这里指原属陈国的地区。京兆尹：官名。汉代管辖京兆地区的行政长官，职权相当于郡太守。延叔坚：名延笃，东汉时南阳人，曾任京兆尹，后因病归家，教授于家。《左氏传》：即《春秋左氏传》，相传为春秋末期鲁国人左丘明所作。后被列为儒家经典之一。

②不借：草鞋。楮（chǔ）：树木名。

③箧（qiè）：小箱子，藏物之具。大曰箱，小曰箧。

④衰绖（cuīdié）：穿丧服。衰、绖，是丧服的主要部分。

【译文】

陈国人张汉直到南阳跟着京兆尹延叔坚学习《春秋左

氏传》。他走后几个月，他的妹妹被鬼附身，鬼装成他说出话来："我生病死了，尸体摆在路上，常受饥寒之苦。做的两三双草鞋挂在屋后的楮树上，傅子方送我的五百文钱，放在北墙下，都忘了带着。另外买李幼那一头牛，契据放在小书箱里。"去找那些东西，都跟他说的一样。他的妻子都还不知道有这些，他的妹妹刚从丈夫家来，不会知道这些事情。家里人十分悲哀，更加认为他真的死了。父母兄弟都穿上丧服，到南阳来迎丧，在离学舍几里的地方，遇到张汉直和同学十几个人走在一起。张汉直回头看见家人，奇怪他们穿成这样。家里人看见张汉直，说是他的鬼魂。失意懊恼了好长时间，张汉直于是走上前去拜见父亲，说起事情的原委，一家人又悲又喜。所见所闻的事情，像这样的不只一件，大家才知道是鬼怪所为。

贞节先生范丹

汉陈留外黄范丹①，字史云。少为尉从佐使檄谒督邮②。丹有志节，自恚为厮役小吏，乃于陈留大泽中杀所乘马，捐弃冠帻，诈逢劫者。有神下其家曰："我史云也。为劫人所杀。疾取我衣于陈留大泽中。"家取得一帻。丹遂之南郡，转入三辅，从英贤游学，十三年乃归。家人不复识焉。陈留人高其志行，及没，号曰贞节先生。

【注释】

①外黄：古县名。县治在今河南民权西北。

②尉从佐使：县尉属下的佐吏。督邮：官名。郡守的重要属吏，代表太守督察县乡，宣达教令，兼司狱讼捕亡。

【译文】

汉代陈留郡外黄县人范丹，字史云。他年轻时做尉从佐使奉命送公文去进见督邮。范丹很有志气，怨恨自己是干杂活的役吏，于是在陈留郡的大沼泽里杀了所骑的马，丢掉了帽子和头巾，假装遇到了强盗。有神灵降临到他家说："我是史云。被强盗杀了。赶快到陈留的大沼泽中取我的衣服。"家人取到了一块头巾。范丹于是去南郡，又转入三辅地区，跟着德才杰出的人学习，十三年后才回家。家里的人都不再认识他了。陈留人敬佩他的志气行为，在他死后，称他为贞节先生。

费季居楚

吴人费季，久客于楚。时道多劫，妻常忧之。季与同辈旅宿庐山下，各相问出家几时。季曰："吾去家已数年矣。临来，与妻别，就求金钗以行。欲观其志当与吾否耳。得钗，乃以着户楣上①。临发，失与道，此钗故当在户上也。"尔夕，其妻梦季曰："吾行遇盗，死已二年。若不信吾言，吾行时，取汝钗，遂不以行，留在户楣上，可往取之。"妻觉，揣钗，得之，家遂发丧。后一年余，季乃归还。

【注释】

①楣：门楣，门框上边的横木。

【译文】

吴国人费季，客居楚地很久了。当时路上常有强盗，他的妻子时时为他担忧。费季和同伴旅行住宿到庐山下，互相询问离家多久了。费季说："我离开家已经好几年了。临行前，和我妻子道别，向她要了她的金钗出门，想看看她的心意会不会给我。我拿到金钗，就把它放在了门楣上。临走的时候忘了告诉她，这个金钗自然还会在门上。"那天晚上，他的妻子梦见费季说："我路上遇到强盗，死了已经二年了。你如不信我的话，我走的时候，拿了你的金钗，没有带走，留在了门楣上，可以去取它。"他妻子醒来，在门楣上找到了金钗。家里于是给他办了丧事。过了一年多，费季却回来了。

鬼扮虞定国

余姚虞定国，有好仪容。同县苏氏女，亦有美色。定国常见，悦之。后见定国来，主人留宿，中夜，告苏公曰："贤女令色，意甚钦之。此夕能令暂出否？"主人以其乡里贵人，便令女出从之。往来渐数，语苏公云："无以相报。若有官事，某为君任之。"主人喜。自尔后，有役召事，往造定国。定国大惊曰："都未尝面命，何由便尔？此必有异。"具说之。定国曰："仆宁肯请人之父而淫人之女？若复见来，便当研之。"后果得怪。

【译文】

余姚县人虞定国，相貌长得很好。同县苏家的女儿，也长得很美。虞定国经常看见她，很喜欢她。后来苏家看见虞定国来，主人留他住下，半夜，他对苏公说："您女儿很漂亮，我心里十分爱慕她。今晚能让她出来一下吗？"主人因为他是乡里的贵人，就让女儿出来陪他。他与苏家的往来逐渐频繁，他对苏公说："没什么报答您。如果官府有差役，我愿意为您承担。"主人很高兴。在那以后，有一次官府召令服役，苏公去找虞定国。虞定国大吃一惊，说："我们都还没有见面说过话，怎么就这样了呢？这一定有怪事。"苏公一一说了事情的经过。虞定国说："我怎么可能向人家的父亲要求奸淫人家的女儿呢？如果再见到他，就应砍死他。"后来果然抓到一个怪物。

朱诞给使射鸣蝉

吴孙皓世，淮南内史朱诞，字永长，为建安太守。诞给使妻有鬼病①，其夫疑之为奸。后出行，密穿壁隙窥之，正见妻在机中织，遥瞻桑树上，向之言笑。给使仰视树上，有一年少人，可十四五，衣青衿袖，青帻头②。给使以为信人也，张弩射之，化为鸣蝉，其大如箕，翔然飞去。妻亦应声惊曰："噫！人射汝。"给使怪其故。后久时，给使见二小儿在陌上共语。曰："何以不复见汝？"其一，即树上小儿也，答曰："前不遇，为人所射，病疮积时。"彼儿曰："今何如？"曰："赖朱府君梁上膏以傅之，得愈。"给使白诞曰："人盗君膏药，颇知之否？"诞曰："吾膏久致梁上，人安得盗之？"给使曰："不然。府君视之。"诞殊不信，试为视之，封题如故。诞曰："小人故妄言，膏自如故。"给使曰："试开之。"则膏去半。为揩刮，见有趾迹。诞因大惊，乃详问之。具道本末。

【注释】

①给使：供役使的人。

②幧（qiāo）头：古代男子束发的头巾。

【译文】

吴末帝孙皓时，淮南内史朱诞，字永长，任建安太守。朱诞手下给使的妻子被鬼魅迷惑，他的丈夫怀疑她和人通奸。后来他外出，悄悄回来凿穿墙缝偷看，恰好看见他的妻子正在织布，远远望着桑树上面，朝那里说笑。给使仰望树上，有一个少年人，大约十四五岁，穿着青色夹衣，戴着青色头巾。给使以为真是人，拉弓射他。少年人变成一只鸣蝉，像簸箕那么大，回旋着飞走了。他的妻子也随着声音惊叫："噫！有人射你。"给使很奇怪她为什么这样。后来过了很久，给使看见两个小孩在路上一起说话。一个说："为什么一直没再见到你？"其中一个，就是树上的小孩，回答说："前段时间没碰到，是被人射中，受伤病了很久。"那个又问："现在怎么样了？"回答说："全靠朱府君家房梁上的药膏来敷抹，得以痊愈。"给使禀告朱诞说："有人偷您的药膏，您知不知道？"朱诞说："我的药膏放在屋梁上很久了，别人怎么能偷到它？"给使说："不是这样。
您看看它。"朱诞完全不相信，试着去查看，封口的题签还
是原来的样子。朱诞说："小人故意乱说，药膏自然还是原
来的样子。"给使说："试着打开它。"膏药已经少了一半，
是刮掉的，看得见脚趾的印迹。朱诞于是大吃一惊，这才
详细询问这件事。给使一一叙述了事情的经过。

倪彦思家狸怪

　　吴时，嘉兴倪彦思居县西埏里^①。忽见鬼魅入
其家，与人语，饮食如人，惟不见形。彦思奴婢有
窃骂大家者，云："今当以语。"彦思治之，无敢詈
之者。彦思有小妻，魅从求之，彦思乃迎道士逐
之。酒殽既设，魅乃取厕中草粪，布着其上。道士
便盛击鼓，召请诸神。魅乃取伏虎^②，于神座上吹
作角声音。有顷，道士忽觉背上冷，惊起解衣，乃
伏虎也。于是道士罢去。彦思夜于被中窃与妪语，
共患此魅。魅即屋梁上谓彦思曰："汝与妇道吾，吾
今当截汝屋梁。"即隆隆有声。彦思惧梁断，取火
照视，魅即灭火。截梁声愈急。彦思惧屋坏，大小
悉遣出，更取火视，梁如故。魅大笑，问彦思："复
道吾否？"郡中典农闻之^③，曰："此神正当是狸物
耳。"魅即往谓典农曰："汝取官若干百斛谷，藏着
某处，为吏污秽，而敢论吾！今当白于官，将人取
汝所盗谷。"典农大怖而谢之。自后无敢道者。三
年后去，不知所在。

【注释】

①埏（yán）里：地名。

②伏虎：即虎子。状似蹲兽的尿器。

③典农：官名。即典农校尉。主掌各县的农事生产活动。

【译文】

三国吴时，嘉兴县的倪彦思居住在县城西边的埏里。有一天忽然发现鬼魅进了他家，和人说话，像人一样吃喝，只是看不见形体。倪彦思的奴婢有人背地里骂家主，鬼魅说："现在就把骂的话告诉主人。"倪彦思惩罚了那个奴婢，没有谁再敢骂主人了。倪彦思有个小妾，鬼魅去追求她，倪彦思于是请来道士驱逐鬼魅。摆好了酒席，鬼魅就取来厕所的草粪，撒在酒菜上。道士于是猛烈击鼓，召请各路神仙。鬼魅就取来一只便壶，在神座上吹出号角的声音。过了一会儿，道士忽然觉得背上冰冷，吃惊地站起来解开衣服，竟然是便壶。于是道士作罢离去。倪彦思晚上在被窝里偷偷和妻子说话，都很担忧这个鬼魅。鬼魅马上在屋梁上对倪彦思说："你和你妻子说我，我现在就要截断你家的房梁。"立刻就发出了隆隆的声音。倪彦思害怕屋梁被截断，点灯来看，鬼魅立刻吹灭灯火。截房梁的声音越来越急，倪彦思害怕房子倒塌，把一家大小都叫出屋子，再点灯去看，屋梁还是原来的样子。鬼魅大笑，问倪彦思："还说我不？"郡里的典农听说这件事，说："这个神怪应该是狐狸。"鬼魅立刻去对典农说："你拿了官府几百斛稻谷，藏在某个地方。做官吏的贪污，却敢来议论我！现在我就去报告官府，带人去取你偷的稻谷。"典农十分害怕，赶紧谢罪。从那以后没有人再敢说它。三年后离开倪家，不知到哪里去了。

顿丘魅物

魏黄初中，顿丘界有人骑马夜行①，见道中有一物，大如兔，两眼如镜，跳跃马前，令不得前。人遂惊惧，堕马。魅便就地捉之。惊怖，暴死，良久得苏。苏，已失魅，不知所在。乃更上马，前行数里，逢一人，相问讯已，因说："向者事变如此，今相得为伴，甚欢。"人曰："我独行，得君为伴，快不可言。君马行疾，且前，我在后相随也。"遂共行。语曰："向者物何如，乃令君怖惧耶？"对曰："其身如兔，两眼如镜，形甚可恶。"伴曰："试顾视我耶。"人顾视之，犹复是也。魅便跳上马。人遂坠地，怖死。家人怪马独归，即行推索，乃于道边得之。宿昔乃苏，说状如是。

【注释】

①顿丘：古县名。在今河南清丰西南。

【译文】

魏黄初年间，顿丘县境有一个人晚上骑马赶路，看见路中间有一个精怪，像兔子一样大，两只眼睛像镜子一样闪着光，在马的前头跳跃，使马不能前进。这个人惊慌害怕，从马上掉了下来。精怪于是在地上捉住他。他吓得昏死过去，过了很久才苏醒。苏醒之后已经不见精怪，不知道它在哪里。这个人于是再骑上马，往前走几里，遇到一个人，互相打完招呼，于是说："先前发生了那样的事情，现在能够和你做伴，非常高兴。"那人说："我一个人赶路，能够和你做伴，高兴得没法说。你的马走得快，可走前面，我在后面跟随。"于是一起往前走。那人说："先前的怪物什么样子，竟然让你恐怖害怕呢？"顿丘人回答说："它的身体像兔子，两只眼睛像镜子，形状十分可怕。"同伴说："试着回头看看我吧。"顿丘人回头看他，还是那个怪物。精怪便跳上马，顿丘人于是掉在地上，被吓死了。家里人奇怪那匹马独自回来，立刻去寻找，才在路边上找到他。过了一夜才苏醒过来，把上面的事情如实诉说了一遍。

度朔君

袁绍字本初，在冀州。有神出河东，号度朔君，百姓共为立庙。庙有主簿，大福①。陈留蔡庸为清河太守，过谒庙。有子名道，亡已三十年。度朔君为庸设酒曰："贵子昔来，欲相见。"须臾子来。度朔君自云父祖昔作兖州。有一士姓苏，母病，往祷。主簿云："君逢天士，留待。"闻西北有鼓声，而君至。须臾，一客来，着皂角单衣，头上五色毛，长数寸。去后，复一人，着白布单衣，高冠，冠似鱼头，谓君曰："昔临庐山，共食白李，忆之未久，已三千岁。日月易得，使人怅然。"去后，君谓士曰："先来，南海君也。"士是书生，君明通"五经"，善《礼记》，与士论礼，士不如也。士乞救母病。君曰："卿所居东，有故桥，坏久之，此桥乡人所行，卿能复桥，便差^②。"

【注释】

①大福：祭祀所用酒肉很多。这里指代祭祀的人很多。福，祭祀所用酒肉。

②差（chài）：病愈。

【译文】

袁绍字本初，占据冀州。有一个神物出现在河东，号称度朔君，百姓共同为他建立神庙。庙里设置主簿，香火很旺。陈留人蔡庸任清河太守，来拜谒神庙。他有个儿子叫蔡道，死了已经三十年了。度朔君摆设酒席招待蔡庸，说："你儿子先前来了，想见你。"一会儿，他的儿子就来了。度朔君自称他的父辈从前住在兖州。有一个读书人姓苏，母亲生病了到庙里祝祷。主簿说："度朔君会见天士，请等一下。"听见西北方向有鼓声，度朔君来了。过了一会儿，来了一位客人，穿着皂黑色的单衣，头上长着五色的毛发，长好几寸。他走之后，又有一个人，穿着白布单衣，戴着高帽子，帽子像鱼头，对度朔君说："从前到庐山一起吃白李，想起来没多久，已经三千年了。时间很容易过去，使人感到惆怅。"他走后，度朔君对苏书生说："前面来的是南海君。"苏书生是个读书人，度朔君通晓"五经"，尤善《礼记》，他和苏书生讨论礼，苏书生不如他。苏书生请他救母亲的病。度朔君说："你家的东边，有一座旧桥，坏了很久了，这座桥乡人常走，你能修好桥，病就好了。"

　　曹公讨袁谭①，使人从庙换千疋绢，君不与。曹公遣张郃毁庙②。未至百里，君遣兵数万，方道而来。郃未达二里，云雾绕郃军，不知庙处。君语主簿："曹公气盛，宜避之。"后苏并邻家有神下，识君声，云："昔移入胡，阔绝三年。"乃遣人与曹公相闻："欲修故庙，地衰不中居，欲寄住。"公曰："甚善。"治城北楼以居之。数日，曹公猎得物，大如麂，大足，色白如雪，毛软滑可爱。公以摩面，莫能名也。夜闻楼上哭云："小儿出行不还。"公拊掌曰："此物合衰也。"晨将数百犬，绕楼下，犬得气，冲突内外。见有物大如驴，自投楼下，犬杀之，庙神乃绝。

【注释】

①袁谭：袁绍之子。

②张郃：三国时名将，初从袁绍，后归曹操，封都乡侯。

【译文】

　　曹操征讨袁谭，派人到神庙换取一千匹绢，度朔君不肯换给他。曹操派张郃来毁庙。离庙一百里，度朔君就派了数万神兵，并道赶来。张郃离那里还有二里，云雾围绕他的军队，找不到庙在哪里。度朔君对主簿说："曹操气势很盛，应该避开他。"后来苏家和邻居家有神降临，听得出是度朔君的声音，说："先前移入胡地，分别三年了。"于是他派人去与曹操商量："想修原来的神庙，那地方衰败不合适居住，想寄居到一个地方。"曹公说："很好。"收拾城北的一座楼给他居住。几天以后，曹操猎获一个动物，像麖鹿大，大脚，颜色白得像雪，皮毛软滑令人十分喜爱。曹操拿来擦脸，没有人说得出它的名字。晚上听到楼上哭着说："小儿外出没有回来。"曹操拍掌说："这个怪物真要衰败了。"第二天早晨带了几百只狗围绕楼下，狗闻到气味，在楼里楼外横冲直闯。看见有个怪物像驴那么大，自己跳下楼，狗咬死它，庙神就灭绝了。

筋竹长人

临川陈臣家大富。永初元年，臣在斋中坐，其宅内有一町筋竹①，白日忽见一人，长丈余，面如方相，从竹中出，径语陈臣："我在家多年，汝不知；今辞汝去，当令汝知之。"去一月许日，家大失火，奴婢顿死。一年中，便大贫。

【注释】

①筋竹：一种中实而强劲的竹子，竹梢尖锐，可作矛用。

【译文】

临川郡人陈臣家非常富有。汉安帝永初元年，陈臣在屋子里坐着，他家宅院里有一片筋竹林，白天忽然看见一个人，身长一丈多，面目像方相那样可怕，从竹林中出来，直接对陈臣说："我在你家待了多年，你不知道；现在我要告辞你离开，要让你知道我。"他离开后一个多月，陈家发生大火灾，奴仆婢女都烧死了。一年之内，就很贫穷了。

釜中白头公

东莱有一家姓陈，家百余口。朝炊，釜不沸。举甑看之^①，忽有一白头公从釜中出。便诣师卜。卜云："此大怪，应灭门。便归，大作械。械成，使置门壁下，坚闭门在内。有马骑麾盖来扣门者，慎勿应。"乃归，合手伐得百余械，置门屋下。果有人至，呼，不应。主帅大怒，令缘门入，从人窥门内，见大小械百余，出门还说如此。帅大惶惋^②，语左右云："教速来，不速来，遂无一人当去，何以解罪也？从此北行可八十里，有一百三口，取以当之。"后十日，此家死亡都尽。此家亦姓陈云。

【注释】

①甑（zèng）：煮饭器具。俗称甑子。

②惶惋：惶惑惋惜。

【译文】

东莱有一户人家姓陈，全家共一百多口。早晨做饭，锅里的水烧不开。抬起甑子看，忽然有一个白头公公从锅里出来。就去请巫师占卜。巫师占卜说："这是大怪物，要灭绝全家。马上回去大力制作武器。武器做成后，让人放到门内墙壁下，紧闭大门呆在家里。有车马仪仗来敲门，千万不要答应。"回家后，齐心协力砍伐了一百多件武器，放置到门内屋子下面。果然有人来，叫门，没有答应。主帅大怒，下令爬过门进去。随从的人窥视门内，看见大大小小的武器百余件，出门回去报告情况。主帅十分惶惑惋惜，对左右的人说："让赶紧来，不赶紧来，结果没有一个人带去抵当，用什么开释罪过呢？从这里往北大约八十里，有个一百零三口的人家，拿他们去抵当。"十天后，那家人都死光了。那家也姓陈。

服留鸟

晋惠帝永康元年，京师得异鸟，莫能名。赵王伦使人持出，周旋城邑匝以问人。即日，宫西有一小儿见之，遂自言曰："服留鸟。"持者还白伦。伦使更求，又见之。乃将入宫。密笼鸟，并闭小儿于户中。明日往视，悉不复见。

【译文】

晋惠帝永康元年，京城捕到一只奇异的鸟，没有人能够说出它的名字。赵王司马伦派人拿它出去，在城中四处奔走向人打听。这一天，皇宫西面有一个小孩见到鸟，就自言自语地说："服留鸟。"拿鸟的人回去禀告赵王司马伦，赵王司马伦叫他再去找那个小孩，又见到了他。于是把他带进宫。用密笼子关起鸟，并且把小孩关在房子里。第二天去看，小孩和鸟都不见了。

卷十八

　　和神仙一样，精怪也具有一定的神性。但是，与神仙不同的是，除了少数精怪能够福佑人类（如见于本卷的树神黄祖）之外，精怪总是和不安、干扰、灾难、死亡等联系在一起。因此，与对神仙的礼敬态度截然不同，在对待精怪的问题上，人类的做法一贯明确而果决。见于本卷的饭臿怪、细腰、树怪、青牛、老鼠、母猪、雄鸡、蝎子以及众多的狐狸，它们最终或被烧死，或被杀掉，或主动远离人类。这样的结局无不表现了人类除之而后快的"驱怪"心理。

饭臿怪

魏景初中^①，咸阳县吏王臣家有怪，每夜无故闻拍手相呼。伺，无所见。其母夜作，倦，就枕寝息。有顷，复闻灶下有呼声曰："文约何以不来？"头下枕应曰："我见枕，不能往。汝可来就我饮。"至明，乃饭臿也。即聚烧之，其怪遂绝。

【注释】

①景初：三国时期魏明帝曹叡的年号。

【译文】

魏明帝景初年间，咸阳县吏王臣家有怪物，每天晚上无缘无故听见拍手互相呼唤。去看，什么也没有。他母亲晚上做事，感到疲倦，靠在枕头上睡觉休息。一会儿，又听见灶台下有呼唤的声音："文约为什么不来？"头下的枕头回答说："我被枕住了，不能过去。你可以来和我一起吃喝。"到天明一看，原来是饭臿。立刻把它们放在一起烧了，家里的怪物就绝迹了。

何文除宅妖

魏郡张奋者，家本巨富，忽衰老，财散，遂卖宅与程应。应入居，举家病疾，转卖邻人何文。文先独持大刀，暮入北堂中梁上。至三更竟，忽有一人长丈余，高冠，黄衣，升堂呼曰："细腰！"细腰应诺。曰："舍中何以有生人气也？"答曰："无之。"便去。须臾，有一高冠青衣者，次之，又有高冠白衣者，问答并如前。及将曙，文乃下堂中，如向法呼之^①，问曰："黄衣者为谁？"曰："金也。在堂西壁下。""青衣者为谁？"曰："钱也。在堂前井边五步。""白衣者为谁？"曰："银也。在墙东北角柱下。""汝复为谁？"曰："我，杵也。今在灶下。"及晓，文按次掘之：得金银五百斤，钱千万贯。仍取杵焚之。由此大富。宅遂清宁。

【注释】

①向：刚才。

【译文】

魏郡人张奋，家里本来十分富有，忽然家人衰老，财产散失，于是就把宅子卖给了程应。程应住进去，全家人都生病，又转卖给邻居何文。何文先独自拿了一把大刀，傍晚时进到北堂中间的屋梁上。到夜里三更快过去时，忽然有一个人，身长一丈多，戴高帽，穿黄衣，上堂喊到："细腰。"细腰答应。他问："屋里怎么有生人的气味呢？"回答说："没有生人。"黄衣人便离开了。过了一会儿，有一个戴高帽穿青衣的人，接着又有一个戴高帽穿白衣的人，问答都和前面一样。到天快亮时，何文便下到堂中，用先前那些人的方法呼唤细腰，问道："穿黄衣的人是谁？"回答说："是黄金。在堂屋西边的墙壁下。""穿青衣的人是谁？"回答说："是铜钱。在堂屋前井边五步远的地方。""穿白衣的人是谁？"回答说："是白银。在墙壁东北角的柱子下。""你又是谁？"回答说："我，是木杵。如今

在灶台下。"等到天亮，何文按照次序挖掘那些地方，得到
黄金、白银五百斤，铜钱一千万贯。于是取到木杵烧掉它。
从此十分富有，宅院终于清净安宁了。

秦公斗树神

　　秦时，武都故道有怒特祠，祠上生梓树。秦文
公二十七年，使人伐之，辄有大风雨，树创随合，
经日不断。文公乃益发卒，持斧者至四十人，犹不
断。士疲，还息。其一人伤足，不能行，卧树下，
闻鬼语树神曰："劳乎攻战？"其一人曰："何足为
劳。"又曰："秦公将必不休，如之何？"答曰："秦
公其如予何。"又曰："秦若使三百人被发，以朱丝
绕树，赭衣，灰坌伐汝①，汝得不困耶？"神寂无
言。明日，病人语所闻。公于是令人皆衣赭，随
斫创，坌以灰。树断，中有一青牛出，走入丰水
中。其后，青牛出丰水中，使骑击之，不胜。有骑
堕地，复上，髻解，被发，牛畏之，乃入水，不敢
出。故秦自是置"旄头骑②"。

【注释】
①灰坌（bèn）：灰尘飞扬。
②旄头骑：古代皇帝仪仗中一种担任先驱的骑兵。

【译文】
　　秦代时武都郡故道县有个怒特祠，祠上长着一棵梓树。
秦文公二十七年，派人伐树，一砍总有大风雨，树上被砍的

口子跟着就合上了，一整天都砍不断。秦文公于是增派士卒，拿斧子的达到四十人，还是砍不断。士兵疲惫，回去休息。其中有一个人脚受了伤，不能行走，躺在树下，听到鬼对树神说："打仗累了吧？"其中一人说："哪里谈得上劳累。"鬼又说："秦文公一定不会罢休，怎么办？"树神回答说："秦公能把我怎么样呢？"鬼又说："秦公如果派三百人披散着头发，用朱丝缠绕树干，穿上红色的衣服，边撒灰边砍你，你能不被困住吗？"树神沉寂无言。第二天，受伤的士卒说了他所听到的。秦公于是派人都穿上红色的衣服，一边砍树一边往砍开的口子上撒灰。树被砍断，树中有一头青牛出来，跑进了丰水中。后来，青牛从丰水中出来，秦文公派骑兵攻击它，不能取胜。有一个骑兵掉到地上，又骑上马，发髻掉了，头发披散，青牛害怕他，便逃入水中，不敢再出来。所以秦国从此开始设置"旄头骑"。

树神黄祖

庐江龙舒县陆亭流水边①，有一大树，高数十丈，常有黄鸟数千枚巢其上。时久旱，长老共相谓曰："彼树常有黄气，或有神灵，可以祈雨。"因以酒脯往。亭中有寡妇李宪者，夜起，室中忽见一妇人，着绣衣，自称曰："我，树神黄祖也，能兴云雨。以汝性洁，佐汝为生。朝来父老皆欲祈雨，吾已求之于帝，明日日中大雨。"至期果雨。遂为立祠。神谓宪曰："诸卿在此，吾居近水，当致少鲤鱼。"言讫，有鲤鱼数十头飞集堂下，坐者莫不惊悚。如此岁余，神曰："将有大兵，今辞汝去。"留一玉环曰："持此可以避难。"后刘表、袁术相攻，龙舒之民皆徙去，唯宪里不被兵。

【注释】

①龙舒县：即今安徽舒城。

【译文】

庐江郡龙舒县陆亭河水边，有一棵大树高几十丈，经常有几千只黄鸟在上面筑巢。当时天旱很久，老年人相互商量说："那树上经常有黄色的烟气，或许它有神灵，可以向它求雨。"于是拿着酒肉去了。亭里有个寡妇叫李宪，晚上起来，在房间里忽然看见一个妇人，穿着绣花衣，自称说："我是树神黄祖，能够兴云作雨。因为你生性洁净，我辅助你生活。早上来的父老都想祈雨，我已经向天帝请求，明天中午下大雨。"到时果然下起了大雨。人们于是为树神黄祖建立了祠庙。树神对李宪说："诸位父老在这里，我住的地方接近河水，应当送一些鲤鱼来。"话刚说完，有几十条鲤鱼飞来聚集在堂屋下，在座的人没有不感到震惊的。这样过了一年多，树神说："将要有大的战争，现在向你告辞离开。"留下一只玉环，说："拿着这只玉环可以避免灾难。"后来刘表、袁术相互攻伐，龙舒县的百姓都迁走了，只有李宪住的乡里没有遭受兵乱之害。

张辽除树怪

魏桂阳太守江夏张辽①，字叔高，去鄢陵，家居买田。田中有大树，十余围，枝叶扶疏，盖地数亩，不生谷。遣客伐之，斧数下，有赤汁六七斗出。客惊怖，归白叔高。叔高大怒曰："树老汁赤，如何得怪？"因自严行复斫之，血大流洒。叔高使先斫其枝，上有一空处，见白头公，可长四五尺，突出，往赴叔高。高以刀逆格之。如此凡杀四五头，并死。左右皆惊怖伏地，叔高神虑怡然如旧。徐熟视，非人非兽。遂伐其木。此所谓木石之怪夔、魍魉者乎？是岁应司空辟侍御史、兖州刺史②。以二千石之尊过乡里③，荐祝祖考，白日绣衣荣羡④，竟无他怪。

【注释】

①桂阳：古郡名。郡治在今湖南郴州。

②司空：官名。周代时为六卿之一，即冬官大司空，掌管工程。汉代改御史大夫为大司空，与大司马、大司徒并列为三公，后去"大"字为司空。侍御史：司空的属官。

③二千石：郡守的俸禄。用以指代郡守。

④白日绣衣：即衣锦昼行。旧时比喻有了功名富贵后夸耀乡里。

【译文】

魏桂阳太守江夏人张辽，字叔高，到鄢陵居家置买田地。田里有一棵大树，树干粗十多围，枝叶繁茂，遮盖了好几亩田地，地里不长庄稼。他派门客去砍伐，砍了几下，有红色的汁液六七斗流出来。门客非常害怕，回去禀告张辽。
张辽大怒，说："树老了汁液是红色的，有什么可奇怪的？"
于是他自己整理装束又去砍树，树的血汁到处流淌。张辽让
人先砍树枝，树上有一个空洞，看见一个白头公公，身长
大约四五尺，突然跳出来跑向张辽。张辽用刀迎接与他搏
斗。像这样一共杀了四五个，都死了。左右的人都吓得趴
在地上，张辽神色安祥和平常一样。他慢慢仔细观察，不
是人，也不是野兽，于是把那树砍掉了。这就是人们所说
的木石的精怪夔或魍魉吗？这一年张辽应司空的荐举做了
侍御史、兖州刺史。他以郡守的尊贵身份访问家乡，祭祀
祖宗，身穿五彩绣衣显耀荣盛，始终再没出现其他的怪物。

董仲舒戏老狸

董仲舒下帷讲诵①，有客来诣，舒知其非常。
客又云："欲雨。"舒戏之曰："巢居知风，穴居知
雨。卿非狐狸，则是鼷鼠。"客遂化为老狸。

【注释】

①下帷：放下室内悬挂的帷幕。指教书。

【译文】

董仲舒教书讲经诵读，有一位客人来拜访，董仲舒知
道他不是寻常的人。客人又说："要下雨了。"董仲舒开玩
笑说："住在鸟巢里的知道刮不刮风，住在洞穴里的知道下
不下雨。你不是狐狸，就是鼷鼠。"客人于是变成了一只老
狐狸。

张华擒狐魅

张华，字茂先，晋惠帝时为司空。于时燕昭王墓前有一斑狐①，积年，能为变幻，乃变作一书生，欲诣张公。过问墓前华表曰："以我才貌，可得见张司空否？"华表曰："子之妙解，无为不可。但张公智度，恐难笼络。出必遇辱，殆不得返。非但丧子千岁之质，亦当深误老表。"狐不从，乃持刺谒华。华见其总角风流②，洁白如玉，举动容止，顾盼生姿，雅重之。于是论及文章，辨校声实，华未尝闻。比复商略三史③，探颐百家，谈老、庄之奥区，披《风》、《雅》之绝旨，包十圣，贯三才④，箴八儒，擿五礼⑤，华无不应声屈滞⑥。乃叹曰："天下岂有此少年！若非鬼魅则是狐狸。"乃扫榻延留，留人防护。此生乃曰："明公当尊贤容众⑦，嘉善而矜不能，奈何憎人学问？墨子兼爱，其若是耶？"言卒，便求退。华已使人防门，不得出。既而又谓华曰："公门置甲兵栏骑，当是致疑于仆也。将恐天下之人卷舌而不言，智谋之士望门而不进。深为明公惜之。"华不应，而使人防御甚严。时丰城令雷焕，字孔章，博物士也，来访华。华以书生白之。孔章曰："若疑之，何不呼猎犬试之？"乃命犬以试，竟无惮色。狐曰："我天生才智，反以为妖，以犬试我，遮莫千试万虑⑧，其能为患乎？"华闻，益怒，曰："此必真妖也。闻魑魅忌狗，所别者数百年物耳，千年老精，不能复别；惟得千年枯木照之，则

形立见。"孔章曰："千年神木，何由可得？"华
曰："世传燕昭王墓前华表木已经千年。"乃遣人伐
华表。使人欲至木所，忽空中有一青衣小儿来，问
使曰："君何来也？"使曰："张司空有一少年来谒，
多才巧辞，疑是妖魅，使我取华表照之。"青衣
曰："老狐不智，不听我言，今日祸已及我，其可逃
乎！"乃发声而泣，倏然不见。使乃伐其木，血流；
便将木归，燃之以照书生，乃一斑狐。华曰："此二
物不值我，千年不可复得。"乃烹之。

【注释】

①燕昭王：战国时燕国国君。燕王哙之乱导致齐国破
　燕，燕昭王继位后复兴燕国。

②总角：古时儿童束发为两结，向上分开，形状如角，
　故称总角。借以指代儿童少年。

③三史：魏晋南北朝以《史记》、《汉书》、《东观汉记》
　为"三史"。

④三才：指天、地、人。

⑤摘（zhāi）：指责。五礼：古代的五种礼制。即吉
　礼、凶礼、军礼、宾礼、嘉礼。这里指代各种礼法。

⑥屈滞：形容语言艰涩。

⑦明公：旧时对有名位者的尊称。

⑧遮莫：任凭，只管。

【译文】

张华字茂先，晋惠帝时任司空。那时候燕昭王墓前有

一只毛色斑驳的狐狸，年岁很久，能够变化，它于是变成一名书生，想去拜见张华。它问墓前的华表说："凭我的才貌，能不能去会见张司空呢？"华表说："你能言善辩，没有什么不能做的。但张公明智而博学，恐怕你难以掌握。你去必定遭到侮辱，大概就回不来了。不但要丧失你千年修炼的本体，还会连累我深受灾祸。"狐狸不听它的话，于是拿着名帖拜见张华。张华看他年轻才俊，肤色洁白如玉，举止神情优雅动人，十分看重他。于是和他谈及文辞篇章，辩论考察名实关系，张华从未听过那样的言论。接着评论前朝历史，探寻诸子百家的精义，谈论老、庄深奥的地方，揭示《风》《雅》绝妙的义旨，总结古代圣贤之道，贯通天文地理人事，规诫各派儒学，指责各种礼法，张华总是无法应答，张口结舌。张华于是长叹道："天下哪有这样的少年！如果不是鬼魅，就一定是狐狸精。"于是打扫坐榻请他留下，安排人加以防守。这个书生于是说："您应该尊重贤士，包容众人，嘉奖人才而同情弱者，怎么能忌恨别人有学问呢？墨子主张的兼爱，难道是这样的吗？"说完，便要求告辞。张华已经派人守门，不能出去。过了一会儿又对张华说："您门口设置兵士武器，定是对我有怀疑了。我担心天下的人将卷起舌头不说话，有智谋的人望着您的门不敢走进。我深感惋惜。"张华不回答，却让人守得更严密了。这时丰城县令雷焕，字孔章，是个知识渊博的人，来拜访张华。张华把书生的事情告诉他。雷焕说："如果怀疑他，为什么不让猎狗去试试他呢？"于是张华叫人唤猎狗来试，狐狸竟然没有一点害怕的神色。狐狸说："我天生才智，你反而认为是妖怪，用狗来试我。任凭千试万试，难道能够伤害我吗？"张华听说后，更加生气，说："这一定是真妖怪。听说鬼怪忌惮狗，但狗只能识别几百年的怪物，千年的老精怪，狗是不能识别的。只有用那千年的枯木照它，才会立刻显现原形。"雷焕说："千年的神木，到哪里才能得到呢？"张华说："世人传言燕昭王墓前的华表木已经千年了。"于是派人去砍华表。派去的人到华表木那里，忽然从空中降下一个穿青衣的小孩，问使者："您来做什么？"使者说："张司空那里有一个少年来拜访，多才善辩，怀疑他是妖精，派我来砍取华表木照他。"青衣小孩说："老狐狸不明智，不听我的话，今天连累到我，怎么能够逃掉呢？"于是放声大哭，一下子不见了。使者于是砍伐那华表木，木里流出血来；于是把华表木拿回去，点燃它用来照书生，竟然是一只斑狐。张华说："这两个怪物不遇上我，千年之内都不能擒获。"于是就烹杀了狐狸。

吴兴老狸

晋时，吴兴一人有二男，田中作，时尝见父来骂詈赶打之。童以告母，母问其父，父大惊，知是鬼魅，便令儿斫之。鬼便寂不复往。父忧，恐儿为鬼所困，便自往看。儿谓是鬼，便杀而埋之。鬼便遂归，作其父形，且语其家，二儿已杀妖矣。儿暮归，共相庆贺，积年不觉。后有一法师过其家，语二儿云："君尊候有大邪气。"儿以白父，父大怒。

儿出以语师，令速去。师遂作声入，父即成大老
狸，入床下，遂擒杀之。向所杀者，乃真父也。改
殡治服。一儿遂自杀，一儿忿懊，亦死。

【译文】

晋朝的时候，吴兴郡一个人有两个儿子，他们在田中
干活，经常看见父亲来打骂他们。儿子把这事告诉母亲，
母亲去问父亲，父亲非常吃惊，知道是鬼魅，就吩咐儿子
杀死它。鬼怪便寂无声息不再到地里去了。父亲担心儿子
被鬼怪困扰，就亲自到田里去看。儿子以为是鬼，便把他
杀了埋掉。鬼怪于是回到家里，变成父亲的模样，而且告
诉家人，两个儿子已经杀死妖怪了。儿子傍晚回来，一家
人共同庆贺，过了几年都没有发觉。后来有一个法师拜访
他家，对两个儿子说："你们父亲的气色有很重的邪气。"
儿子把这事告诉父亲，父亲非常生气。儿子出来告诉法师，
让他赶紧离开。法师于是念着咒语进屋，父亲立刻变成了
一只大狐狸，钻到了床下，于是把它捉住杀了。当初杀的，
是他们真正的父亲。给父亲改葬办理丧事。一个儿子因此
自杀，另一个儿子气愤懊悔，也死了。

刘伯祖与狸神

博陵刘伯祖为河东太守[①]，所止承尘上有神，
能语，常呼伯祖与语。及京师诏书诰下消息，辄预
告伯祖。伯祖问其所食啖[②]，欲得羊肝。乃买羊肝
于前切之，脔随刀不见[③]。尽两羊肝，忽有一老狸，

眇眇在案前④。持刀者欲举刀斫之，伯祖呵止。自着承尘上，须臾大笑曰："向者啖羊肝，醉忽失形，与府君相见，大惭愧。"后伯祖当为司隶⑤，神复先语伯祖曰："某月某日，诏书当到。"至期，如言。及入司隶府，神随遂在承尘上，辄言省内事。伯祖大恐怖，谓神曰："今职在刺举，若左右贵人闻神在此，因以相害。"神答曰："诚如府君所虑。当相舍去。"遂即无声。

【注释】

①博陵：古郡名。郡治在今河北蠡县。

②啖（dàn）：吃。

③脔（luán）：切成块状的肉。

④眇眇（miǎo）：眯眼远望的样子。

⑤司隶：官名。负责察举百官及京师近郡违法犯罪的人。

【译文】

博陵郡的刘伯祖任河东太守，所居住房屋的天花板上有个神，会说话，经常呼唤刘伯祖和他说话。每当京城有诏书文诰传送消息，总是预先告诉刘伯祖。刘伯祖问他喜欢吃些什么，说是想吃羊肝。刘伯祖于是买来羊肝，叫人在自己面前切碎，随着刀切下肉就不见了。吃完两份羊肝，忽然有一只老狐狸模模糊糊地出现在案桌前。拿刀的人想举刀砍狐狸，刘伯祖呵止了他。狐狸自己爬上天花板，过了一会儿大笑着说道："刚才吃羊肝，醉了一下子显了原形，让您看见，非常惭愧。"后来刘伯祖做了司隶，狐神又先给刘伯祖说："某月某日，诏书就送到了。"到时候果然像它说的。等刘伯祖到司隶府时，狐神也跟着住到了天花板上，总是说起皇宫禁地里的事情。刘伯祖非常害怕，对狐神说："现在我的职责是察举百官，如果皇上左右显贵的人听说有神在我这里，就会因此加害于我。"狐神回答说："确实像您所担心的。我会离开这里。"于是就没了声息。

宋大贤擒狐

南阳西郊有一亭，人不可止，止则有祸。邑人宋大贤以正道自处，尝宿亭楼，夜坐鼓琴，不设兵仗。至夜半时，忽有鬼来登梯，与大贤语。瞋目磋齿①，形貌可恶。大贤鼓琴如故。鬼乃去，于市中取死人头来，还语大贤曰："宁可少睡耶？"因以死人头投大贤前。大贤曰："甚佳！我暮卧无枕，正欲得此。"鬼复去，良久乃还，曰："宁可共手搏耶？"大贤曰："善！"语未竟，鬼在前，大贤便逆捉其腰。鬼但急言死，大贤遂杀之。明日视之，乃老狐也。自是亭舍更无妖怪。

【注释】

①瞋（chēng）目：瞪眼。

【译文】

南阳西郊有一个亭，人不能在那里止宿，止宿就会遇到灾祸。当地人宋大贤以正道立身处世，他曾经在亭楼住宿，晚上坐着弹琴，没有准备兵器。到半夜时，忽然有个鬼登上楼梯，跟宋大贤说话。瞪着眼睛，磨着牙齿，形貌很可怕。宋大贤仍旧弹琴。鬼于是离开了，到街市上拿来一个死人头，回来对宋大贤说："可以稍微睡一会儿吗？"于是把死人头扔到宋大贤面前。宋大贤说："很好！我晚上睡觉没有枕头，正想得到这个呢。"鬼又离开，很久才回来，说："可以一起搏斗吗？"宋大贤说："好。"话没说完，鬼来到面前。宋大贤就迎上去抓住它的腰。鬼只是急急忙忙地说死，宋大贤于是就杀了它。第二天看它，竟是一只老狐狸。从此亭舍再也没有妖怪了。

郅伯夷击魅

北部督邮西平郅伯夷，年三十许，大有才决，长沙太守郅君章孙也。日晡时①，到亭，敕前导入且止②。录事掾曰："今尚早，可至前亭。"曰："欲作文书。"便留，吏卒惶怖，言当解去③。传云："督邮欲于楼上观望，亟扫除。"须臾，便上。未暝，楼镫阶下复有火④。敕云："我思道，不可见火，灭去。"吏知必有变，当用赴照，但藏置壶中。日既暝，整服坐，诵《六甲》《孝经》《易》本讫⑤，卧。有顷，更转东首，以帤巾结两足⑥，帻冠之，密拔剑解带。夜时，有正黑者四五尺，稍高，走至柱屋，因覆伯夷。伯夷持被掩之，足跳脱，几失，再三。以剑带击魅脚，呼下火上照，视之，老狐，正赤，略无衣毛。持下烧杀。明旦，发楼屋，得所髡人髻百余。因此遂绝。

【注释】

①晡（bū）：申时，即下午三点至五点。

②前导：我国古代官吏出行时前列的仪仗。

③解：禳除，向鬼神祈祷消灾。

④镫（dēng）：膏镫。也称锭、钉、烛豆、烛盘。古代照明用具。青铜制，上有盘，中有柱，下有底。或有三足及柄。盘所以盛膏，或中有锥供插烛。

⑤《六甲》：书名。内容讲述道家的遁甲之术。

⑥帢巾：大巾。

【译文】

北部督邮西平郡人郅伯夷，年纪三十多岁，非常有才而且果断，是长沙太守郅君章的孙子。一天申时来到一个亭前，命令前面的仪仗人员进入亭中并住下来。录事掾说："现在天还早，可到前面的亭去。"郅伯夷说："我想写文书。"便留了下来，吏卒感到十分惶恐，说应当祈祷消灾。郅伯夷传令说："督邮想到楼上看看，立即打扫。"一会儿他就上来了。天没黑，楼上的膏镫和楼梯下面都有灯火。郅伯夷下令说："我要思考道的问题，不能看见火光，把灯灭了。"官吏知道一定会有变故，要用灯火去照明，只是把它们藏在壶里。天已经黑了，郅伯夷整理服装坐下，诵读《六甲》、《孝经》、《易》等完毕，躺下了。过了一会儿，改换到床东头，他用大布巾扎了两只脚，戴上头巾帽子，悄悄拔出宝剑解开腰带。夜里，有个很黑的四五尺的东西，渐渐长高，走到正屋，就扑来抓郅伯夷。郅伯夷拿被蒙上它，他脚上包的布巾脱落，光着脚，几乎让它逃掉，反复了几次。他用宝剑腰带打妖魅的脚，呼喊下面的灯火上楼照亮，看它，是一只老狐狸，颜色很红，没有一点毛。把它拿下去烧死了。第二天早晨，打开楼上房间，找到了妖魅剃下的人的头发一百多个。从此这里的妖怪就绝迹了。

狐博士讲书

吴中有一书生，皓首，称胡博士，教授诸生。忽复不见。九月初九日，士人相与登山游观，闻讲书声；命仆寻之，见空冢中群狐罗列，见人即走，老狐独不去，乃是皓首书生。

【译文】

吴地有一个书生，白头发，自称胡博士，教授学生。忽然有一天他不见了。九月初九这一天，士人相邀登山游览，听见胡博士讲学的声音。叫仆人寻找他，看见一座空坟中排列着一群狐狸，见有人来立即逃跑了。只有一只老狐狸没有离开，正是那个白头书生。

王周南克鼠怪

魏齐王芳正始中，中山王周南，为襄邑长。忽有鼠从穴出，在厅事上语曰："王周南！尔以某月某日当死。"周南急往，不应。鼠还穴。后至期，复出，更冠帻皂衣而语曰："周南！尔日中当死。"亦不应。鼠复入穴。须臾复出，出，复入，转行，数语如前。日适中，鼠复曰："周南！尔不应，我复何道！”言讫，颠蹶而死，即失衣冠所在。就视之，与常鼠无异。

【译文】

魏齐王曹芳正始年间，中山郡人王周南，任襄邑县长。忽然有只老鼠从地穴中出来，在办公的厅堂上说："王周南！你在某月某日要死。"王周南急忙走过去，不说话。老鼠回到地穴。后来到了这一天，老鼠又出来，改戴头巾穿皂黑衣服说："王周南！你中午要死亡。"王周南也不说话。老鼠又回到地穴。过了一会儿又出来，出来又回去，转了几趟，说着和先前一样的话。刚到中午，老鼠又说："王周南！你不答应，我还说什么呢！"说完，仆倒在地上死了，衣帽立刻不见了。走近去看，和平常老鼠没什么不同。

安阳亭三怪

安阳城南有一亭，夜不可宿，宿辄杀人。书生明术数，乃过宿之，亭民曰："此不可宿。前后宿此，未有活者。"书生曰："无苦也。吾自能谐。"遂住廨舍①。乃端坐诵书，良久乃休。夜半后，有一人，着皂单衣，来，往户外，呼亭主，亭主应诺。"见亭中有人耶？"答曰："向者有一书生在此读书，适休，似未寝。"乃喑嗟而去②。须臾，复有一人，冠赤帻者，呼亭主。问答如前。复喑嗟而去。既去，寂然。书生知无来者，即起，诣向者呼处，效呼亭主。亭主亦应诺。复云："亭中有人耶？"亭主答如前。乃问曰："向黑衣来者谁？"曰："北舍母猪也。"又曰："冠赤帻来者谁？"曰："西舍老雄鸡父也。"曰："汝复谁耶？"曰："我是老蝎也。"于是书生密便诵书至明，不敢寐。天明，亭民来视，惊曰："君何得独活？"书生曰："促索剑来，吾与卿取魅。"乃握剑至昨夜应处，果得老蝎，大如琵琶，毒长数尺。西舍得老雄鸡父，北舍得老母猪。凡杀三物，亭毒遂静，永无灾横。

【注释】

①廨（xiè）舍：指官府营建的房舍。

②喑（yīn）噎：低声叹息。

【译文】

安阳城南有一座亭，晚上不能在那里住宿，住宿就会有人被杀。有一个书生懂得术数，经过那里就住了下来，亭里的百姓说："这里不能住宿。前后住在这里的人，没有活下来的。"书生说："没关系，我自己能处理。"于是就住在了亭的客舍里。然后端坐着读书，过了很久才休息。半夜以后，有一个穿黑色单衣的人，来到门外，呼唤亭主，亭主答应。"看见亭中有人吗？"答道："先前有一个书生在这里读书，刚刚休息，好像还没睡着。"门外的人于是低声叹息着离开了。过了一会儿，又有一个人，戴着红色的头巾，呼唤亭主。问答和前面一样，他也低声叹息着离开了。走了之后，静悄悄的。书生知道没人再来了，立即起身到先前呼唤的地方，模仿呼唤亭主，亭主也答应了。书生又说："亭中有人吗？"亭主答复和先前一样。于是问道："刚才穿黑衣来的是谁？"说："是北屋的母猪。"又问："戴红头巾的是谁？"说："是西屋的老公鸡。"说："你又是谁呢？"说："我是老蝎子。"于是书生悄悄诵书到天明，没有敢睡。天亮之后，亭里的百姓来看，惊讶地说："你怎么能独自活下来？"书生说："赶快找剑来，我和你们去捉妖怪。"于是握着剑来到昨夜应答的地方，果然找到了老蝎子，有琵琶那么大，毒刺长好几尺。西屋找到了老公鸡，北屋找到了老母猪。一起杀了这三个怪物，这个亭的毒害就清净了，永远没有灾祸。

卷十九

　　降妖除怪仍然是本卷的中心内容。其中最引人注目的是"李寄斩蛇"，一条为害一方数年的大蛇，最后居然被一个十多岁的小女孩李寄杀死了。在我们赞叹李寄机智勇敢的同时，不得不感慨官府的无能与无为。另外孔子对于"五酉"的论述也值得重视，"物老则为怪，杀之则已，夫何患焉"一语，十分经典地概括了古人对于精怪的基本态度。另外，收入本卷的"狄希千日酒"，是一则充满喜剧性的故事，从刘玄石的醉死千日，醒后不知"日高几许"，我们能够略略窥及古人十分高超的酿酒技术。

李寄斩蛇

东越闽中有庸岭①，高数十里，其西北隙中有大蛇②，长七八丈，大十余围，土俗常病。东冶都尉及属城长吏③，多有死者。祭以牛羊，故不得福。或与人梦，或下谕巫祝，欲得啖童女年十二三者。都尉令长并共患之，然气厉不息，共请求人家生婢子，兼有罪家女养之，至八月朝祭，送蛇穴口，蛇出吞啮之。累年如此，已用九女。尔时预复募索，未得其女。将乐县李诞家有六女，无男，其小女名寄，应募欲行，父母不听。寄曰："父母无相，惟生六女，无有一男。虽有如无。女无缇萦济父母之功④，既不能供养，徒费衣食，生无所益，不如早死。卖寄之身，可得少钱，以供父母，岂不善耶？"父母慈怜，终不听去。寄自潜行，不可禁止。寄乃告请好剑及咋蛇犬。至八月朝，便诣庙中坐，怀剑，将犬。先将数石米餈⑤，用蜜麨灌之⑥，以置穴口。蛇便出，头大如囷⑦，目如二尺镜，闻餈香气，先啖食之。寄便放犬，犬就啮咋，寄从后斫得数创。疮痛急，蛇因踊出，至庭而死。寄入视穴，得其九女髑髅⑧，悉举出，咤言曰："汝曹怯弱，为蛇所食，甚可哀愍。"于是寄女缓步而归。越王闻之，聘寄女为后，拜其父为将乐令，母及姊皆有赏赐。自是东冶无复妖邪之物。其歌谣至今存焉。

①东越：古族名。古代越人的一支，相传为越王勾践的后裔。秦汉时分布在今浙江省东南部、福建省北部一带。汉武帝时东越王馀善反汉，旋被其部属所杀。后以东越指闽东或浙东地区。

②隰（xí）：低湿的地方。

③都尉：官名。辅佐郡守并掌全郡的军事。

④缇（tí）萦：人名。汉代孝女。汉文帝时，太仓令淳于意有罪当受刑，被送到长安的监狱，他的小女儿缇萦随父至长安，上书请入身为官婢，赎父罪。汉文帝怜惜她，于是免除了淳于意的罪。

⑤餈（cí）：用糯米煮饭或用糯米粉、黍米粉制成的糕饼。

⑥蜜麨（chǎo）：炒熟的米粉或麦粉和以蜜糖的食品。

⑦囷（qūn）：圆形谷仓。

⑧髑髅（dúlóu）：头骨。

【译文】

东越闽中地区有座庸岭，山高几十里，它西北低湿的地方有一条大蛇，长七八丈，粗十多围，当地老百姓经常受到祸害。东冶都尉及所属县的长官，常有被它咬死的。拿牛羊去祭祀，仍然得不到福佑。它有时给人托梦，有时下令给巫祝，想要得到十二三岁的小女孩来吃。都尉县长都以此为患，但疾病灾疫没有停息，大家只好去征求人家奴婢生的女孩，以及犯了罪的人家的女儿养着，到八月初祭祀，送到蛇洞口，蛇出来吞食她。多年这样，已经用了九个女孩。那一年又预先寻募女孩，没有找到合适的女孩。

将乐县李诞家有六个女儿，没有男孩，他家小女儿名叫李寄，要去应募前往，父母不同意。李寄说："父母没有福相，只生了六个女儿，没有一个儿子，虽然有孩子也跟没有一样。女孩没有缇萦救父母的功劳，既然不能奉养父母，白白浪费衣食，活着没什么用处，不如早死。卖了我，可以得到一点钱，拿来供养父母，难道不好吗？"父母慈爱女儿，始终不同意她去。李寄自己悄悄走了，父母没能禁止。李寄于是请求得到锋利的剑和咬蛇的狗。到了八月初，李寄就到庙中坐着，抱着剑，带着狗。她先拿几石米做的餈糕，用蜜糖䴷面拌好，放在蛇洞口。蛇就出来了，头大得像谷仓，眼睛像二尺的镜子，闻到餈糕的香气，先去吃它。李寄就放开狗，狗去咬蛇，李寄从后面砍它好几处。伤口疼得厉害，蛇于是从庙里窜出，到院子里就死了。李寄进到蛇洞去看，看到九个女孩子的头骨，都拿了出来，悲痛地说："你们胆小懦弱，被蛇吃掉，真的很可怜。"于是李寄姑娘慢慢回家去了。越王听说这件事，聘娶李寄做王后，任命她的父亲为将乐县令，她母亲和姐姐都有赏赐。从那以后，东冶再没有妖怪。歌唱李寄的歌谣至今还在流传。

司徒府大蛇

晋武帝咸宁中，魏舒为司徒。府中有二大蛇，长十许丈，居厅事平橑上[①]，止之数年，而人不知，但怪府中数失小儿，及鸡犬之属。后有一蛇夜出，经柱侧伤于刃，病不能登于是觉之。发徒数百，攻击移时，然后杀之。视所居，骨骼盈宇之间。于是毁府舍更立之。

【注释】
①橑（liáo）：屋椽。

【译文】
　　晋武帝咸宁年间，魏舒任司徒。他的官府中有两条大蛇，长十来丈，藏在办公厅房的平梁上，停留了好几年而人们都不知道，只是奇怪官府中多次丢失小孩，以及鸡、狗等动物。后来有一条蛇晚上出来，经过屋柱时被刀刃割伤，伤重不能爬上屋去，于是被发现了。魏舒派了几百个人，攻打了很长时间，才把两条蛇杀死。看蛇所藏的地方，屋檐之间堆满了骨头。于是拆掉了司徒府重新修建。

谢非除庙妖

　　丹阳道士谢非，往石城买冶釜还①，日暮不及至家。山中庙舍于溪水上，入中宿。大声语曰："吾是天帝使者，停此宿。"犹畏人劫夺其釜，意苦搔搔不安。二更中，有来至庙门者，呼曰："何铜。"铜应喏。曰："庙中有人气，是谁？"铜云："有人，言是天帝使者。"少顷便还。须臾又有来者，呼铜，问之如前。铜答如故。复叹息而去。非惊扰不得眠。遂起，呼铜问之："先来者谁？"答言："是水边穴中白鼍。""汝是何等物？"答言："是庙北岩嵌中龟也。"非皆阴识之。天明，便告居人言："此庙中无神，但是龟鼍之辈，徒费酒食祀之。急具锸来②，共往伐之。"诸人亦颇疑之，于是并会伐掘，皆杀之，遂坏庙，绝祀。自后安静。

【注释】

①石城：古县名。在今安徽池州贵池西南。
②锸（chā）：锹。

【译文】

　　丹阳郡的道士谢非，到石城买铁锅回来，天晚了来不及赶回家。山中有一座庙宇建在溪水边上，谢非进去住宿。他大声说："我是天帝的使者，停留在这里住宿。"他还是怕人抢他的锅，心里骚动不安。夜里二更时，有人来到庙门，喊到："何铜。"何铜答应。说："庙里有人的气息，是谁？"何铜说："有人，说是天帝的使者。"过一会儿那人走了。一会儿又有人来，喊何铜，问他的话和先前一样。何铜回答也一样。那人又叹息一声走了。谢非被惊扰得睡不着觉，于是起来，喊何铜，问他："先来的人是谁？"回答说："是水边洞穴中的白鼍。""你是什么东西？"回答说："是庙北岩洞中的乌龟。"谢非暗暗记在心里。天亮了，谢非就去告诉当地的居民，说："这座庙里没有神灵，只是龟鼍之类，白白浪费酒食祭祀它们。快准备铁锹来，一起去铲除它们。"众人也都怀疑庙神，于是一同去挖掘，把龟鼍都杀了，毁了庙，停止了祭祀。从此之后安静无事。

孔子论五酉

　　孔子厄于陈，弦歌于馆。中夜，有一人长九尺余，着皂衣，高冠，大吒，声动左右。子贡进问："何人耶？"便提子贡而挟之。子路引出，与战于庭。有顷，未胜。孔子察之，见其甲车间时时开如掌①，孔子曰："何不探其甲车，引而奋登？"子路引之，没手仆于地，乃是大鳀鱼也，长九尺余。孔子曰："此物也，何为来哉？吾闻物老则群精依之，因衰而至此。其来也，岂以吾遇厄绝粮，从者病乎？夫六畜之物，及龟蛇鱼鳖草木之属，久者神皆凭依，能为妖怪，故谓之'五酉'。'五酉'者，五行之方，皆有其物。酉者，老也，物老则为怪，杀之则已，夫何患焉？或者天之未丧斯文，以是系予之命乎！不然，何为至于斯也？"弦歌不辍。子路烹之，其味滋。病者兴，明日遂行。

【注释】

①甲车间：铠甲和腮间。车，牙车，即下腭骨，下牙床。

【译文】

孔子周游列国时在陈国绝粮被困，在馆舍弹琴唱歌。半夜，有一个人身长九尺多，穿着皂黑色的衣服，戴着高帽子，大声吼叫，声音惊动了左右的人。子贡进来问："是什么人？"那人便提起子贡挟持了他。子路把他引出房，在院子里打斗。打了一会儿，未能取胜。孔子观察他，看见他的铠甲和腮帮子中间不时打开像手掌一样。孔子说："怎么不抓他的铠甲和腮帮子中间，使劲往上拉？"子路拉他，手伸进去他就倒在地上，居然是一条大鳀鱼，长九尺多。孔子说："这个怪物为什么来呢？我听说事物老了就会有各种精怪来依附他，在人衰败的时候就到来。它来这里，难道是因为我遇到困厄断了粮食，随从生病了吗？六畜动物，以及龟蛇鱼鳖草木之类，时间长了神灵都会凭依，会变成妖怪，所以称之为'五酉'。所谓'五酉'，东南西北中五方都有这种怪物。酉，是老的意思，事物老了就会成为妖怪，杀了就完了，有什么可担忧的呢？或许是上天不丧失这礼乐制度，拿这个来维系我的生命吧！不然的话，为什么要到这里来呢？"他弹琴唱歌没有停止。子路烹了鳑鱼，它的味道很美。生病的人能站起来了，第二天就动身上路了。

狄希千日酒

狄希，中山人也，能造千日酒，饮之千日醉。时有州人，姓刘，名玄石，好饮酒，往求之。希曰："我酒发来未定，不敢饮君。"石曰："纵未熟，且与一杯，得否？"希闻此语，不免饮之。复索，曰："美哉！可更与之？"希曰："且归。别日当来。只此一杯，可眠千日也。"石别，似有怍色。至家，醉死。家人不之疑，哭而葬之。经三年，希曰："玄石必应酒醒，宜往问之。"既往石家，语曰："石在家否？"家人皆怪之曰："玄石亡来，服以阕矣①。"希惊曰："酒之美矣，而致醉眠千日，今合醒矣。"乃命其家人凿冢，破棺看之。冢上汗气彻天。遂命发冢，方见开目张口，引声而言曰："快哉醉我也！"因问希曰："尔作何物也，令我一杯大醉，今日方醒？日高几许？"墓上人皆笑之。被石酒气冲入鼻中，亦各醉卧三月。

【注释】
①阕（què）：古代指服丧期满。

【译文】

　　狄希，是中山人，能制造"千日酒"，喝了它要醉上千日。当时有个同乡，姓刘，叫玄石，喜欢喝酒，去讨酒喝。狄希说："我的酒发酵酒性还不定，不敢给你喝。"刘玄石说："即使还没有成熟，暂给我一杯，行不行？"狄希听了这话，不得已给他喝了一杯。刘玄石喝了还要，说："美啊，可以再给一杯吗？"狄希说："暂且先回去吧。改天再来。只这一杯，就能让你睡上千日了。"刘玄石告别，似乎有羞愧的神色。到家后，就醉死了。家里人没有一点怀疑，哭着把他葬了。过了三年，狄希说："刘玄石应该酒醒了，应该去看看他。"到刘玄石家，狄希说："玄石在家吗？"家里人都很奇怪："玄石死了，丧服都已经除了。"狄希吃惊地说："这酒确实美极了，竟使他醉卧千日，今天应该醒了。"于是叫刘家的人去凿开坟墓，打开棺材看他。坟上汗气冲天，便叫挖开坟墓，正好看见刘玄石睁开眼睛，张开嘴，拉长声音说："痛快！把我弄醉了。"于是问狄希说："你造的是什么酒啊，让我喝一杯就大醉，今天才醒？太阳多高啦？"坟上的人都笑他。大家被刘玄石的酒气冲入鼻子，也各醉卧了三个月。

卷二十

　　本卷收录的都是因果报应的故事。在这些故事中，动物和人一样有灵性，不同的人也因为对动物采取不同的态度而得到不同的结果。如"苏易助虎产"，就讲述了一个因为帮助老虎产子而得到老虎报答，"再三送野肉于门内"的故事。"义犬救主"则把人犬之间的深厚感情描述得十分动人。著名的"隋侯珠"，也来自于一条被隋侯救活的大蛇。除了龙、虎、龟、蛇、犬这一类在传统观念中就具有灵性的动物之外，像蚂蚁、蟪蛄这样的小虫，也因人的善念而能救人于危难。除了动物报恩的故事，报仇也是本卷的主题之一。虐杀猿子致使猿母肝肠寸断的人全家遭瘟疫而死，杀死大蛇的陈甲也没有逃脱大蛇的复仇。这些故事，通过动物对人类恩怨分明的回报，宣扬了"善有善报，恶有恶报"的朴素因果报应观念。

病龙求医

晋魏郡亢阳，农夫祷于龙洞，得雨，将祭谢之。孙登见曰①："此病龙雨，安能苏禾稼乎？如弗信，请嗅之。"水果腥秽。龙时背生大疽，闻登言，变为一翁，求治，曰："疾瘳，当有报。"不数日，果大雨。见大石中裂开一井，其水湛然。龙盖穿此井以报也。

【注释】

①孙登：晋代的隐士。

【译文】

晋朝时魏郡大旱，农夫在龙洞祈祷，果然求到了雨，准备祭祀来感谢龙。孙登见了说："这是有病的龙降下的雨，怎么能救活庄稼呢？如果不相信，请闻闻看。"雨水果然是腥臭的。龙当时背上长了大疮，听了孙登的话，变成一个老人来求医，说："病治好了，会有报答。"不几天，果然下起大雨。只见大石头中间裂开一口井，井水十分清澈。龙大概是穿凿这口井作为报答的。

苏易助虎产

苏易者，庐陵妇人，善看产。夜忽为虎所取，行六七里，至大圹①，厝易置地②，蹲而守。见有牝虎当产，不得解，匍匐欲死，辄仰视。易怪之，乃为探出之，有三子。生毕，牝虎负易还，再三送野肉于门内。

【注释】

①圹（kuàng）：墓穴。

②厝（cuò）：放置。

【译文】

苏易，是庐陵郡的一个妇人，善于接生孩子。一天晚上她忽然被老虎抓取，走了六七里，来到一个大墓坑，老虎把苏易放到地上，蹲在旁边守候。苏易看见有一只母老虎要产仔，不能生下来，趴在地上几乎死去，总是向上看着。苏易觉得奇怪，于是给她摸取出来，有三只虎仔。生完虎仔，那母虎驮着苏易回家，还两三次送野兽的肉到苏易家。

黄雀报恩

汉时弘农杨宝，年九岁时，至华阴山北，见一黄雀为鸱枭所搏，坠于树下，为蝼蚁所困。宝见，愍之，取归置巾箱中①，食以黄花。百余日，毛羽成，朝去，暮还。一夕三更，宝读书未卧，有黄衣童子，向宝再拜曰："我西王母使者，使蓬莱，不慎，为鸱枭所搏。君仁爱见拯，实感盛德。"乃以白环四枚与宝曰："令君子孙洁白，位登三事，当如此环。"

【注释】

①巾箱：古时放置头巾的小箱子，后亦用以存放书卷、文件等物品。

汉代时弘农郡的杨宝，年纪九岁时，到华阴山北，看见一只黄雀被鸱枭搏击，掉在树下，受到蝼蚁围困。杨宝看见，怜悯它，把它带回来放在小箱子里，用菊花喂养它。过了一百多天，黄雀的羽毛长全了，每天早上飞出去，傍晚飞回来。有一天半夜三更，杨宝读书还没有休息，有一个穿黄衣的童子，向杨宝拜了两拜，说："我是西王母的使者，出使蓬莱，不小心被鸱枭搏击。你仁爱救我，实在感谢您的大德。"于是把白环四枚送给杨宝，说："让您的子孙品德高洁，官至三公，会像这玉环一样。"

隋侯珠

隋县溠水侧①，有断蛇丘。隋侯出行②，见大蛇被伤，中断。疑其灵异，使人以药封之，蛇乃能走，因号其处断蛇丘。岁余，蛇衔明珠以报之。珠盈径寸，纯白，而夜有光，明如月之照，可以烛室。故谓之"隋侯珠"，亦曰"灵蛇珠"，又曰"明月珠"。丘南有隋季良大夫池。

【注释】
①溠（zhà）水：水名。又名扶恭河。在湖北随州西北。
②隋侯：西周时所封诸侯国隋国的国君。其封国在今湖北随县。

【译文】
隋县溠水旁，有个断蛇丘。隋侯出行，看见一条大蛇被砍伤，从中间断开。隋侯疑心这条蛇灵异，派人用药给它包扎，蛇才能爬走，于是就称那个地方为断蛇丘。过了一年，蛇衔着一颗明珠来报答隋侯。明珠的直径超过一寸，纯白色，晚上有光，像月亮一样透明，可以照亮屋子。因此称它叫"隋侯珠"，又叫"灵蛇珠"，又叫"明月珠"。断蛇丘的南边有隋大夫季良的水池。

龟报孔愉

孔愉字敬康，会稽山阴人，元帝时以讨华轶功封侯①。愉少时尝经行余不亭②，见笼龟于路者，愉买之，放于余不溪中③。龟中流左顾者数过。及后，以功封余不亭侯，铸印，而龟钮左顾，三铸，如初。印工以闻，愉乃悟其为龟之报，遂取佩焉。累迁尚书左仆射，赠车骑将军。

【注释】

①华轶：字颜夏，平原郡人。晋永嘉中任江州刺史。后不服晋元帝命令，被讨伐斩首。

②余不亭：亭名。在浙江吴兴北。

③余不溪：即东苕溪的下游。

【译文】

孔愉字敬康，会稽郡山阴县人，晋元帝时因为讨伐华轶有功封侯。孔愉年轻时曾经行经余不亭，看到有人把龟装在笼子里卖，孔愉把它买下来，把它放生到余不溪中。乌龟在溪水中从左边回头看了好几次。以后孔愉因功被封为余不亭侯，铸官印时，龟形印钮成往左看的样子，改铸了三次都还是原来的样子。铸印的工匠把这事告诉孔愉，他才明白这是乌龟报恩，于是拿来佩带上。孔愉后来官职连续升迁至尚书左仆射，死后被追封为车骑将军。

蚁王报恩

　　吴富阳县董昭之，尝乘船过钱塘江，中央，见有一蚁，着一短芦，走一头，回复向一头，甚惶遽。昭之曰："此畏死也。"欲取着船。船中人骂："此是毒螫物，不可长。我当蹹杀之①。"昭意甚怜此蚁，因以绳系芦着船，船至岸，蚁得出。其夜梦一人，乌衣，从百许人来谢云："仆是蚁中之王。不慎，堕江，惭君济活。若有急难，当见告语。"历十余年，时所在劫盗，昭之被横录为劫主，系狱余杭。昭之忽思蚁王梦，缓急当告，今何处告之？结念之际，同被禁者问之，昭之具以实告。其人曰："但取两三蚁着掌中，语之。"昭之如其言。夜果梦乌衣人云："可急投余杭山中，天下既乱，赦令不久也。"于是便觉，蚁啮械已尽，因得出狱。过江，投余杭山。旋遇赦，得免。

【注释】

①蹹（tà）：同"踏"。

【译文】

　　吴郡富阳县人董昭之，曾经乘船过钱塘江，到了河中央，看见有一只蚂蚁，爬在一根短芦苇上，走完一头，回头又走向另一头，十分惊慌害怕。董昭之说："这是害怕被淹死。"想把它取到船上来。船上的人骂道："这是有毒螫人的东西，不能救它。我要踩死他。"董昭之心里很可怜这只蚂蚁，于是用绳子把芦苇系在船上，船到岸后，蚂蚁得以从江中出来。那天夜里他梦见一个人，穿着黑衣，带着一百多人来感谢他说："我是蚂蚁之王。不小心落到江里，感谢您救活我。如果遇到危急难事，就告诉我。"过了十多年，当时地方上有盗贼，董昭之被横加罪名判为盗贼首领，关押在余杭。董昭之忽然想起蚁王托梦，有急难就告诉他，现在到哪里去告诉他呢？当他念叨这件事时，一同被关押的人问他怎么回事，董昭之一一告诉他实情。那个人说："只需拿两三只蚂蚁在手掌中，说给它们听。"董昭之按他说的做了。夜里果然梦见乌衣人说："可以赶快逃到余杭山中，天下已经乱了，赦令不久会到来。"于是就醒了，蚂蚁已经把枷锁咬坏了，因此得以逃出监狱。渡过江逃进了余杭山。不久遇到大赦，得以免罪。

义犬救主

孙权时李信纯，襄阳纪南人也[①]。家养一狗，字曰黑龙，爱之尤甚，行坐相随，饮馔之间，皆分与食。忽一日，于城外饮酒大醉，归家不及，卧于草中。遇太守郑瑕出猎，见田草深，遣人纵火爇之。信纯卧处，恰当顺风。犬见火来，乃以口拽纯衣，纯亦不动。卧处比有一溪，相去三五十步，犬即奔往入水，湿身走来卧处，周回以身洒之，获免主人大难。犬运水困乏，致毙于侧。俄尔信纯醒来，见犬已死，遍身毛湿，甚讶其事。睹火踪迹，因尔恸哭。闻于太守。太守悯之曰："犬之报恩，甚于人。人不知恩，岂如犬乎！"即命具棺椁衣衾葬之。今纪南有义犬冢，高十余丈。

【注释】

①纪南：即郢都，春秋战国时楚国的国都。因地处纪山之南，故又名纪南。在今湖北荆州江陵区北。

【译文】

　　孙权时有个李信纯，是襄阳纪南人。他家养了一条狗，名叫黑龙，他非常喜欢它，走路停歇都跟着他，吃喝的时候，都要分食物给它。忽然有一天，他在城外喝酒大醉，没有来得及回到家，睡倒在草丛里。碰上太守郑瑕出城打猎，看见田野里荒草很深，派人放火烧草。李信纯睡着的地方，正好是顺风的方向。狗看见大火烧来，就用嘴扯李信纯的衣服，李信纯也还是不动。他睡的地方旁边有一条小溪，相距三五十步，狗立刻跑到水里，弄湿身子又回到李信纯睡着的地方。来回用身上的水洒在周围，使主人得免大难。狗来回运水困乏，以致累死在主人身边。一会儿李信纯醒来，看见狗已经死了，全身的毛都是湿的，对此很惊诧。他看到火烧的踪迹，于是明白了，失声恸哭。这件事传到太守那里。太守很怜悯这条狗，说："狗的报恩，超过人。人不知道报恩，怎么比得上狗呢！"立即下令准备棺材衣服把狗埋葬了。如今纪南有一座义犬冢，高十多丈。

蝼蛄神

庐陵太守太原庞企，字子及，自言其远祖不知几何世也，坐事系狱，而非其罪，不堪拷掠，自诬服之。及狱将上，有蝼蛄虫行其左右，乃谓之曰："使尔有神，能活我死，不当善乎？"因投饭与之。蝼蛄食饭尽，去，顷复来，形体稍大。意每异之，乃复与食。如此去来，至数十日间，其大如豚。及竟报，当行刑，蝼蛄夜掘壁根为大孔，乃破械，从之出，去，久时遇赦，得活。于是庞氏世世常以四节祠祀之于都衢处。后世稍怠，不能复特为馔，乃投祭祀之余以祀之，至今犹然。

【译文】

庐陵太守太原人庞企，字子及，自己说他的远祖不知是哪一世，因为犯事被拘押在牢，却并没有犯所定的罪，受不了严刑拷打，被迫招供。等他的罪案报送上去时，有一只蝼蛄虫在他的左右爬行，就对它说："假使你有神灵，能救我免死，不是很好吗？"于是把饭扔给它吃。蝼蛄吃完饭走了，不久它又来了，形体渐渐长大。庞企心里总是觉得奇怪，于是又给它食物。就这样来来去去，几十天之间，它有小猪那么大了。等到最终判决下来，要行刑时，蝼蛄晚上在墙角挖了个大洞，庞企于是打破枷锁，跟着它出去，逃走了。过了很久，遇上大赦，得免死罪。于是庞家世世代代常于春夏秋冬四季在街道上祭祀蝼蛄神。到后世逐渐懈怠，不再特意准备食物，就拿祭祀祖庙剩下的食物拿去祭祀蝼蛄神，至今还是这样。

猿母哀子

临川东兴有人入山，得猿子，便将归，猿母自后逐至家。此人缚猿子于庭中树上以示之。其母便搏颊向人，若乞哀状，直是口不能言耳。此人既不能放，竟击杀之。猿母悲唤，自掷而死。此人破肠视之，寸寸断裂。未半年，其家疫死，灭门。

【译文】

临川郡东兴县有人到山里，抓到一只猿仔，就带回家，猿母从后面追到他家。这个人把猿仔绑在院子的树上给猿母看。猿母就对着人自打脸颊，好像是哀求的样子，只是口不能说出来罢了。这个人不仅没有放了猿仔，竟然打死了它。猿母悲哀地叫唤，自己跳起来后死了。这个人剖开猿母的肚子，看到它的肠子一寸一寸地断了。不到半年，他家遭瘟疫，人都死光了。

华亭大蛇

吴郡海盐县北乡亭里有士人陈甲，本下邳人。晋元帝时寓居华亭，猎于东野大薮，欻见大蛇，长六七丈，形如百斛船，玄黄五色，卧冈下。陈即射杀之，不敢说。三年，与乡人共猎，至故见蛇处，语同行曰："昔在此杀大蛇。"其夜梦见一人，乌衣，黑帻，来至其家，问曰："我昔昏醉，汝无状杀我。我昔醉，不识汝面，故三年不相知。今日来就死。"其人即惊觉。明日，腹痛而卒。

【译文】

吴郡海盐县北乡亭里有个士人叫陈甲，他本来是下邳人。晋元帝时，他客居华亭，在东边野外的大沼泽中打猎，忽然看见一条蛇，长六七丈，形状像一条能装百斛的大船，身上有黑黄五色的花纹，睡在土冈下。陈甲立刻射死了它，没有敢跟人说。三年后，他和同乡一起打猎，到过去看见蛇的地方，对同行的人说："过去在这里杀了一条大蛇。"那天夜里他梦见一个人，穿着黑衣，戴着黑头巾，来到他家，问他说："我原先昏醉，你无缘无故杀了我。我原先醉了，没能认识你的面目，所以三年来不知道是你。今天你来找死。"陈甲立刻吓醒了。第二天，他肚子疼就死了。

邛都老姥

邛都县下有一老姥①，家贫，孤独，每食，辄有小蛇，头上戴角，在床间。姥怜而饲之食。后稍长大，遂长丈余。令有骏马，蛇遂吸杀之。令因大忿恨，责姥出蛇。姥云在床下。令即掘地，愈深愈大，而无所见。令又迁怒，杀姥。蛇乃感人以灵言，瞋令②："何杀我母？当为母报仇。"此后每夜辄闻若雷若风，四十许日。百姓相见，咸惊语："汝头那忽戴鱼？"是夜，方四十里与城一时俱陷为湖。土人谓之为"陷湖"。唯姥宅无恙，至今犹存。渔人采捕，必依止宿。每有风浪，辄居宅侧，恬静无他。风静水清，见城郭楼橹窦然③。今水浅时，彼土人没水，取得旧木，坚贞光黑如漆。今好事人以为枕，相赠。

湖"。只有老妇人的屋子平安无事，至今还保存着。渔夫采菜捕鱼，一定要到那里住宿。每当发生风浪，总是停靠在宅院旁，便风平浪静没有危险。风静水清的时候，能看见城墙楼台清清楚楚的样子。现在水浅的时候，那些当地人潜入水中，取出旧的木料，木质坚硬光亮黝黑像漆一样。现在有些好事的人把它做成枕头相互赠送。